2021 中国随笔精选

主　编　——　王　蒙

分卷主编　——　潘凯雄　王必胜

辽宁人民出版社

© 潘凯雄　王必胜　2022

图书在版编目（CIP）数据

2021中国随笔精选 / 潘凯雄，王必胜分卷主编 . —沈阳：辽宁人民出版社，2022.1
（太阳鸟文学年选 / 王蒙主编）
ISBN 978-7-205-10360-6

Ⅰ．①2… Ⅱ．①潘… ②王… Ⅲ．①随笔—作品集—中国—当代 Ⅳ．①I267.1

中国版本图书馆CIP数据核字（2021）第248351号

出版发行：辽宁人民出版社
　　　地　址：沈阳市和平区十一纬路25号　邮编：110003
　　　电　话：024-23284321（邮　购）　024-23284324（发行部）
　　　传　真：024-23284191（发行部）　024-23284304（办公室）
　　　http://www.lnpph.com.cn

印　　　刷：辽宁新华印务有限公司
幅面尺寸：170mm×240mm
印　　　张：13.5
字　　　数：223千字
出版时间：2022年1月第1版
印刷时间：2022年1月第1次印刷
责任编辑：娄　瓴
装帧设计：丁末末
责任校对：郑　佳　冯　莹
书　　　号：ISBN 978-7-205-10360-6
定　　　价：58.00元

太阳鸟文学年选
编辑委员会

主　　编　王　蒙
执行主编　林建法
编　　委　林　非　叶延滨　王得后
　　　　　张东平　孙　郁

分卷主编

散　文　卷　王必胜　潘凯雄
随　笔　卷　潘凯雄　王必胜
杂　文　卷　王　侃
诗　歌　卷　宗仁发
中篇小说卷　金　理
短篇小说卷　黄　平

六小"拼盘" 美美与共

潘凯雄

今年的这个随笔选本,如果按内容切分大致可划成六个板块,也正是这六小"拼盘",构成了这美美与共的一份精神大餐。

2021,对14亿中国人而言是个极为重要而喜庆的年份:中国共产党迎来了自己的百年诞辰。经过全党全国各族人民持续奋斗,我们实现了第一个百年奋斗目标,在中华大地上全面建成了小康社会,历史性地解决了绝对贫困问题,正向着全面建成社会主义现代化强国的第二个奋斗目标迈进。这样一段伟大的百年奋斗史必然成为文学创作宝贵而丰厚的重要财富,于是,我们看到以这段百年历史风云为题材的作品占据了重要位置,其中虽尤以长篇小说和纪实文学为甚,但内容上几乎无所不能的随笔也不例外。本选本开篇所选取的四则随笔虽只是这红色题材作品中的沧海一粟,但它们各自选取的场景以及进入视角的不同也足以见出这既是写作者面对的一座富矿,亦是展示自己创作才华的一方宝地。

接下来的几则随笔则是对生活与生命的一点哲思,切入的角度都细小且日常,所涉有的是自己一段亲身的经历,有的则不过是平凡之习见,但作家们由此所生发出的感触却不那么同于凡响。这就是一则好随笔、一位好作家的过人之处。所谓发人之未发,既意味着于平凡中的独特发现,也表现为发前人未发之感触。

一组围绕着文化与文学问题的随笔,虽不足以称其为美文,但这样一种娓娓道来、轻松言说的方式所达成的效果恐怕是正儿八经的学术论文所无法企及。不是说随笔这种文体就一定优于学术论文,而只是想说这种文体所能实现的功能恐怕的确比较宽泛、灵动与鲜活。

接下来是一组关于对老年问题的思考及对几位逝者的追思与缅怀。以往听到"老龄化"社会这样的说法总觉得离我们很遥远，然现如今它就犹如一列高铁正朝我们飞速而来，不是因为自己已然步入花甲，而是我们所处社会的老龄化问题日渐突显。如何完善这样一种新的社会形态建设？如何让这样一个日趋庞大的群体走好自己人生最后的那段旅程？这是我们不能不面对的一个既残酷又现实的社会问题，《关于老年的笔记》对此发出了自己的声音，而数则缅怀已经离开了我们的长者的随笔在令人泪目的同时，更给人以温馨与力量。这些长者虽已离开了我们，但他们那种高质量、有尊严、有个性的晚年生活，无疑在各自的人生暮年留下了一抹亮丽的夕阳红。

再往后的一组随笔大抵属于虽比较传统但又是恒久不衰的随笔题材，荡漾于山水自然、寄情于新朋故友，在平凡的人情世故中传递着有温度、有哲思、有情趣的人生哲学。

最后压轴的是几则以随笔的形式讲述历史、传播知识的美文。这是近些年随笔写作中新出现但比较集中的一种，我曾经在前几年随笔选本的一则"序"中借用时髦的词儿，将其称之为一种"知识服务"，而且还认为这种"知识服务"绝对比当下那种时尚的以视频、音频等新媒体形式出现的10—15分钟的"知识小课"要更靠谱、更准确、更走心。它虽不是那种正宗的学术研究与考据，但借用随笔的灵动文字将某一领域、某个知识点传递得栩栩如生，读者在赏心悦目的阅读中不知不觉地领略了某一领域的某段知识。

最后，每年在结束这篇文字前都发自内心必须要重复如下三层意思：首先，入选作家对本书的成稿予以鼎力支持，对此本人深表谢意；其二，恕本人孤陋寡闻，极少数入选作品的作者一时还未能联系上，惟因不忍割爱，故未事先征得其同意就冒昧将其大作入选，在深表歉意并请求他们宽恕之时，也请其在见到本书后及时与出版社联系；第三，限于本人学识及阅读量所限，特别是面对各种新媒体的海量，遗珠之憾一定存在，敬请广大读者见谅。

是为序。

2021年10月于北京

| 001 | 序 六小"拼盘" 美美与共 | 潘凯雄 |

001	寻　路	刘　统
009	有一个故事，叫长江	刘汉俊
015	们吴堡	李光泽
026	更多英雄是无名	刘庆邦

029	慢慢来　比较快	池　莉
032	一座城的生灵烟火	迟子建
036	生命胜利了	余　华
040	我们一起度过美好时光	冯　唐

045	文化：迭代与地缘两个尺度	韩少功
055	文学随笔（八则）	张　炜
063	先贤的背影	陈丹晨
065	相爱之人反而不讲理	孙绍振
069	藏书癖与一本书主义	南　帆
072	书与路	王　尧

076	关于老年的笔记	赵　园
092	"我的深情为你守候"——《崔可忻纪念集》代序	钱理群
102	日常与传奇——记忆与怀想中的李子云老师	王雪瑛

108	少年诗神	孙 郁
115	先生犹是老孩提	南 翔
119	寻找"春天的来客"——陈布文	郭 娟
125	赞美课	李修文
134	好水都有故事	蒋 韵
137	百姓的江天	汤世杰
150	泰伊思：看美丽星辰如何陨落	徐小斌
155	江苏忆趣	梁鸿鹰
160	彭山访故人记	李一鸣
166	望北哨所	石钟山
169	西峡画我	舒晋瑜
173	世人皆以东坡为仙	潘向黎
185	宠臣的逆袭	卜 键
195	云端上的乡音	徐 迅

寻　路

◎刘　统

一九八八年，我从复旦大学博士生毕业后，经一个偶然的机会，被分配到北京西山的中国人民解放军军事科学院，担任《中国军事百科全书》军事历史学科的责任编辑。工作倒是对口，但军队的纪律使我不能再像从前一样做学问。怎么办呢？当时与我共事的是茅海建少校，他告诉我：军事科学院最有价值的收藏是战争年代的历史档案。如果有兴趣，可以到图书馆去借阅。我看到堆积如山的档案，犹如发现了一个宝库。许多过去不知道的事情、不清楚的问题，读了当年的电报、文件，就有了确切的答案。不久，谭其骧先生来北京开会，我去拜访时讲了一些阅读历史档案的所见所闻。谭先生激动得站起来大声说："你要把它们全记下来！"导师允许我改行，于是我就开始了中国现代史、中共党史和军史的研究。

一

中共党史和军史，我过去仅限于书本知识。到了军队，才知道这是一门大学问。

我到军事科学院工作时，全军编写的《中国大百科全书·军事卷》接近完成。在编写百科全书的过程中，发现中共党史和军史上的许多重大问题，以前都没有深入研究，因此产生了许多重大政治和学术问题。例如对中共党史上一些重大斗争的结论，一些历史人物的评价、平反恢复名誉，一些现时存在的学术争论，等等。这些问题不同于地方学者的个人研究，需要中共中央高层来做结论，这就产生了一系列复杂的问题。先要研究事实，然后写报告请示上级批准，然后在文字上如何表述，都是我这个书生过去没见过的。这就不仅要研究学术，更要了解共产党的历史和政治。

这时，我遇见一位良师——《中国军事百科全书》编审室第一任领导奚原老先生。二十世纪三十年代，身为上海文艺青年的他，来到延安，加入抗日军政大学，与毛泽东有面对面的交往。后来成为新四军四师和华东野战军的大笔杆子，许多文件都是出自他手。中华人民共和国成立后他转业到上海，曾和谭其骧搭档任复旦历史系书记，创办上海社会科学院历史研究所。后来到北京与田家英一起编写中国现代史稿，"文化大革命"前又回到军事科学院。他既是一位老革命，又是一位学者。他离休后，我经常上门求教。一个个夜晚，他对我娓娓道来。历史上的一份电报、一份文件产生的背景、内容的核心意义，他都了如指掌。档案在他眼里都是活的历史。他经历的党内重大事件，自己的坎坷经历，都使我深受教益和启发。

在军科工作期间，许多老研究员都是我的良师。他们经历过战争年代，有在军委总部机关工作的经历。讲起过去的历史和典故，如数家珍。许多重大事件，他们几句话就点到实质。他们讲的故事都是那么鲜活，那样惊心动魄。我顺着他们提供的思路再去看档案，很快就能从大量的资料中梳理出一个清晰的线索。军事科学院是全军最高科研机构，我们经常看到中央的文件和传达，还经常听中央领导人的内部报告。这些经历使我认识到：要想真正了解中国政治和中国共产党的历史，必须有在高层机关工作的经历。这样才能真正了解中共的组织体系是怎样运作的，中央的决策是怎样做出的，历史的传统是如何演变的。这样再去研究中共党史和军史，才能避免盲目性和外行的猜测，准确地把握研究的方向和重点。

在军科工作的十五年，我的爱好就是在史料的海洋中畅游。每天完成工作，我就到图书馆借出一堆资料，晚上在办公室里专心阅读，日复一日。因为没有在大学里必须年年发表论文和提职称的压力，可以安心做自己感兴趣的学问。王仲荦先生生前嘱咐我：良工不示人以璞，四十岁以前不要出书。我这时才真正感受到学无止境的真理。历史研究必须有长期的积累，研究水平是随着阅历的丰富、知识面的拓宽逐渐提高的，急功近利是不行的。后来从事写作，我才真正从多年的积累中受益。

从事中共党史和军史的研究，我首先从一些重大问题入手。

在编辑百科全书时，一些重大政治性问题引起我的关注。例如红军长征中的"密电"问题，一九三五年九月九日，红四方面军领导人张国焘给右路军负责人陈昌浩发出密电:"南下,彻底开展党内斗争。"叶剑英参谋长向毛泽东通报了这一情况,在争取四方面军领导人无效后,毛泽东决定率一方面军单独北上。这是长征中的分裂,也是中共中央与张国焘斗争的焦点。但是在中央档案馆我们没有查到"密电"的原件,因此有人否认"密电"的存在。百科全书是官方修撰,在重大问题上必须有统一的结论。在聂荣臻署名的"中国工农红军第一方面军"条目中,有"密电"的叙述。而在徐向前署名的"中国工农红军第四方面军"词条中,则只说"张国焘公开进行分裂活动,拒绝执行中共中央北上的决定",回避了"密电"的说法。在一部百科全书中有两个不同的观点,是很罕见的。这使我意识到:党史、军史中的许多重大问题,不是仅靠学术研究能解决的,其中有复杂的政治因素、历史因素在起作用。

那么,我能不能写出公正客观的历史呢?我的第一本专著就是《北上:党中央与张国焘斗争始末》,在二〇〇四年第一次出版。又过了十年,北京的三联书店有意再版此书,在二〇一六年纪念红军长征七十周年之际,三联书店推出了新版《北上》,在读者中引起了巨大的反响。大家公认这是研究长征和西路军的一部客观、公正的著作。

《北上》写成后我又转入解放战争研究。解放战争的档案非常丰富,东北的资料尤其有特色。一来是东北的战役打得激烈精彩,二是当年中共中央把大批精英干部派到东北,写的材料质量特别高。以前写解放战争,都是以部队或战役为主线,比如第一野战军战史、第三野战军战史、淮海战役史等。我要拓宽视野,以战区划分来写。东北解放战争不仅是军队作战,还有根据地建设、剿匪、土地改革、军事工业建设等多方面,这就把战争的面拓宽了。而且我把国共双方放在一个平等的地位上来写,看双方如何运筹决策,这样的全面叙述,才能让读者对战争全局有一个真正的理解。

《东北解放战争纪实》于一九九七年出版,这是我第一部面世的专著。出版后社会反响很好,出版社认为以战区写解放战争的方式很新颖,让我继续写。我又陆续写了《华东解放战争纪实》和《中原解放战争纪实》,最后和其他三本书组成了一套解放战争系列。在写作过程中,我突出了两点:一是大量引用第一手史料,言必有据;二是注重刻画指挥员的细节。林彪、刘伯承、粟裕是中国人民解放军的优秀将领,他们运筹指挥各有特色。用他们的电报、讲话来再现他们的形象，研究他们的军事思想和指挥艺术，对不同的读者都会有帮助和启发。

在写作过程中，也逐渐形成了自己的文风。首先，我把古代史的研究考证方法引进现代史的研究中。传统的中共党史、军事著作多数是单位集体编写，重理论，具体史实少。我写党史军史，首先注重故事和细节，每个战役都写出完整的来龙去脉。如果按照所谓"学术规范"的写法，必然要进行大量的繁琐考证。我没有按那种写法，而是把考证的过程融入我的叙述之中，给读者讲一个完整的故事。而这个故事，是我筛选大量史料、去粗取精，经过自己的研究之后总结出来的。

写书是给人读的。官修正史那种正规、严谨的语言，让一般读者很难读进去。一些学术著作晦涩的语言表述也让一般读者难以接受。我力求用通俗生动的语言，还原出一个个完整的故事。司马迁的《史记》为何千古流传，因为他笔下的项羽、刘邦、韩信、张良是一个个鲜活的形象，能给读者留下深刻的印象。所以，能让读者喜欢的书才是好书。我要把每一本书都写得通俗生动，形成自己的风格。把自己的思想和观点融入叙述之中，尽量不评论，少下断语，留有余地，让读者仁者见仁智者见智，自己做判断。

二〇〇四年从军队退休后，我受聘到上海交通大学。此时我无须再为评定职称去奔波忙碌，得到相当大的自由空间，可以到处走走看看。到一些历史遗迹考察时，我突然发现历史资料与实地考察又有很大的差异。例如瞿秋白这个人物，一会儿被捧为革命先烈，一会儿被打成叛徒，何以如此反覆？到常州看他的故居，才知道因为家境贫困，母亲被迫带他到宗祠栖居，受尽族人白眼。母亲自尽，他愤而革命，几年间就晋升到党的最高领导人。到上海武定路中共六届四中全会旧址，才知道他被共产国际抛弃，从高层一头栽下，生活无着，求助于鲁迅，以稿费为生。调往瑞金之后，长征前再次被抛弃，辗转回上海途中在长汀被捕。按过去的描述，他受尽国民党的酷刑，坚贞不屈，从容就义。当我来到福建长汀贡院，看到他的囚禁地，原来是个小院，还有花园，住得比一般人还好，才知道宋希濂等国军军官对瞿先生十分尊敬，经常有人陪他喝酒聊天，在这种环境下，瞿秋白才写了《多余的话》。但是他没有被软化，直到蒋介石下令，他从容潇洒地走到西门罗汉岭下，英勇就义了。

如此看来，一个人绝不是非红即黑，而是有血有肉有性情的。他激情过，浪漫过，颓唐过，自省过，短暂的人生居然如此跌宕起伏。把这些故事写出来，不是很精彩吗？此后，我只要有空，就出行游历，到那些故事的发生地去探查考究。在江西永新三湾村的大树下，我感受到毛泽东当年带着一支筋疲力尽的队伍，还不知道能不能在井冈山栖身。他改编队伍，支部建在连上，不是去落草为寇，而是要摸索出一条前人没走过的革命之路。走到这里的人，才是最坚定的战士。从井冈山到瑞金，今天走高速公路，一条条深深的隧道穿越一座座大山，想当年毛泽东和红军是用双脚一步步走过来的。创业何等艰难，他却写出"踏遍青山人未老"的诗句，浪漫中蕴含的气魄，让你敬佩不已。雄伟的太行山深处，至今还是道路崎岖，行车艰难。类似桃花源的黄崖洞，入口是一夫当关万夫莫开的峡谷，进去是有田有水的田园风光，八路军就在这里办兵工厂，生产枪支手榴弹。为什么能持久抗战，就是共产党善于利用崇山峻岭、深山老林，让占据铁路、公路的日军用不上现代交通工具，只能望着大山叹息。

十几年来，实地考察成了习惯。靠着当年学历史地理的基础，我每年都要去一些发生过重大历史事件的地方考察，获得许多新的收获。最重要的是让我回到了历史现场。研究历史有两种方法：一个是"事后诸葛亮"，知道了结果再来总结提高，仿佛人有先知先觉，稳操胜券；一个是回到历史现场，还原当时的原貌。你怎么知道明天是生还是死？你该向何处去？在这个关键时刻，才考验人的智慧和定力。设想与历史人物同在，我们会怎样抉择？这样感受和比较，对历史的领悟就更真实，书写的历史才更可信。

二

为纪念中国共产党成立一百周年，我出版了记录中共早期历史的专著——《火种：寻找中国复兴之路》。这本书的框架是王为松社长和责任编辑们和我共同策划的。考虑到中共建党的书已经出过很多，如何写出新意？必须要开阔视野，从中国近代史的范围去探索中国共产党产生的历史背景和各种条件。

我要把这本书写成一个"寻路"的过程，写二十世纪前三十年风云激荡的中国史。世纪初的《辛丑条约》、庚子赔款，把中国拖入了灾难的深渊。帝国主义的侵略和清王朝的腐败，使得中国的仁人志士都要推翻它。于是就有了"愤青"和刺客，就有了革命党一次次的起义。今天看起来这些行动就像以卵击石，个人能有多大力量，能推翻一个拥有军队的政权吗？但这些革命者真的是一腔热血，明知要牺牲也义无反顾。他们的牺牲唤起更多人的响应，辛亥革命终于推翻了封建王朝，迎来了共和的民国。

同盟会、国民党人的缺乏凝聚力、内耗、涣散和其他种种弱点，使他们无法组建一个坚强的政党，无力撑起一个共和国，政权又落到袁世凯这些军阀手里。幻想破灭后，先进的知识分子去寻找新思想、新主义，于是开始了新文化运动。五四运动唤起了全民的爱国热情，一群革命青年脱颖而出，他们接受了马克思主义，懂得了联系广大群众，在共产国际的帮助下建立了中国共产党。

中国共产党的成长，也经历了幼年、青年和壮年，也是一个从幼稚到成熟的过程。从理论宣传到工人运动，从国共合作到武装斗争，谁都没有经验，挫折和牺牲远多于胜利。在血与火的实践中，共产党人摸索出了革命的方向和道路。毛泽东从井冈山到古田会议的经历，为中国革命寻找到一条正确的道路。

这样写历史，就能使读者感到真实可信，就能让读者感受到历史的发展是一步步来的，不是凭空而降的。探索中华民族的复兴之路，是一批又一批的志士仁人前赴后继、历尽艰难完成的。如同一座大厦，是从一砖一瓦铺垫积累而成的。

有了思路和构想，怎么在一本书中体现呢？

第一，历史要写得真实生动，让人读得进去，就是要有故事。历史是一个个人物和事件组成的。要真实地反映历史，首先要注重第一手资料，从历史档案和当事人的记录中去挖掘。近现代史的资料浩如烟海，怎么选择，怎么编排，取决于你的洞察力。同样读文献和档案，一定要追求原始版本。在历史研究中，这是一个很重要的问题。今天我们读的《毛泽东选集》与当年发表时的原始状态有很大差别。日本学者竹内实编辑的《毛泽东集》收录了原始版本，并在上面做标记，让你一看就知道删去了哪些内容。这些删去的内容，都是一些具体的事情，对了解当年的历史真相非常有价值。我在写井冈山这段时，基本上引用了原版，表现了初期革命探索逐渐成熟的过程。

我的写作主要依靠历史档案。许多档案整理者的辛勤劳动为我提供了方便。上海党史研究室和中共一大会址纪念馆整理出版的建党先驱的文章、日记、共产国际档案和租界档案,为我研究建党过程提供了第一手资料。本书写作中,北京市档案馆又出版了"五四"时期档案,为我提供了新材料。学无止境,随着历史资料的不断推出,必将促进历史研究向新的高度和深度前进。

要真实地再现历史,还要实地考察。我到湖南浏阳,从七溪村走到排埠村,感受毛泽东初出茅庐险些送命的惊险。从江西寻乌圳下村走到瑞金大柏地,才能感受什么叫"创业艰难百战多"。从福建上杭苏家坡的山洞再到古田村,才能感受毛泽东革命生涯中的大起大落。在赖坊村协成店毛泽东写《星星之火可以燎原》,想想他在这么偏僻的小山村里却在考虑中国革命如何走向胜利的问题,由衷佩服这些革命者的胸怀。这些感受,都是在书斋里得不到的。

第二,历史要写活,就要把人物写活。二十世纪初期的历史之所以生动,在于当年的人物极有个性,爱憎分明,敢说敢做。我一向反对把历史人物人为地拔高,给他们涂上一层层油彩,把一个活人变成僵化的偶像。真实地再现他们的一举一动,还原他们的真性情、真面貌,是本书追求的效果。任何人物,无论伟大还是反动,都不是单一的。他们的经历和思想都在不断变化,是立体的。有正面就有反面,有优点就有缺陷。问题是他们的优点在历史上发挥过先进作用,还是缺点起到过负面作用。陈独秀就是一个优点和缺点都十分突出的人物,共产党由他而起,也在他手里遭受重大挫折。蔡元培在许多人笔下是民主之父,我也写了他早年参加暗杀团,一九二七年首倡"清党"。袁世凯在当皇帝之前执政当国的不易,也要看到。章太炎是我太老师,虽然未曾谋面,我阅读他的史料时,感受和鲁迅一样,一会儿"章疯子大发其疯",一会儿"章疯子居然不疯"。后来他退出政治,在苏州讲习国学。鲁迅说他自己筑墙,与社会隔绝了。那时我导师王仲荦是他门下学童,每天听先生讲训诂,章自己讲得昏昏欲睡,听到街上报童喊"号外",立刻精神一振,叫学生买报来,一边看新闻一边侃侃而谈时政。原来他内心深处,还没有熄灭革命之火啊!王先生的讲述启发了我,原来这才是真正的历史。

看人看问题能从当年的环境和时代出发,就多了理解和宽容。有些事情就是突然发生的,火烧赵家楼,不就是青年学生临时起意,干起来的吗?几个人一商量,《新青年》不就办起来了吗?出席中共一大的时候,谁能想到后来的事呢？当年共产党武装起义的时候，谁有经验和谋划呢？还不是失败的多，活下来的少。历史就是这样，有一是一，有二是二。这些个案综合起来，就汇成了波澜壮阔的历史。把这些真实的细节写出来，读者看了才觉得可信。

这本书献给那些为中华民族的复兴奋斗过、牺牲过的先人。想想他们当年都那么年轻，如果不去当革命党，不去拿起枪杆，也可能是学者，是成功人士。他们凭着血气方刚，怀着一种理想和信念，义无反顾地献出了生命。青史留名，永垂不朽，才是他们的人生价值。把他们写下来，是我的责任。

（原载《读书》2021年第2期）

有一个故事，叫长江

◎刘汉俊

长江之长，不仅在长度，也在她的历史；长江之大，不仅在水量，更在她的力量、胸怀与气势。长江是我们的母亲河，培育了中华文明、养育了中华儿女、浇灌了大半个中国，千回百转地流淌到今天，需要我们以敬畏之心来端详。

一

长江是地球造山运动的产物。天地一根弦，江河日夜流。长江是时间的刻痕、地球的史记。亿万年前，长江以天崩地裂的节奏和石破天惊的声响横空出世，用古老的涛声谱成奔涌的序曲和前进的旋律，翻过雪山冰川、高原草地，蹚过深沟峡谷、险隘洞涧，一路吸纳飞瀑激流、溪泉川流，连通起江河湖海、沼泽湿地，浸润着沃土荒漠、山林草木，以奔腾不息的姿态一往无前。它的干流经过青海、西藏至江苏、上海等11个省区市，一路向东；它的支流经过西到甘肃、东到福建的8个省、自治区，辐辏四方。雅砻江、岷江、嘉陵江、乌江、沅水、湘水、汉江、赣江等八大支流，七百多条小支流、三千六百多条小小支流，四万多个中小湖泊和水库，还有无数的细流像毛细血管一样丰富又像蛛网一般密布，汨汨地注入长江；洞庭湖、鄱阳湖、太湖、巢湖等五大淡水湖中的4个与长江相通；南水北调工程分东、中、西三线从长江取水；京杭大运河由北向南纵贯北京至浙江等6个省市，在扬州通过里运河与长江瓜洲古渡口连通。在此，长江与海河、黄河、淮河、钱塘江五大水系全部贯通，然后继续东去，从吴淞口汇入滔滔东海。发达的长江水系，滋养着大半个中国。

地球给长江以生命，长江给大地以生机。雨水丰沛的长江两岸四季葱茏、五谷丰饶，舟济江河湖海，物流东西南北，长江流域渐成富庶之地、安栖之所、庇佑之处，养育着世代中华儿女。回想古代历史，北方的灾荒与战乱，使黄河流域、淮河流域人口不断向长江流域迁移。北人南渡，东人西进，广袤的长江以博大的胸怀、温暖的怀抱、丰饶的物产接纳了天下游子。今天的长江流域约占国土面积的五分之一，长江经济带覆盖沿江11个省市，横跨我国东中西三大板块，人口规模与经济总量占据全国"半壁江山"，生态地位突出，发展潜力巨大。长江不歇脚，生命不停息。

二

江河行地，万流归宗。金沙江与岷江在四川宜宾交汇成长江，嘉陵江与渠江、涪江汇合，从重庆朝天门涌入长江。从四川宜宾到湖北宜昌这一段，叫川江。

船行川江，只见地势雄奇险峻、悬崖峭壁连绵如阵，巍比岱宗，险超西岳，稳若衡山，秀甲匡庐。河道暗礁密布，漩流疾速突变。湍急在湍急中赶路，澎湃在澎湃中跳跃，让你知道什么叫怒涛狂卷、轻舟千里，什么叫虎跃狮咆、马奔狼突，什么叫壁立千仞、无欲则刚。那悬棺，那古栈道，那岩上的纤痕，那一道道深刻的崖上缝、壁中罅，有鬼斧神工之奇、天造地设之妙，让你尽情想象亿万年前的江水是以怎样的力量冲破石壁、撞开夔门、荡出西陵峡，奔腾成一条长江的；教你懂得什么叫没有蹚不开的路、过不去的坎，什么叫开山辟地、所向披靡，一心只向远方的星辰和大海。

一抬头，一座航标灯在高处的山嘴上站着，等你，如山鹰兀立，看云霞明灭。任你时来时往，来无影去无踪；任你潮起潮落，高一声低一声，它以静待变、处变不惊。置身川江深处，看波谲云诡、苍狗长风，峡江的浪会打湿你的眼、风干你的泪、温润你的念想；你会感叹年华如水、沧桑易变，但那航标灯却是真实的留存，坚定如磐，为你指航。

峡江之上，苍山之巅，有婀娜和娉婷在等你，有望眼和轻唤在等你，有软软的风、柔柔的雨、暖暖的爱、幽幽的怨在等你。那是一位神女，传说中的西王母娘娘之女，她的名字叫瑶姬。孤独的瑶姬在这里栉风沐雨，坚守经年，除妖驱虎，一心等待治水的大禹，等待到地老天荒。楚襄王梦之求之，屈原歌之赞之，宋玉、阮籍、郦道元、李白、杜甫、刘禹锡、元稹、李贺、李商隐排队在神女峰的脚下献诗献文，从青城山、都江堰、峨眉山、乐山大佛顺流而下的范成大在白帝城等候,还有卢照邻、杨炯、孟浩然、王维、岑参、孟郊、白居易、杜牧、欧阳修仰慕而来,远远地站在巫峡栈道上观望,千里之外的瓜洲渡口、金山寺,还有王安石、陆游、张祜在翘盼。明月千里,千秋明月,多少风雅故事,发生在长江、在三峡。然而今晚,她只以烟霞为羽衣,用晚照做霓裳,将满目秋波送给峡江崖上、嶙峋岩中那一群孤独的身影。

那是川江的纤夫们。"脚蹬石头手扒沙,风里浪里不归家",踩着一亿年前的海底、一万年前的河床、一千年前的栈道、数百年前的鹅卵石,一队队、一步步,弯成力字形、伏作满弓状,逆水而行,向水而歌,是力量在行走、生命在歌唱。那岩石上深深的纤痕,那风吹日晒黑得像江中石一样的脸和臂膀,那打着旋涡在峡谷和江面回荡的川江号子,像动感的雕塑、凝固的浪线。一根纤绳便把七百里三峡拉成了五线谱,呦呦旋律从古来,嘈嘈音符向东去。然而,水路再曲折,行程再遥远,长江却几乎围绕一根轴线做等幅运动,曲曲折折弯弯绕绕,最终在轴线上选择了自己的入海口。这根轴线就是北纬30度线。

地球北纬30度附近,是一个奇特而神秘的地带,一道人类文明之谜。尼罗河、幼发拉底河、底格里斯河、恒河、密西西比河、雅鲁藏布江和长江等大江大河都横跨这一地带;古埃及文明、古巴比伦文明、古印度文明、玛雅文明、长江文明在这一地带聚集;同纬度的三星堆遗址正在被深度挖掘;珠穆朗玛峰等世界7大高峰,以及至今无人登顶的梅里雪山在这一带列阵;神秘的百慕大群岛等在附近隐现;最深的马里亚纳海沟在不远处潜伏。长江像一条彩线,串联起无数的文明珍珠;又像是一根脐带,一头深深地扎进中华腹地,汲取能量后奔向浩荡东海。

长江流域是人类的摇篮、文化的故乡。长江上游地区的元谋人、巫山人,中游地区的长阳人、郧县人,制造出石斧石锛石犁石铲等工具、石矛石镞石刀石丸等武器,学会钻木取火,揖别茹毛饮血,高举人类文明的爝火,走过漫长的旧石器时代。上中游地区的巫山大溪文化、枝城城背溪文化、京山屈家岭文化,下游地区的河姆渡文化、马家浜文化、良渚文化像花儿朵朵,次第盛开在新石器时代的晨光里。这些遗址无一例外地存在大量稻壳的遗迹表明,在七千到一万年前,长江流域已经开始种植水稻。

长江广纳百川,文化葱茏葳蕤。长江流域诞生的羌藏文化、巴蜀文化、湖湘文化、荆楚文化、徽赣文化、吴越文化、海派文化，各呈芬芳，和而不同，相映生辉。长江流域的农耕文明与游牧文明、渔猎文明走向交融，长江文化与中原文化、岭南文化、燕赵文化、齐鲁文化、西域文化，甚至异域文化煮酒论道、交流互鉴。千山同根，万水归江，长江因此而壮阔。无数的仁人志士、英雄豪杰从这里走向历史舞台，书写中华民族的史诗，数不清的政治事件、军事争战、文化现象发生在长江；无数的先哲巨匠、文人墨客从这里登上文化讲台，挥斥方遒，指点江山，舞椽笔、洒巨墨；读不尽的雄文翰墨、诗词歌赋如长联披挂在长江两岸；数不清的文化经典、文化遗存、文化标识、文化星宿从长江升空辉映神州大地。长江塑成了伟岸峭壁、险隘雄关，分娩了烟柳江南、水墨雨巷，涂抹了湖光山色、水村山郭，那一帆一浪一石一矶、一草一木一楼一台，是长江的符号、文化的标点。长江不歇脚，文化不停滞。

三

长江既是神奇的景观，更是深刻的哲学命题。

日月千秋照，江河万古流，思想光辉灼灼，哲学波光粼粼。运动是绝对的而静止是相对的，回旋是暂时的而奔流是永远的。广纳百川而不捐细流，吸纳一切又输出所有，是长江的品格；开山劈岭、攻坚克难，百折不挠、勇往直前，是长江的性格；动则惊涛，静若止水，从不驻足，奔腾入海，是长江的追求；只争朝夕，不舍昼夜，是长江的自觉。一切的雪、一切的霜，所有的雨、所有的风，只为孕育世间峥嵘、滋润天下万物，这是长江的理想和信念。长江是生机的同义语，是包容的标志、博大的象征。生活在这样的奔腾中，你我都是一滴澎湃的水、一朵跳跃的浪、一条浓缩的浩瀚长江。

岁月抹不去历史的创痕，江河洗不尽积年的风尘。不要忘却自然的惩罚之鞭，不能亏待长江的哺育之恩。北宋晚期到南宋早期是长江的阵痛期。一千五百多年前北魏郦道元笔下的三峡是"素湍绿潭"，一千三百年前唐代李白的笔下是"碧水东流至此回"，一千两百多年前唐代白居易的笔下是"蜀江水碧蜀山青"。但到了八百三十多年前，南宋诗人范成大从岷江一路直下，漂泊到汉口岸边才见到清澈的汉水，与他几乎同时期的诗人袁说友更是记录道："荆江水涨，浊波涌急",南宋进士陈造还留下"汉江水黄浊"的日记。及至宋末元初,长江流域植被大量被采伐,水土流失更甚。从此,研读南宋以降写长江的诗文,已很难再见到"清流""碧波"之类的描述。文笔如史笔,留存下长江的前世今生。

亿万年的长江,千百年的沧桑,一路风尘仆仆、满心伤痕酸楚,需要休养生息。长江穿越时光隧道,像一道历史性答题横亘在我们面前:今天,该怎样对待长江?母亲需要保护,长江需要呵护。保护生态等于拯救自己,珍视长江就是善待人类。长江之伤是人类之痛,保卫长江当举法治之剑。

四

大江铺长卷,时代挥椽笔。

党的十八大以来,习近平总书记走遍了长江经济带的11个省市,明确指出,推动长江经济带发展必须坚持生态优先、绿色发展的战略定位。2016年1月5日在长江上游城市重庆、2018年4月26日在长江中游城市武汉、2020年11月14日在长江下游城市南京,习近平总书记亲自主持召开3次长江经济带发展座谈会,题目从"推动""深入推动"到"全面推动",全方位展开,各环节深入。一场水污染防治、水生态修复、水资源保护、水安全保障的"长江保卫战",在流域全线如火如荼地展开,力度之大、规模之广、影响之深,前所未有。5年多来,绿色长江理念形成,"共抓大保护,不搞大开发""把修复长江生态环境摆在压倒性位置""保持长江生态原真性和完整性",成为长江两岸人民共同的理念、共同的行动;5年多来,长江大保护成效明显:长江保护法正式实施,保护长江有法可依,"十年禁渔"全面实行,"重化围江"难题逐步破解,全流域劣五类水质不断消除,"水中大熊猫"野生江豚等快乐嬉戏江面,万里长江绿色生态长廊成线成片规模呈现,长江经济带生态环境保护发生转折性变化,经济社会发展取得历史性成就。生态蓝图已经擘画,古老长江翻开新页,草长莺飞垂柳依、鱼翔浅底江豚跃的美景重现长江。

新发展理念如灯塔指航。一部长江史一定程度上就是一部人与自然的共生史。长江水力资源富足,总量几乎占全国的一半。长江之水天上来,全程落差约6000米，天然资源化作电力优势，于是巴塘、乌东德、溪洛渡、向家坝、三峡大坝、葛洲坝等大型水电设施呈梯级开发，展露亮色。西电东送从这里出发，长江点亮了大半个中国；南水北调从这里启程，长江浸润着中国的大地。长江流域拥有丰富的土地、矿产、林草、湿地、雨水资源，雄厚的科技、教育、文化、产业、市场、人力资源，是中国的经济腹地、生态要地、创新高地、发展重地。优势集中、辐辏广阔是特点，生态优先、绿色发展是前提，经济总量占全国比重接近一半的长江经济带弯弓搭箭、蓄势正发。唯有生态高质量，方有经济高质量；越是永续发展，越要和谐共生。长江保护从"头"做起，雪山草原三江源，唐古拉山昆仑山，没有"源头活水"就没有大江东去"清如许"。牧民下山，策马扬鞭告别世代家园，只为万代千秋；渔民退捕，离船上岸转变生产方式，是为长远生计。一江两湖连七河，清江、清湖、清船、清网初见成效，白鲟、江豚、白暨豚、中华鲟、长江鲟等四千三百多种水生物正陆续游回安全的家。回望关山千重，展望碧空万里，人类从来没有像今天这样严肃地对待长江，这是民族的百年大计、千年血脉、万世根本。"草秀故春色，梅艳昔年妆"，美丽的长江生态正在生机重现。

新发展蓝图正蓬勃盎然。纵使潮起潮落，任凭水丰水枯，长江正发挥出防洪、发电、供水、灌溉、航运、养殖、旅游的巨大效益。长江大桥、高速高铁纵横交错，空中航线、水上航线密集交织，隧道地铁、过江轮渡南北穿梭，一幅纵贯东西、连通南北的立体交通网披挂长江。如何让区域协调、总体布局更科学、更合理、更有效率，长江是一道必答题，正在考验我们的智慧。把长江经济带建成生态文明建设的先行示范带、引领全国转型发展的创新驱动带、具有全球影响力的内河经济带、东中西互动合作的协调发展带，是新时代赋予长江的新使命。"共抓大保护、不搞大开发"，同饮一江水，共唱一首歌，强劲的长江正发力。

两岸青山相对出、一江清水向东流，只待时日，正在今朝。唯愿长江浩荡，喜看万物欣荣。古老的长江故事正在翻开新时代的新篇章。

（原载《人民日报》2021年3月31日）

们吴堡

◎李光泽

一

秦晋大峡谷黄河西岸，有一条沿黄观光路，北起榆林市府谷县墙头乡黄河入陕第一湾，南至渭南市西岳华山脚根下，被誉为"陕西一号公路"。这条公路犹如一条绵延千里的藤，把沿途十多个县市串连在一起，就像一根藤上结了一串瓜，吴堡便是其中一个不大的瓜。

从吴堡县城出发，顺着沿黄公路北行大约十五公里，路边可见一块巨石，巨石上刻着贾平凹老师题写的四个朱红大字"黄河二碛"。"碛"读"qì"，意思是由沙石堆积而成的浅滩。黄河二碛，说简单一点，是指黄河的一段河道。但这段河道非同寻常，是黄河上一处绝无仅有的自然景观。二碛的形成，有三个关键因素：山西省临县的湫水河汇入黄河，带入大量沙石，河床逐渐抬高，这是其一；黄河流经此地，河道变窄，本来开阔的水面骤然紧缩，这是其二；河床上暗礁密布，河岸上石壁林立，这是其三。这三个因素叠加在一起共同作用，使黄河形成巨大落差，激流狂泻于暗礁石壁之上，卷起惊涛骇浪，击起飞溅的浪花，声似虎啸，势如龙腾，且暗藏着巨大的漩涡，让人看得惊心动魄，热血沸腾。这段河道壮观程度仅次于壶口瀑布，故称黄河二碛。吴堡人说二碛，喜欢说天下黄河第二碛，那二碛是天下人的二碛。这样说，二碛似乎更有气势，吴堡人似乎更值得骄傲和自豪！

其实，我们现在所看到的二碛并非原生态的二碛。吴堡县航运站的一位老职工告诉我，二碛的落差本来有十几米，但二十世纪六七十年代，为了解决群众的生产生活问题，为了行船安全，县上用烈性炸药把二碛河床炸了好几次，导致河水落差小了许多。县上这一举措是对是错，我不便评说，毕竟人的生存是第一位的。但在内心深处，我还是感到非常惋惜非常遗憾，一处人间奇观就这样遭到了人为破坏，再也无法复原了。所幸的是，二碛景观并没有被彻底毁坏，只是观赏性有所降低而已。

二碛岸边有一块巨石，从沿黄公路外畔的石崖上一直延伸到河里，看起来就像从河里长出来的一样。巨石大概有二三百平方米的样子，平展展的，像切割机切出来的，形成一个天然的观景平台，令人不由得惊叹：大自然简直就是一个身怀绝技的超级大石匠。站在这个平台上，向黄河上游望去，只见滔天浊浪以排山倒海之势俯冲下来，生动地诠释了什么叫一泻千里、什么叫势不可挡。

有人说，秦晋大峡谷段的黄河是最能体现其性格特征的。黄河是宽容的、隐忍的，也是血气方刚的、摧枯拉朽的，上一刻她还不动声色，拐了一个弯就发出令人胆战心惊的怒吼，让人联想到一头刚刚睡醒的雄狮，联想到从苦难中一路涉水而来的中华民族。那年秋天，中央民族乐团专门来到黄河二碛的观景平台上，上演了一曲惊心动魄的交响乐《黄河大合唱》。当"风在吼，马在叫，黄河在咆哮"的音乐响起，我忽然有点想流泪的感觉，并不由自主地把耳朵紧紧地贴在那块巨石上，希望能听到一种不一样的声音。我真的听到了风的吼声、马的叫声，还有黄河的咆哮声，但我分不清那是真实的声音还是一种幻觉，那是黄河的涛声还是历史的回声，也许是现实与幻觉相互交融的声音，是当下与历史相互碰撞的声音。

黄河二碛素有"黄河虎口"之称。从宁夏、内蒙古等地下来的货船一般要提前在临县的碛口古渡靠岸，把货物卸下，改由驼队转运出去。久而久之，碛口就成了一个商贸码头，成了一个历史古镇。可以说是二碛成就了碛口，没有二碛就没有碛口。

有道是"靠山吃山，靠水吃水"，又道是"明知山有虎，偏向虎山行"，为了养家糊口，黄河岸边的一些汉子专门在二碛扳船谋生，当地人把这种营生叫作闯碛。闯碛可谓虎口夺食，是一个极其危险的职业。以前的渡船都是木质的，既没有发动机，也没有方向盘，扳船全靠几根棹杆，船往哪里走全靠艄公掌舵。扳船的汉子既要各司其职又要协调配合，既要有勇又要有谋。什么时候放船也大有讲究。河水太大，木船有可能被巨浪掀翻，河水太小，木船又容易被暗礁撞开窟窿，稍有不慎就会上演船毁人亡的悲剧。艄公们说，"嚎——嗨""嚎——嗨"地喊着号子闯一回碛，就像提着脑袋在鬼门关上走一遭，要是闯不过去，这辈子就完了。

闯碛成功以后，渡船要逆流而上，回到上游的渡口。这就不得不提到另外一个神秘的人群，那就是靠卖苦力为生的裸体纤夫。他们在崎岖复杂的纤道上前后排成一溜儿，把腰弯成一张弓，把头深深地埋下来埋在两腿之间，再把纤绳牢牢地嵌在肩上，一小步一小步艰难地前行。他们遇山爬山遇河涉水，遇崖攀崖遇滩踩石，遇到更为复杂的纤道，只能趴着前行，甚至跪着前行，常常累得上气不接下气，真是一颗汗珠子滴到地上摔八瓣儿。裸体纤夫的身体经常暴露在阳光之下，用不了多久，他们的肌肤就会被晒成朱砂色，慢慢就会黑里透红，再往后就成了古铜色。事实上，裸体纤夫并不是一群野蛮人，他们不穿衣服是为拉纤利索，穿上衣服容易被纤道上的乱石、树枝和野草挂住。另外，衣服一旦被河水打湿，或者被汗水渍湿，就会紧紧地贴在身上摩擦皮肉，带来不必要的麻烦。与其这样，还不如赤条条来赤条条去，反正大家都为了讨生活，谁也不怕谁笑话，谁也不会笑话谁。

随着时代的发展，闯碛早已成为历史，但是，二碛并没有淡出人们的视线，反而在新的时代背景下焕发了新的生机。一九八七年春天，来自全国各地的数十名热血青年，自发组成三支黄河探险漂流队，从黄河源头出发，历时半年，漂至黄河入海口，完成了黄河全程无动力漂流的壮举，在母亲河上奏响了振兴中华的时代强音。吴堡人脑子里灵光一闪，由此得到启发，萌生了"二碛漂流"的绝妙想法，于是，二碛广场上就有了一组名为《黄河之子》的雕像。雕的是三十多年前在黄河无动力漂流中壮烈牺牲的七位勇士，这既是一种怀念也是一种激励。之后，吴堡接连举办了两届黄河国际漂流赛，巴西队来了，俄罗斯队来了，塞尔维亚队来了，十几支国际漂流队来了。一群来自世界各地的时代弄潮儿在黄河二碛汹涌澎湃的激流中劈波斩浪奋力前行，他们优美而有力的姿势惊艳了吴堡，也惊动了世界。

如今，二碛已成为黄河漂流的最佳河道。在二碛，漂流者既能玩得惊险刺激，又能玩得有惊无险。今年初夏，我带着妻子和女儿，跟朋友们一道赶了一回时髦。在大峡谷里，在母亲河中，在橡皮船上，在河风的吹拂下，一边划船一边肆无忌惮地打一场水仗，真是一种奇妙无比的体验。那漂流船就像一只神奇的魔盒，一上船，孩子们就找到了丢失已久的童年，一群老大人则立马变成了一群天真无邪的老小孩！

因为漂流，二碛就像八月里的枣子，渐渐红了起来。从目前的趋势看，除了成为网红，二碛别无选择。

二

吴堡黄河航道上有七八个古渡口，其中，最著名的是川口古渡。川口古渡因位于岔上镇川口村而得名，乍一看，渡口风平浪静波澜不惊，并没有什么特别之处，但是，如果切开岁月的肌肤，进入历史深处，你就会明白，川口的确是一个有故事的渡口，渡口背后隐藏着一段激动人心的红色往事。

一九四八年春天，转战陕北近一年时间的毛主席决定东渡黄河，前往河北西柏坡村指挥全国解放战争，渡河的地点就选在了吴堡县川口村。吴堡具有良好的政治基础，在这之前，刘少奇、朱德、董必武、叶剑英、杨尚昆等解放军高级将领以及从延安转移过来的一批又一批工作人员都是从吴堡过的黄河。在吴堡的几个古渡口中，川口古渡水流相对平缓，安全系数更高一些。正因为如此，才注定了它跟中国革命紧密地联系在了一起。

这一年三月二十三日中午十一点左右，毛主席径直来到川口古渡，吃了一点干粮，喝了一碗老乡送来的白开水，然后坐在黄河滩的一块大石头上，点燃了一支烟，神情凝重，思绪万千。一年前，蒋介石命令胡宗南集中火力攻打延安，逼着毛主席东渡黄河，但毛主席偏不过去，他说，不打败胡宗南决不离开陕北。而现在，陕北的形势发生了很大变化，国民党已完全走上了下坡路，毛主席审时度势，果断决定转移到西柏坡去。这一重大决策，预示着中国革命的道路拐了一个弯，预示着中国革命的春天就要到来了！

下午一时左右，按照计划，正式渡河的时间到了，毛主席和家人登上第一只船，周恩来、任弼时等人登上第二只船，陆定一、胡乔木等人登上第三只船。据当时为毛主席掌舵的老船工薛海玉老人生前回忆，平时渡口上渡船是靠不了岸的，装卸货物或上下乘客，要么靠船工涉水背扛，要么用木板搭建一条临时通道。可是，不知为什么，那天河水特别平缓，渡船可以直接靠岸，大家直接就上了船。我想，这大概就是我们常说的天遂人愿吧。

渡河过程中，发生了一段很有象征意义的小插曲，毛主席的坐骑小青马忽然跳进河里，游回了对岸。毛主席不无伤感地说："小青马是舍不得离开陕北嘛！马犹如此，人何以堪啊！"渡船到达对岸以后，毛主席下了船，往前走了十几步，然后慢慢回过头来，久久地望着黄河对岸的陕北大地，深情地说："陕北是个好地方！"由此可见，毛主席对陕北是多么留恋。

如果说陕北是一块神奇的土地，那么，黄河就是一条英雄的河流！当年，日本侵略军占领山西以后，用了七年时间，费了九牛二虎之力都没能越过黄河一步。毛主席曾说："如果没有黄河，党中央就不可能在延安待那么久！"毛主席还说："你可以藐视一切，但不能藐视黄河，藐视黄河就是藐视我们这个民族！"从这个意义上说，黄河是一条值得我们每一个人尊敬甚至跪拜的河流！

延安和西柏坡无疑是两个给人无限希望的革命圣地，在中国革命史上占据着举足轻重的地位，而川口古渡则是连接延安和西柏坡的一座桥梁。川口古渡为毛主席在陕北的十三年光辉岁月画上了一个完美的句号，同时也为毛主席在西柏坡一展宏图展开了一个一马平川的破折号。川口是一个终点，也是一个起点，在川口，毛主席从一个胜利走向了另一个胜利。川口古渡是中国最大的渡口，它渡的是中国革命的走向，渡的是中华民族的命运！

而眼下，川口几乎看不到渡口的痕迹了，取而代之的是毛主席东渡黄河纪念公园。公园入口处有一组雕像，生动地再现了毛主席等人东渡黄河时的壮丽场景。毛主席两手叉腰，昂首挺胸，目光中充满了一代伟人气吞山河的高度自信。雕像不远处矗立着一座纪念碑，碑高二十七米，象征着中国共产党从一九二一年成立到一九四八年东渡黄河期间长达二十七年的奋斗历程。当年，首长身边的五六名工作人员在渡河前相约来到渡口旁边的河神庙前拍了一张照片，这张照片目前陈列在毛主席东渡黄河纪念公园主题展馆里，格外醒目。那座河神庙从外形上看，就是一孔普通的窑洞。经过七十多年风吹雨打，河神庙依然还在，但门窗已不翼而飞。远远一看，那孔窑洞黑黢黢的，像时光老人的一只眼睛。这只眼睛见证了川口古渡曾经的繁华，也见证了川口古渡后来的落寞。

因为工作关系，我经常带着外地来的客人去川口探寻伟人的足迹，聆听那些远去的故事。一次，北京来的一位客人说要在黄河边停泊的一只"东渡"号道具船上拍照留念，没想到他一上船头，就喊了一嗓子《黄河船夫曲》："你晓得天下黄河几十几道湾，几十几道湾上几十几条船，几十几条船上几十几根杆，几十几个艄公把船扳？"那歌声高亢嘹亮荡气回肠，乘着风的翅膀，在河道里传得很远很远。

三

陕北有一句俗语"铜吴堡，铁葭州，生铁铸的绥德州"，其中的"铜吴堡"是说吴堡县城像一块铜疙瘩，易守难攻固若金汤。不过，这个"铜疙瘩"不是指今天的吴堡县城，而是指吴堡老县城。

吴堡老县城坐落在一座石山之巅，城里城外、城上城下是清一色的石头，因此又被称作吴堡石城。吴堡石城的城门是石头的，城墙是石头的，道路是石头的，院子是石头的，窑洞是石头的，窗台是石头的，碾磨是石头的，桌凳是石头的，鸡窝是石头的，驴圈也是石头的。当初，县上以"吴堡古城"的名义申报全国重点文物保护单位，连续几次都未能通过，后经高人指点，以"吴堡石城"的名义申报，只改了一字就顺利通过。由此可见，石头是吴堡石城最大的特点，也是最大的卖点。

吴堡石城随山形地势而建，既不方正也不平整，整个石城东北高西南低，堪称我国城建史上因地制宜的一个经典案例。那座作为底座的石山，像一位饱经沧桑的老人，石城则像老人头上的一顶礼帽。从另一个角度看，石城更像文人的一枚闲章，蜿蜒起伏的城墙呈不规则的椭圆形，是闲章的边框，而城里的建筑和道路是闲章的内容。

吴堡石城有一千多年的历史，曾设有县衙、捕署、大堂、监狱和各种庙宇、祠堂、楼阁、牌坊，可惜都已被毁。石城内的"商业街"曾经分布着几十家店铺，可谓商贾云集，一派繁华景象。走在这条街上，望着那些断壁残垣的石窑洞，你尽可以展开想象猜一猜，当初哪一孔是客栈，哪一孔是饭馆，哪一孔是茶舍，哪一孔是杂货铺子。目前，石城里保存较完整的窑洞院落有四十多个、窑洞有二百二十多孔，大部分是明清时期的石头建筑。遗憾的是，城里的住户去世的去世搬迁的搬迁，人去窑空，到处塌墙烂院杂草丛生，遍地的枣树自生自灭无人问津。有的窑洞里还可以看到被主人遗弃的破水瓮和裱在墙上的旧报纸，烟火散尽，一片荒凉。如今，偌大的石城里只住着一位九旬老人。老人叫王象贤，生在石城，长在石城，是一个地地道道的石城人。老人年轻的时候，曾为国民党做事，后来在吴堡中学教书，退休后一直住在石城的一个窑洞小院里，过着简单而安静的生活。游人路过，会不经意间走进这个小院，有一搭没一搭地和老人拉一阵话合一个影。小院外有一块菜地，老人一日三餐的蔬菜均来源于此。老人还别出心裁地在一棵老枣树上挂了一只铁铸的大钟。平时，老人就种种菜晒晒太阳，侧着耳朵听听枣树林子里的蝉鸣声，或者站在城墙边上看一看黄河，想一想心事，或者拿一根枣木棍子敲几下钟，钟声嗡嗡地响起，石城便有了几分禅意，却也越发显得寂静了。

　　作为石城最后的守望者，王象贤老人肚子里装满了关于石城的故事。有游客来访，老人就是义务讲解员。后来，县上干脆在老人家的大门外挂了一块"石城接待站"的牌子。老人告诉我们，侵华日军占领山西以后，认为石城是国共两党的抗战指挥中心，就在对岸的玉皇山顶上架起大炮，隔三岔五隔着黄河炮轰石城。在冷兵器时代，说吴堡石城是个"铜疙瘩"一点也不假，但是面对日军的大炮，石城就只有挨打的份儿了。城门被炸飞了，县衙被炸垮了，文庙被炸平了，老百姓的窑洞被炸塌了，幸亏有个武男义雄，要不然，石城恐怕早就没影了。老人接着说，有一年夏天，日军太原司令部派一名叫武男义雄的军械专家到玉皇山顶上的日军驻地修理军械，不久，他的妻子山口惠玉从日本前来探亲，没想到得了一种怪病，日军医院毫无办法。一天夜里，武男义雄做了一个奇怪的梦，梦见黄河对岸的吴堡石城有一名医术高超的老中医开了个小诊所。第二天一早，他拜托一名在玉皇山顶上当差的中国马夫去吴堡石城一探究竟。马夫辗转来到吴堡石城，发现城里果真有一个中医诊所，便如实告知了山口惠玉的病情。老中医听说来人要为日本人买药，先是愣了一下，接着不紧不慢地递给他一服中药。山口惠玉服了这服中药，怪病居然奇迹般好了。中国医生治好了妻子的怪病，武男义雄感激不尽，一心要报答中国，便给日军太原司令部发了一封电报，谎称吴堡石城已成一座废城，没必要再浪费日军的炮弹了，从此以后，吴堡石城才摆脱厄运有幸被保存下来。

　　吴堡石城已在陕北高原上静坐千年，它不动声色，却暗香浮动。五湖四海的文人墨客像蝴蝶嗅到了花香，纷纷组团来采风，或者结伴来游玩。我曾陪陕西作家方英文到东城墙的一角去观景。站在城墙上，一般人都会产生一种"君临天下"的感觉，脚下是壁立万仞的悬崖峭壁，悬崖峭壁下面就是波涛汹涌的黄河。方老师看了一眼脚下，吓得唉呀唉呀两声，赶紧退了回来。不是方老师胆小，是悬崖太悬峭壁太峭，我想，就是打虎的武松来了也会感到晕眩。但是，如果抬头远眺，就是另一番景象。在连绵起伏的群山尽头，在虚无缥缈的地平线上，黄河和白云融为一体，分不清哪里是天哪里是地，哪里是云哪里是水，那黄河在阳光的映照下，白花花的，像陕北大叔用力甩出来的一条白飘带。我说，唐朝诗人王之涣的诗句"黄河远上白云间，一片孤城万仞山"用在这里也很贴切。方老师半天没吭声，却忽然面对黄河豪情万丈地吟诵了李白的传世佳句："黄河之水天上来，奔流到海不复回！"紧接着，他又续了两句自己创作的诗："天上水来巡吴堡，胸间无辞恨李白！"我打趣说，以后至少会有一万个文人恨英文。方老师哈哈一笑，把手一背，神气活现大步流星而去。

吴堡石城管理所收藏着文化学者邢小利先生的一幅墨宝："千年石头城，人去城已空。荒草掩石墙，枣树正青青。"从字里行间可以看出邢老师的无限忧伤。而我以为，吴堡石城的魅力，恰恰在于繁华落尽的沧桑和人们面对沧桑的那一份忧伤。

四

今天的吴堡县城，紧紧地依偎在黄河母亲的怀抱里，是典型的城在河边河在城边。因为县城驻扎在宋家川街道，所以，老百姓一直把吴堡县城叫作川里。川里只有一条古老的街道，直直的，三岁的娃娃上街也不会迷路。因为街道上没有十字路口，所以，吴堡是中国为数不多的没有红绿灯的县城。前些年，县上在黄河边上修建了一条兼具防洪、交通和休闲功能的滨河大道，这条大道加上古老的街道，再加上黄河河道，刚好构成一个宋家川的"川"字。

吴堡县城堪称一个袖珍小城，一支烟的工夫，就能把整个县城逛完。前街上的人打个饱嗝，后街上的人就知道他吃了什么。当然，小有小的好处，漂泊在外的吴堡游子说，他们离家的时候，就把县城一把揣在衣服兜里，走到哪里就把故乡带到哪里。吴堡县城小归小，但是散发着浓郁的文艺气息。我曾在一本宣传画册上看到一幅吴堡县城除夕夜的全景照片：一条大道，万家灯火；一片夜空，烟花烂漫；一湾河水，流光溢彩。遗憾的是，河里没有船只，要是再有十来只船，除夕夜的吴堡县城就堪称陕北的维多利亚港了。

在吴堡县城，一半人住楼房，一半人住窑洞。黄河岸边街道两旁楼房林立，除了河景房就是街景房，而半山腰里则是错落有致的窑洞院落，房前屋后要么栽满了枣树杏树，要么种满了瓜果蔬菜。从这个意义上说，吴堡县城既有城市的现代化气息，又有乡村的原生态味道。

吴堡人少，有一个显著的特点，就是十家九亲。大姐夫和小舅子在一栋楼里上班，表哥和表妹在一个单位领工资，两连襟在一块开会的情形十分普遍。因为十家九亲，在吴堡什么事情都可以商量着来解决。老早以前，人们法制观念普遍淡薄，杀了人都可以找个中间人来调解。因为十家九亲，吴堡压根儿就没有什么秘密。一位曾在县委任职的领导说，他晚上在办公室一边踱步一边考虑干部问题，第二天早上大街上的普通老百姓就传开了，说县委又快研究人事了。在吴堡，有些事不只是不能说，连想也不能想，想一下，大家就知道了。

我第一次去吴堡，是七八岁的时候，和父亲坐一辆手扶拖拉机去吴堡县城卖梨。记得在氮肥厂家属院门口，父亲赔着笑脸，用二斤梨换了两碗高粱米饭作为我们父子俩的午饭，那是吴堡留给我最初的记忆。在镇上读初中后，吴堡去得就比较频繁了。读初二时，骑着自行车去配过近视眼镜，师傅不专业，我又啥也不懂，稀里糊涂把眼镜度数配高了，戴上看东西的确清楚多了，但总感觉天旋地转，还有点想吐。课余时间，我经常骑着自行车去贩卖空心饼子，给小伙伴们卖十个，可以赚得吃一个。此外，我用自行车驮着父亲去吴堡县医院看过病；考上小中专以后，驮着母亲去吴堡县城给我买过新衣服。可是，我做梦也想不到我会到吴堡工作。已过不惑之年，突然要跨县到吴堡去，着实有点意外，但心里倒也十分坦然。吴堡虽然是外县，但因为老家与吴堡接壤，饮食、环境和风俗习惯大同小异，加上对吴堡县城十分熟悉，我也可以算半个吴堡人了。

吴堡县与山西省柳林县之间有四座黄河大桥相连，使黄河天堑瞬间变成了通途。同事们饭后散步，一不小心就会散个大步，随便跨过一座黄河大桥就到了山西，跨省比去邻居家串门都容易。吴堡县城的高速公路桥和铁路桥都是高架桥,汽车和火车都是从空中"飞"过去的。二〇一六年夏天,我邀请一批作家来吴堡采风,有作家电话上问我吴堡有没有机场,我一本正经地告诉他:吴堡有两个机场,一个在榆林,距离吴堡两小时车程,一个在山西吕梁,距离吴堡一小时车程。那作家惊讶地喊道:"吴堡也太牛了吧,两个机场伺候着!"

作为一名异地交流干部,我在黄河岸边租了一个不大不小的房子,窗外是一个广场,广场下面就是黄河。那广场虽然不大,但草坪、绿植、雕像、凉亭应有尽有。傍晚时分,唱歌的、跳舞的、散步的、打拳的各得其所,自得其乐。我很少到广场上去凑热闹,更喜欢一个人坐在阳台上,泡一壶茶,翻一本书,或者无所事事地看着窗外,看着大河奔流,看着夕阳西下,看着河水无情地带走我的年华。但是,每次看到广场上矗立的两尊雕像,我的内心就会油然而生一股敬意。这两座雕像一文一武,文的是人民作家柳青,武的是天路将军慕生忠,他们是吴堡人民的精神偶像,也是黄河儿女的杰出代表!柳青为了创作,自愿辞去长安县委副书记一职,在皇甫村定居十四年,潜心创作了文学巨著《创业史》,并且于一九六〇年一分不剩捐出《创业史》第一部的全部稿费一万六千零六十五元。这两条,即便在今天又有几人能够做到?说柳青是中国文坛的一面旗帜、一座灯塔、一座丰碑,一点都不为过。因此,一个融柳青故居、柳青文学馆、柳青私塾、柳青书院、柳青驿站为一体的柳青文化园在柳青故里应运而生,这个文化园无疑是吴堡人民对柳青先生的致敬之作。我想,如果柳青先生地下有知,他一定会感到无比欣慰,一定会笑得无比灿烂!慕生忠将军官至副省级,但我敬佩他的并不是他的官衔,而是他身上的革命英雄主义精神和传奇色彩。慕生忠年轻的时候在山西杀敌人除恶霸,身上留下二十七个伤疤,后来,他个人提议并率一众人马,仅用七个多月时间,就在戈壁荒滩、悬崖峭壁上修通了青藏公路,创造了人间奇迹,被后人誉为"青藏公路之父"和"格尔木的奠基人"。直到今天,在青藏线上,慕生忠仍然是一个振聋发聩的名字,提起他的名字人们就会肃然起敬。这一点,巍巍昆仑可以做证,他当年修建的"将军楼"可以做证,由他命名的沱沱河、不冻泉和望柳庄都可以做证!

外地人来吴堡,最头疼的事情就是听吴堡方言。吴堡方言是个孤岛,跟周边县区完全不搭调,所以,吴堡的乡音只有吴堡人能听懂。在许多人眼里,吴堡方言就是一门外语,甚至是一门绝学,但是,对我来说吴堡方言就是从小挂在嘴边的语言,我不仅能听懂,说得也还算地道。就像上海人喜欢说"阿拉上海",东北人喜欢说"俺们东北"一样,吴堡人喜欢说"们吴堡"。"们"是典型的吴堡方言,是中国独一无二的方言,念"méi",是"我、我们"的意思,既可以指单数,也可以指复数。《们吴堡》最初是一本研究吴堡方言的学术著作,我在吴堡工作期间,先后策划并组织相关人员创作了一系列关于吴堡的宣传片、宣传歌曲和宣传画册,都冠以"们吴堡"的名字。如今,"们吴堡"已成为吴堡县的区域公共品牌,时常挂在吴堡人的嘴边。吴堡人说起"们吴堡",那口气中自带三分骄傲,还有两分自豪。去年秋天,市上的一个朋友打电话问我在哪里,我说在"们吴堡",朋友笑我成了地地道道的吴堡人。我笑着回答他:"咱一个出门人,头顶着吴堡的天,脚踩着吴堡的地,吃着吴堡的粮,喝着吴堡的水,不说吴堡话,像话不像话?"朋友哈哈一笑说:"不像话,简直太不像话了!"

(原载《人民文学》2021年第8期)

更多英雄是无名

◎刘庆邦

我在1998年10月初曾去过井冈山。时隔23年，2021年5月下旬，中国共产党百年华诞前夕，我再次登上了井冈山。第一次去井冈山参观，我记住了许多英雄的名字，知道中华人民共和国的建立与他们的英名紧密联系在一起，并对矗立在天安门广场的人民英雄纪念碑的深远意义加深了理解，每次仰望高耸入云的纪念碑都肃然起敬，心中响起国际歌和国歌的旋律。这次上井冈山，我们追寻着当年红军浴血奋战留下的红色足迹，先后参观了黄洋界、小井红军医院、马家洲集中营；瞻仰了北山革命烈士陵园，敬献了花圈；在井冈山革命博物馆，仔细聆听了讲解员的讲解；还与几位红军后代进行了座谈。让我深感震撼的是，在创建井冈山革命根据地的斗争中，竟有那么多为革命事业献出了宝贵生命的英雄没有留下自己的姓名，成了永远的无名英雄。是夜，窗外雨声阵阵。我怀想着那些数以万计的无名烈士，心潮起伏，久久不能平静。

山有名，河有名，树有名，花有名。每个人出生在世，也都会有一个名字。名字是一个人的代号，一个人的标记，命名是从自然人到文化人的必然过程。一个人有了名字，才能与别人相区别。当一个人的生命消失，需要以文字的形式记录下来时，就要记下这个人的名字，名字似乎代表着他的全部。如果不能记下这个人的名字，就好像这个人从来没在世界上存在过一样。有一句俗话，雁过留声，人过留名。意思也是说，人在世上过一遭，要留下自己的名字。

可以肯定的是，那些无名英雄都有自己的父母，他们出生后，父母都会给他们起一个名字，这是父母对儿女最宝贵的终生赐予。当他们长大后加入革命队伍，走上革命道路，因起码的登记造册和操练点名需要，他们每个人也都会报上自己的名字。但在战火纷飞、出生入死的战争年代，由于这样那样不可预知的原因，许多烈士却没能留下自己的名字。比如我们参观的小井红军医院，就是其中的一个例子。

随着反"围剿"斗争日益频繁、残酷，红军中的伤病员越来越多。把伤病员分散放在老百姓家里养伤治病，既得不到有效治疗，还会给老百姓增加负担和危险。为了改变这种状况，红四军发动群众，军民携手，就地取材，在距茨坪6公里的小井村建了一所红军医院。医院为两层木质结构的小楼，共32间病房，可同时收治200多名伤病员。这是中国工农红军建的第一所正规医院，被命名为"红光医院"。医院缺医少药，医疗条件非常差。医务人员只能在附近山里采挖草药，自制医疗器具，给伤病员治疗。有的伤员需要截肢，他们只能用当地农民锯木头的锯子锯断伤员的骨头。1929年1月，国民党调集湘赣两省18个团的兵力对井冈山根据地发动第三次"围剿"。在敌人对红军阵地发动多次攻击无果的情况下，1月19日，敌人花200块银圆买通了一个猎户带路，偷袭了小井红军医院。大批的敌人把医院团团包围，对伤病员进行疯狂袭击。伤病员们虽然失去了正常的战斗力，手里也没有武器，但他们并没有屈服，拿起手边的拐杖、木棍、板凳等，与敌人进行殊死搏斗。终因敌我人数和力量过于悬殊，敌人纵火烧毁了医院，把伤病员和医务人员集中到了医院附近一块泥泞的稻田中。敌人架起了机枪，威逼他们说出红军主力的去向和隐藏粮食、武器的地方。面对敌人的枪口和叫嚣，英雄的红军战士们手挽手，肩并肩，横眉冷对，大义凛然，像一群花岗岩雕塑一样，无一人开口，对敌人表示出极大的蔑视。敌人无计可施，恼羞成怒，开枪向手无寸铁的伤病员和医务人员疯狂扫射。敌人开枪时，红军战士高喊"中国共产党万岁"，响彻整个山谷，直冲云霄。烈士们的鲜血染红了稻田和稻田旁边的溪水，溪水呜咽，为之哀恸！这是惨烈的一幕，是惊天地、泣鬼神的一幕，也是悲壮的一幕，浩气长存的一幕。我坚信，在20世纪的20年代，发生在井冈山小井村稻田的这一幕，必将永远载入中国革命史册。

1951年，井冈山的党组织和当地军民把掩埋在小井村稻田里的烈士遗骨请出，移送到茨坪安葬，并建立革命先烈纪念塔以志纪念。

既然建立了纪念塔，总得记下那些烈士的名字吧。问题来了，因敌人烧毁红军医院时，把住院治疗的伤病员的花名册也烧掉了，人们只记得当时的伤病员大约有一百三十多名，具体多少都不清楚，更不要说伤病员的名字了。根据党组织的查询和老同志们的回忆，只确定了李玉发、朱鹅龙、邓颖发等18位烈士的名字，绝大部分烈士姓名都无从查寻。老同志们还记得，伤员中有一位红军战士，就义时年仅14岁，还是一个少年。这样的年龄，是现在一个初中生的年龄，他却牺牲在敌人的枪口下，成了一位少年烈士。让人遗憾的是，人们只记住了他的岁数和他单薄的身影，却没能知道他的名字，少年英雄的名字。

没有留下名字的英雄，当然不只是壮烈牺牲在小井村红军医院的那一百多名烈士，据不完全统计，中国共产党领导下的工农红军，在井冈山两年4个月的浴血奋战中，共有四万八千余名烈士为革命献出了宝贵生命。这其中，有名有姓的烈士只有15744人，三万多人是无名烈士。

在井冈山革命烈士陵园瞻仰时，我们看到陵园的墙壁上刻满了金色的名字。那些名字都是有名的烈士，更多的无名英雄只能留在瞻仰者的心中。井冈处处埋忠骨，英雄功勋载史册。我们郑重地为烈士纪念碑献上花圈，并对所有的人民英雄三鞠躬。

（原载《小说选刊》2021年第8期）

慢慢来　比较快

◎池　莉

　　网络性子急，带动一切急，时间更加飞飞快。就连天气预报，也前所未有地急切，三天两头预警，又是大风预警，又是寒潮预警；寒潮预警还分蓝、黄、橙和红色预警。叫人心慌意乱，赶紧去买充绒量更高的羽绒服。后来发现，其实天气并没有那么冷，路边都没有结过霜花，更见不到冰碴。真是活久见——就是"活久见"这个词，也是网络制造的又急又快又戳心的极简语言，当做感叹词用在这里，倒也不错。

　　以前的冬季，又宽又长又缓缓。在一夜秋风凋碧树之后到耕牛遍地走之间，我们单知道西伯利亚寒流就要来了。下雪了。结冰了。我们都跃跃欲试，要在大大小小河塘的冰面上行走，小脸冻得紫红，鼻孔突突冒白气，不幸的是棉靴又湿透，回家得咬牙顶住大人的责骂，却更想要去偷偷摸摸地玩，屋檐下长长的冰凌，也要被我们打下来吃吃。老人总是在晒太阳，从容地晒，朝阳墙根那块儿，坐成一排石雕。大人们总在忙着备年货，一提提腊肉腊鱼，早上挂出去，黄昏收进屋，专心致志，兢兢业业，嘴唇一边翕动，那是在数数，生怕少掉了一提。冬至一到，裁缝总是如期而至，来家里，一住几天，帮我们旧衣翻新和裁缝新衣，那是大年初一一定要穿的。弹棉花的匠人，也总是如期而至，家家户户床上的垫盖棉絮，也就眼看着蓬松如新。卖酒曲子的，也总是如期而至，只因过年大家都需要曲子做米酒，家中没有桂花米酒，过年就缺少了那一点点的甜那一点点的醉。远方的表哥表妹们，也总是如期而至，只因冬季收获和储存了秋收的果实，花生瓜子之类零食，多少总会有一些，因此冬季也就总是适宜走亲戚的时节。以前的冬季，仿佛一切活动都有预约，不急不慌，该来的，都会来。而冬季人世间的热闹与活动，主题都是围绕过年，几乎都集中在街巷，人们穿梭在商场、杂货店、粮油站和副食店，也就越发衬托出天地的疏阔迂缓：草丛是稀疏的，树林是疏朗的，晨星是疏落的，经常有白霜打在褐色的丝瓜藤子上。丝瓜善于爬藤，易于生长，成为荒郊野外与街巷里弄的纽带，屋阶旁边一只废旧木桶，也可以结出丝瓜无数条，开花时节也是明黄的威武气息，瘦下去却总是很慢的一种漫不经心，不似日历和时钟那么无情和紧逼，街巷倒也因此得了几分闲散气和乡村气，十分怡人。就这样，慢慢地，慢慢地，眨眼间，却已经到了除夕夜。守岁到转钟的那一刻，外面鞭炮齐齐地响起来送旧岁，凌晨又是一阵赶一阵的大年初一报新竹。接下来就是开心得没得命的三天大过年：没大没小，没上没下，嘻嘻哈哈，上天入地，神仙凡人，乞丐富翁，人人平等——这个三天我们如此珍惜，都舍不得睡觉的，熬到眼皮直打架，一味地就是要把这难得的自由日子，过得长长的、慢慢的、久久的。

从前的过年，哪里是现在可以比拟的。如果这里要叹一句"活久见"，那意思应该就是：一个人活得更长一点更慢一点，能够见到的有趣事物就会更多一点更细一点，亲自创造有趣事物的机会也会更多一点更细一点。

人生确乎不宜太急。意趣确乎是急不来的。正因为我性子里有很急的一面，正因为我一急就丢三落四，正因为我的急导致我丢失了太多的人生财富，我才痛彻地发现：生命沿途的风景，只有慢慢看过了，细心捡拾了，才会收入你的囊中，然后再与你如影随形：好玩、有趣、快乐、难过、满足、失落、完美、残缺、被难以言表的复杂感情充盈起来的那些泪珠以及各种笑，惊喜的与绝望的——都是你人生行李，慢慢经历，慢慢收纳，它们才会支撑你慢慢长大和慢慢老去。

说起来就是眼前的事情，一切历历在目。认真想一想时间，那是20世纪90年代初期。那时候，我居住在偏远的常码头小区，四周紧邻菜农，连公共汽车都还没有开通。有一天傍晚，我带孩子在楼下花园玩耍，我们的玩耍，主要就是追逐菜农的鸡群，当时我和我牙牙学语的女儿，都学会了一口流利的鸡叫。一辆人力三轮车蹬进了小区，朝我们过来。忽然，我发现，车上坐着的，竟然是北京作家王朔和刘震云，他俩正得意洋洋朝我笑，将我完全彻底地惊呆。

不错，武汉市正在举办一个文学笔会，大撒英雄帖，广邀天下客，全国当红的年轻作家们，几乎都受到了邀请。可是怎么就在眨眼之间，这两位哥们儿，竟然从北京来到了武汉，而且已经来到了我家。可见，作家就是有超人的想象力。这哥儿俩早在北京出发的时候，就策划了这场突如其来给我惊吓的见面——提前到武汉径直闯来看望我——惊吓是实实在在的：凭票供给肉蛋粮食的时代还没有结束，如果没有事先准备，家里是要吃没有吃的，要喝没喝的，公寓也不大，要住也没得住的，附近都是农田菜地，也没有什么旅馆酒店——我望着他俩傻笑，有朋自远方来首先第一反应当然是心花怒放不亦乐乎，紧接着就是目瞪口呆大犯其愁：拿啥招待朋友呢？一杯白开水。对的，就是一杯白开水。可这哥儿俩，白开水就白开水，咕咕地喝，快活极了。

更为超人的想象力还在这里：他们在武昌的南湖机场下飞机，一打探，没有便利的公共交通到我家，索性异想天开，就雇了一辆人力三轮车。人力三轮车啊，脚踏车啊，从武昌到汉口，得过江啊，得过长江大桥啊，得过多少条大街和小巷啊。他俩无所畏惧地，就人力三轮脚踏车了。从武昌最南端启程，穿过武昌城区，穿过长江大桥，再穿过汉口城区，再穿过空军王家墩机场，来到了汉口最西边的我家。这一路要蹬好几个小时，而且仅凭三轮车夫一个人的力气，是蹬不过来的，这两位作家就与三轮车夫互换着蹬车，三个人轮流劳作，一段一段地慢慢走，一路浏览市容，指点江山，插科打诨，嘻嘻哈哈。

这哥儿俩，就这样，也不管人间多少忧愁也不管岁月似箭时光如梭眼看天色已经晚了下来，到我家已是天黑之前的最后一抹黄昏。然而，从笔会的时间安排来看，他俩竟是率先抵达武汉的作家，且还有时间先来看望朋友。这真是不要太有趣了！而且任何时候任何年月，只要我们想起来提起来，都会忍俊不禁，好不开心！

因此。似乎。往往。记忆这个词，看起来是过去时，实则是现在时；它类似于存款，的确已经是赚下了的，使用却是现在，还有未来，还可以说永远。而慢慢来，还不只是比较快，还不只是比较快地为你清晰呈现阶段性的人生结果；也还不只是一种时间节奏，还不只是一种怡人的从容；更是一种与你自己温润的亲近，更是一种对你自己深邃的浸透。这种亲近与浸透，能够慢慢洞穿你生活表面麻木不仁的包壳，激荡你的灵魂，能够在你灵魂里敲醒你的生物记忆，纵然外界总是刮着急急的流行风，纵然长江昼夜不息后浪推前浪，也卷不走那个泰然自若的你，这叫活着。

2021年1月21日星期四的汉口

（原载《新民晚报》2021年1月31日）

一座城的生灵烟火

◎迟子建

童年时在故乡，因为狗没有看好家，我踹过狗肚子；鸡不爱下蛋了，我用柳条捅过鸡屁股；猪对我采的野菜挑三拣四，我会掐断它一顿主食儿，饿得它嗷嗷直叫。这些行为若是被姥姥发现了，会遭到她的责备，她惯常说的是，瞧瞧人家的眼睛多清亮哇，怪可怜人的，可不许欺负不会说话的哇。"人家"二字，说明了姥姥把小动物看做了人类一族。

也的确啊，狗再犯浑，从不咬主人，哪怕它挨了主人的揍，呜呜哀叫的时候，满眼还是忠诚；牛马犯懒，车把式抽它鞭子时，也没见它们回击，虽说它们的蹄子，比拳击运动员的拳头力道都大，可以打得你满地找牙。吃了鞭子的牛马不吭不哈，照例为人卖命。

鸡鸭鹅狗猫，牛马猪羊驴，这是家畜世界的生灵，与人类相生相伴。它们生活在居民区，不愁温饱。而游荡在山林的野生动物，一切靠自己，不乏冻死饿死的。野生动物时常与人类遭逢，比如春天耕田的人遇见狼，夏季锄草的人遇见蛇，秋季采山的人遇见熊或犴，冬天拉烧柴的人遇见狍子和雪兔。这样的遇见，不都是美好，有时农人被毒蛇咬了，采山的被熊袭击了，就会带来灾祸。常窜入居民区的野生动物是黄鼠狼，我们叫它"黄皮子"，它的目标是鸡舍，这家伙嗜血成性，通常只喝鸡血不吃肉，有时一夜能掐死一群鸡。因它身体能释放一种奇怪的气味，有时致人迷幻，说胡话或眩晕，人们畏惧，所以黄鼠狼作孽，主人驱赶它时，还得先赔不是，说着乞求的话。

我来哈尔滨生活三十年了，进了钢筋水泥的丛林，与家畜和野生动物照面的机会，无疑就少了。去年因出版了以哈尔滨为背景的长篇《烟火漫卷》，其中写到一只雀鹰，有好奇的读者问我，在哈尔滨户外真能看见鹰吗？在大多数人心目中，它出现在城市，一定是在动物园中，翅膀都是僵硬的，这也勾起了我对这座城生灵的回忆，它们无疑是人间烟火的一种。

先说马吧。我初来哈尔滨，是上世纪九十年代初，商品房还没兴起，老式住宅楼的楼道，成了居民们越冬蔬菜的公共储藏间。每到深秋，从郊县来哈尔滨卖秋菜的马车就来了。它们停靠在各居民小区入口或是菜市场的十字街头，售卖土豆、大葱、萝卜和大白菜。一车秋菜若是一天卖不完，马就要和主人在城里过夜。霜降之后的哈尔滨很冷了，夜里气温常降至零下，卖菜的裹着棉大衣蜷缩在马车的秋菜上，而马习惯站着睡，所以若是清晨起得早，常见马凝然不动垂立着，像是城市的守卫，而它蹄子旁的水洼，有时凝结了薄冰，朝晖映在其上，仿佛大地做了一份煎蛋，给承受了一夜霜露的它们，奉献了一份早餐。有了冬储菜，哈尔滨人对从西伯利亚长驱入境的寒流，就有温暖的把握了。我虽一个人生活，但自那时起，也养成习惯，买上十几棵大白菜，腌一小缸酸菜，在雪花飘舞时分，让五花肉和酸菜在灶上炽热相逢，让荤素开启冬日的二重唱。能在北风呼号时分，吃上热气腾腾的酸菜白肉，是哈尔滨人的快意时刻。

近年进城卖秋菜的，多是农用机动车了，但马车并未消失，马的眼神和步态一如从前，它载着的越冬蔬菜也一如从前，虽说现在生活条件好了，蔬菜摊四季都是春天的花园，姹紫嫣红的，但哈尔滨人还是会买些耐储的菜，留待冬天。所以我在《烟火漫卷》中，很自然写到一对郊县的农民夫妇，赶着马车进城卖秋菜，马车撞伤了女主人公黄娥，引发了一串故事。

除了马，我印象深的还有江鸥。刚来哈尔滨时青春飞扬，我常在夏日傍晚去松花江畔看落日，江鸥在水面飞起落下，白色的羽翼被夕阳映照成金色，仿佛它们是一群来自天堂的鸟儿，总能拨动年轻的心，给人以美的遐想，它们是松花江永不沉落的珍珠。

本世纪初，哈尔滨养猫狗的市民多了起来。像我这样在山镇长大的孩子，对饱食终日的宠物，很难喜欢起来，因为在故乡与我们相伴的狗，是要看家护院的，而猫得守卫粮仓不遭鼠患。城里的宠物狗，常穿着花背心和棉袜子与主人遛街，而它们肆意便溺时，少见有公德心的主人，拾捡爱犬粪便，所以我在小区散步时习惯低着头，生怕踩上这样的"地雷"。做宠物必然有失宠之时，碰到无良的主子，当它们老了，病了，或者新宠出现，就有惨遭遗弃的，所以流浪的猫狗近年多了起来。《烟火漫卷》中写到流浪猫，源自我曾在南岗居所楼下的花坛遇见的一只白色流浪猫，它又老又脏，肚子是塌的，常到垃圾堆找吃的。我买了猫粮，散步时会在丁香树丛的一块大石头上，撒上一些，渐渐地它也认得我，见着我会停下看一眼，有时还撒娇似的，躺倒打个滚。因为我不常在南岗住，一袋猫粮大半年还没撒完。就在那年初冬，一场小雪后，我又回南岗住，想着天冷了，流浪猫一定找温暖的窝去了，所以傍晚散步也没带猫粮。未料到一踏入花坛小径，就见干枯的丁香树下它的尸骸。它侧身躺着，瘦得肚子仿佛没了，就像一块消融着的雪。我喊来小区保安，他说前两天还见它窜来窜去呢，咋说死就死了？他说不可能是饿死的，因为那段时间小区的住户常喂它，看来它是冻死的。我给了保安一点钱，请他拿把锹，把它埋了。从那以后走在花园小径，总觉良心不安。在《烟火漫卷》中，我让榆樱院中的两只流浪猫，一只为雀鹰殉死，另一只离开了榆樱院，再度流浪。

而《烟火漫卷》中的雀鹰，我在《后记》已交代过，它确实是有原型的。我曾在一家商业银行铺设塑胶跑道的工地，看见过一只深陷塑胶泥潭的燕子，它死时翅膀张开，可以想见它在生命的最后一息，多想挣离大地，飞回天空！而四年前搬到群力新居的次日，新年的早晨，我在北阳台的窗外发现了一只鹰！

鹰来到一座城市，一定带着我们不知道的气流，不知道的风云，不知道的迷失，不知道的它所经历的山林草原，峭壁悬崖，以及属于它的勇敢和怯懦，伤痛与离别。我将这只梦幻般出现又消失的鹰，和那只葬身塑胶跑道的燕子，合二为一，在《烟火漫卷》中放飞了一只雀鹰。我让它蜷伏在跨越湿地公园的阳明滩大桥的栏杆上，这样开"爱心护送"车的刘建国载着翁子安经过时，就能遇见它，从而有了雀鹰在榆樱院的故事。

城市的生灵在黎明与黑夜之间，始终静静地唱着生命的歌谣。去年九月王蒙先生来黑龙江省政协，做关于弘扬中国传统文化的专题报告，会后我陪先生一行游览太阳岛公园的湿地。由于去秋雨水大，湿地小路已成小河，电瓶车缓缓而行时，车轱辘都被淹了，感觉是乘船。车行不久，先见一只灰鹤从灌木丛飞起，像青衣抛出的一条华丽水袖，惊艳一车人，还没等我们把视线从它身上转移，又有一双白鹤飞起，在车头前方蹁跹起舞，大秀恩爱。王蒙先生慨叹哈尔滨的生态环境太好了！我跟太阳岛公园管委会的同志开玩笑，说这不是安排的"秀"吧。他不无骄傲地说，你想安排的话，这些野鸟谁又会听你的呢！而这些涉禽类鸟——大自然的芭蕾舞演员们，很快被接下来的一条鱼抢了风头，一条寸长的银色鲫鱼，竟然从流水潺潺的路面，蹦上电瓶车！我们飞快拍下那条来到人群的鱼，见它还摆着尾，赶紧择了处丰泽的水面，把它放生了。

不期然现身的鹤，与跃上电瓶车的鲫鱼，以及去年秋天我在卧室发现的纱窗外匍匐的一只蝙蝠，似乎抹去了我之前在塑胶跑道看到的死去的燕子时，所留下的心理阴影。哈尔滨的生态环境，确实得到了极大改善。王勃《滕王阁序》中的"落霞与孤鹜齐飞，秋水共长天一色"的至纯之境，似乎在那个时刻，从唐代曼妙地穿越到这座现代都城了。然而这种骄傲感没维持多久，候鸟迁徙的季节，我看到一则新闻，有只东方白鹳在南迁途中，在哈尔滨的呼兰区，倒挂在高压线上，被解救后已经死亡，而它的脚部，疑似有盗猎分子布设的猎夹。一只戴着镣铐追逐着温暖的东方白鹳，命绝于人类泯灭的良知，没有比这儿最深重的渊薮了！这太像我《候鸟的勇敢》的情节了，一只被盗猎者布设的超强力粘鸟胶所伤的东方白鹳，没有赶上季节迁徙的步伐，它与留下陪它的伴侣，伤愈后南飞，但时令已过，双双殒命于暴风雪中。别说这是它们的命运，当人心向下时，人性的黑暗，会埋葬这世上最不该埋葬的生灵。这样的埋葬多了，人类就岌岌可危了。

如果我们丧失了生灵的烟火，一座城就少了最动人的色彩。我们治理环境，更要拯救人心。只有生灵的烟火融入大地，一座城的人间烟火才是美的。

（原载《光明日报》2021年4月3日）

生命胜利了

◎余 华

感谢诸杜明教授和瞿洪平教授的邀请，很荣幸能够参加第四届海上重症论坛。在我心目中，重症医师就是救生员，去死亡威胁里救出生命。今年一月下旬，新冠肺炎疫情来袭时，你们第一时间挺身而出，不少人去了武汉和湖北各地，不少人战斗在上海公共卫生临床中心，你们与其他科室的同行，与武汉湖北的同行，与全国各地的同行，共同踩住了疫情的刹车。现在第二波疫情在世界上蔓延时，中国的社会生活已经趋于正常。虽然西方社会对于新冠肺炎疫情有不同的声音，甚至有一些奇谈怪论，但是有一点是一致的，就是中国的医护人员理应得到世界的感谢。

接受你们的邀请之后，我开始去想文学与医学的关系，首先想到是不少作家学过医，外国的有英国诗人济慈，写下了著名侦探福尔摩斯的柯南·道尔，大家熟悉的契诃夫，还有苏联的布尔加科夫等，中国的当数鲁迅，很惭愧，我也学过医，当然无论是文学还是医学我都是不能与鲁迅相比较的，医学上鲁迅是海归，我是赤脚医生，文学上我还是赤脚医生。

我做过五年的牙医，有位作家朋友因此调侃我：明明是兽医，偏偏说自己是牙医。我记得他是在二〇〇九年法兰克福书展上开玩笑说的，当时参与活动的一位德国作家，年纪比我们大，他说他小时候生活的地方，牙医和兽医是同一个人。我说的不是现在的口腔科医师，我说的是过去时代的牙医。

中国过去时代的牙医大多是江湖中人，是在油布雨伞下给人拔牙，旁边是修鞋的理发的打铁的。我一九七八年做牙医时已经告别油布雨伞了，是在正规的医院里，当时叫海盐县武原镇卫生院，现在叫海盐县口腔医院，当时来我们医院的大多是农民，农民不叫医院，叫牙齿店。

文学与医学的关系，我想两者有一个共同点，就是疾病与健康，生与死。文学作品描写了无数的疾病与健康，无数的生与死，医学面对的也是这些。当然文学是虚构的，医学是真实的。法国作家、思想家罗兰·巴特在母亲去世后写下这样一句话：我失去的不是一个形象，而是一个活生生的人。我想这就是作家与医师的区别，作家面对的是一个个形象，医师面对的是一个个活生生的人。

我是从牙齿店出来的，我的医学知识停留在牙齿店。去年我父亲三次进入重症病房，第一次在杭州的医院，第二次在海盐的医院，第三次在上海瑞金医院，在瑞金医院的三个多月里，让我对重症医师的工作有了一些了解。

去年我从英国回来，赶回海盐时，我们家里已经在为我父亲准备后事了。我在文学作品里经常读到"奄奄一息"，我自己的写作里也多次用过"奄奄一息"，我父亲来到瑞金医院重症医学科住院时的状态就是这样，可是瞿洪平教授对我们说："还有胜算。"

我相信瞿教授说这句话的时候，已经在一堆消极的因素里发现了积极的信号，虽然这个信号很微弱，但是瞿教授和他的团队抓住了，然后通过精准的治疗和护理，让这个微弱的积极信号打败了那一堆嚣张的消极因素。

我理解这就是一个优秀的重症医师的敏锐和积极的态度，重症医师面对的病人虽然病因病情各不相同，却都是危重的病人，不是危重的病人不会来重症医学科。我觉得敏锐是医术，积极是医德，也是人生态度。对于医师，尤其是重症医师，对待病人，积极的人生态度与高超的医术同样重要，因为治病就是积极的行为。

优秀的作家诗人也是这样，他们常常会在消极的题材里写出积极的主题。我前面提到的英国十九世纪的诗人济慈，学过医的济慈，写下过一首题为《蝈蝈与蛐蛐》的诗歌，盛夏时鸟儿因为骄阳而昏晕后不再鸣叫，蝈蝈就在草地树篱上发出它们的乐音；严冬时的夜晚一片死寂，炉边就会响起蛐蛐的歌声。在盛夏中午烈日下和严冬夜晚寒冷里，在这样消极的环境里，济慈仍然让生命的声音积极响起来，他把这生命的声音比喻为诗歌，他因此写道："大地的诗歌从来不会死亡……大地的诗歌从来没有停息。"

继续说说我父亲，他去年十月底从瑞金医院出院。十多年前因为腰椎间盘突出，走路开始困难了，后来因为脑膜瘤的压迫，走路更加困难。去年五月在杭州做了脑膜瘤手术，八十八岁的年纪，又在病床上躺了近半年时间，后面的三个多月是在瑞金医院的病床上度过的。他从瑞金医院出院后几个月，心肺功能完全康复了，可以用助步器走路，最近他开始尝试用拐杖走路。

然后白内障来了，左眼几乎看不见，右眼的视力0.3，看不清《新闻联播》了，他是解放前参加革命的老党员，《新闻联播》是他生活中的重要内容。前些日子有一位外地的眼科专家在我们海盐县医院门诊，他去就诊，那位眼科专家说他年纪太大，不要做手术，保守治疗就行，他很生气，他以前就脾气不好，最近是经常发火。我在电话里对他说，你看不清电视就听听广播吧。他说不行，还是要去做白内障手术。

刚好瞿教授打电话过来，关于这届海上重症论坛的事，我顺便向他介绍了我父亲现在的情况，说到白内障和我父亲因此大发脾气，瞿教授在电话里说，老人脏器功能恢复后，对生活质量的要求自然会提高。

这句话对于你们来说应该很普通，却让我感受到了一个医师对于人的理解。我们觉得我父亲已经很不错了，此前大家已是束手无策，有一位专家医师已经建议放弃治疗，减少痛苦，结果在瑞金医院死里逃生，不仅死里逃生，生活质量也在逐步提高，我父亲应该满足了。

瞿教授理解我父亲的不满足，我想这是对人的理解。我记得去年在瑞金医院的时候，当时我父亲肺部的炎症控制住了，还插着三根管子，气切套管、鼻饲管和导尿管，瞿教授对我们说，下面要做的是逐步拔掉这三根管子，要让老人活得有质量。

人们常说文学是人学，什么是人学？简单说就是对人的理解，在这个意义上，医学也是人学，而且是活生生的人学。

我年轻的时候，大概十七八岁的时候，读了《钢铁是怎样炼成的》，里面有一句话让我至今难忘，就是保尔·柯察金从接近死亡的伤病里挺了过来，奥斯特洛夫斯基写下这样一句话：青春胜利了。当时我很年轻，这句话让我觉得自己充满了力量。

我父亲在瑞金医院重症医学科住院期间，我见到两个病愈出院者，一个是老人，一个是年轻人。后来我和瞿教授说起这些，瞿教授告诉我，最年长的病愈出院者一百零三岁。

现在我重新想到奥斯特洛夫斯基写下的"青春胜利了"这句话的时候，"生命胜利了"跳了出来。

是你们，重症医师们，还有在重症病房里吃苦耐劳兢兢业业的护士们，让一个又一个的生命，让过去现在将来的生命，胜利了。

(原载《收获》2021年第4期)

我们一起度过美好时光

◎冯 唐

你,我最好的兄弟,在和胰腺癌搏斗接近三年之后,陷入了昏迷。

我很难过。我喝了点酒,我更难过了。

2020年8月,你告诉我,梅奥诊所放弃对于你的任何积极治疗。我说,回北京吧,我应该还能想点办法。那时我已经滞留在伦敦,我一直想回北京去看你,一直没走成。

2021年3月29日,你陷入了昏迷。因为疫情,我仍然滞留在伦敦,完全没有飞回北京的航班。我还是想再看你一眼,人飞不过去,那就视频。2021年3月30日,我接通了你身边人的手机,视频了一分钟二十九秒,我在你耳边说了几句话,我问你有什么要交代我做的事儿,你没醒过来。我没敢多说,怕你难受。

我挂断电话,过了十分钟,收到一条微信:"放下电话,他突然眼睛睁大了,流泪,做吞咽的动作,动肩膀,似乎想要说话的样子。主治医生说,可能是对熟悉的声音有点反应。"

我眼泪也不听劝,从眼角流下来。

你大我一岁,刚过半百,我马上半百。在我的前半生里,你是和我一起搭班子做事时间最长的人,你我度过美好时光。

我透过被泪水模糊了的视线查看以前的聊天记录,找到我写给你的一封信,以及你回复我的一封信。

刚总:

我最好的兄弟,我听说了你的病情,我很难过。我不知道能怎么帮你,但是我很想帮你。

我听说你已经胰腺癌三期的时候,我正在上海华山医院急诊观察室。那天是你我创建华润医疗七周年的日子。

上海华山医院给我下的诊断是颅内蛛网膜下腔出血，出血原因是我从小酒馆二楼的楼梯跌下一楼，跌下一楼的原因是：疑似喝了假酒、喝了很多假酒、年纪大了、劳累、忧虑，等等。

昏迷十多个小时后，我恢复了意识。医生说我的血压和血管情况还好，身体总体状况也好，夸我天赋异禀：颅内出血很快停了，而且被很快吸收了，除了各种脑震荡后遗症（肌肉平衡不好、视野重叠、头晕、嗅觉严重受损）之外，生命没有大碍。

我没太沮丧。嗅觉即使永久受损，最多把收藏的沉香啊、奇楠啊、好红酒啊、好威士忌啊等等送人，眼耳舌身意或许更灵敏了。再说，就像我莫名其妙地受伤，或许过一阵，各种后遗症也能莫名其妙地消失。再说，人老了，要适应一切似乎重要的事物都将一个接一个地离我们而去，那些我们引以为傲的，那些我们无比珍惜的，那些我们赖以成功甚至赖以生存的：身材、智商、判断、记忆、体力、眼力、勇气、凶狠、顽强、性欲。我这样慢慢在心里劝劝自己，心情逐渐平和。我开始查阅意识丧失期间没看的两千多条微信，看到了关于你病情的那几条，我的心情立刻不好了。

我俩一同度过了好几年非常美好的时光。

我追忆和任何一个人的关系，我总是先想一点：在一起的生命质量。我俩一起在华润集团战略部、一起创建华润医疗，一起面对无数非议和困难、一起喝无数的酒、一起挺着不醉、一起扯淡、一起说"我们救人无数，福德应该无数"。我一直是一把手，你一直是二把手，你只比我大一岁，你在华润系统中的时间比我长很多年，你比我在一线带大团队的经验多很多。

我知道你一直有很多委屈，尽管你完全没有表现出来。你不仅没有表现出委屈，你一直陪在我身边，帮我护住我的后背，在我做完决策之后，带头坚决执行，哪怕对于一些决策并不心服口服（比如我坚持"速度比完美更重要"等等）。作为创业公司，如果做不到令行禁止，再好的战略和机会都没用，没有你的支持，就没有令行禁止，就没有华润医疗早期的崛起以及后来迅速成为亚洲第一的可能。尽管有人反复提醒我，你是被上边派过来盯着我的。我不往那边想，我就感觉不到，那种事儿就不存在，"二人同心，其利断金"，你我就是一个有力量的团队，我就会把我的后背交给你，我就没软肋了，哪怕我的后背中了你的枪，那也是你的枪走火了，不是你的事儿。

疾病为什么总是追着品行又好又能干的人？我学医的时候不知道，我现在也不知道。

太多的道理我也不说了，你都懂。就像我们没选择被生到这个世间一样，我们生出来之后，真正由我们自己掌控的东西少而又少，真正确定的是，我们都有同一个归宿。以宇宙为尺度观照，我们都是尘埃，我们的一切都毫无意义。

落到世间法，像我以前的习惯一样，我想和你说三点：

第一，要满怀希望、相信科学进步。我原来的专业是妇科肿瘤，我惊诧于化疗药、大分子靶向药和肿瘤免疫疗法近几年进步之快。这种进步是二十多年前我搞肿瘤研究时不敢想象的。你要尽量乐观地配合治疗。在抗癌这个领域，大力出奇迹。即使在某个时间点，所有治疗方法都用尽了，如果再坚持十二个月，新药和新疗法就又出来了。你现在又在世界上最好的医疗中心接受治疗，你要有信心，不要放弃。

第二，要适应不工作。我知道这很难。2014年5月10日上午10点，你陪我在华润凤凰城写字楼H座楼外等着迎接华润集团新领导。你对我说："阳光真好啊。"我说："花坛竟然有花儿开着，开得还挺骚。三年来，每天这个时间，我俩一定是在楼上开会。三年来，我俩第一次有机会在这个时间看楼外的世界，花儿好美啊。"这阵子，你想想，你有什么心愿想要实现？有什么东西想要？你试着使使力气，我也试着帮你使使力气。你使劲想想，然后告诉我，万一我真能帮得上忙呢。

第三，要放下一切。管它呢，爱谁谁。你想去哪儿，就去哪儿，想买啥，就买啥，想吃什么，就吃什么，想说什么，就说出来。去他的温良恭俭让，一切去他的。

估计你现在正在定治疗方案，应该有最好的专家环绕，但是如果需要我提供什么医疗上的咨询意见，不要迟疑，打我手机。我现在去美国看你，有可能给你添乱。你定完治疗方案、治疗一个疗程后，我尽快去看你。我会带两瓶好红酒，带包花生米。

人生在世，抓紧时间，为自己活一小阵子吧。

余不一一。

冯　唐

以下是你的回信：

哈哈哈哈哈，很感动，海鹏总！前两天听说了您的事情，想发微信问好的，怕聊着聊着拖出我的事情，给您添不好的感觉，就没发。不管怎样，按照咱俩的酒量，我还是啰嗦一句，您喝得高兴就好，别喝太多酒：暴饮暴食倒不是您的习惯，我就不多说了。从泰国回来，见到您，Eric，Ann，我感受到了这个世界还真有这样的人，从智商、逻辑思维、知识面、见识等等，一直以来，很敬佩。是您，把我从医字头的门外汉带进来的。医疗服务、器械、药，现在算是齐活了。老S的原话是，器械什么的需要整合，实体管理您没做过，我多帮着干点，自己也刚好能够进入医疗行业。其实只要目标出发点是一致的，都是为了创业公司向前走，肯定都没有问题。战略到举措本来就是选择，一盘棋，必须一个人下，有时候一招闲棋，后面才能体现威力。大部分旁观者如何能知。

一直为事业为同事为亲人为朋友活着，至少自己是这样定位的，活得很辛苦，人生的美好没有好好去感受。所以从知道到现在心态还好。觉得累了，歇一歇，不知道会歇成怎样。不悲观，不盲目乐观，积极治疗。

工作算是全部放下了，过去的事情过去的人，也在学会放下。该感恩的感恩，该讨厌的讨厌，温良恭俭让，一切去他的。

记忆里一想起一些人，能微笑，因为好多好玩的记忆，能自豪，因为一起干了一些事，因为对方很牛×还能把我当作兄弟。刚来这里两周，第一次化疗做完了，过去四个多月，以为是急性胰腺炎，除了白粥白灼蔬菜馒头，啥都不敢吃，包括豆制品和油。现在既然不是，那就吃，啥都吃点，幸福指数爆棚。好人不长命，我倒是很早就总结了，总是为别人考虑，隐忍。咱们可以做好人，不好的人不好的事，咱们不以牙还牙，躲总是可以的。

这里有教堂、图书馆、医院的疾病教育中心、超市里有电动车、下载了优步。有什么需要您帮忙的，目前好像没有。我会想想。手机写的，也不检查格式错别字了，怎么检查，在您面前也就这样了。

　　总的来说，我知道到现在，心态没有太大变化，心情还好。还是觉得人生苦短。一直在很积极配合治疗。放下得很快。还会有一些纠结的，快放下了。

　　您也别太辛苦，想干点啥，别等，干点自己想干的。特别喜欢您在一篇文章里写的，智商没您高，没您勤奋。挺好的，人就是有差异的。很感谢您的这段文字、这份情，我挺珍惜的。也在从宗教去探索一些事情。总的来讲，请放心，无论如何，我还算坦然，每天当作接下去岁月里最好的一天，能吃吃，能睡睡，能走得动多走点，看看闲景闲人。估计一按Send，很长很啰嗦，真的不检查了，谢谢兄弟！

陈　刚

　　别的不说了，我给你抄首诗吧。有一次喝多，我写给他的。如今看，也是写给你的，也是写给我自己的。

今宵欢乐多

　　老哥 / 你劝我多抽点烟的那天 / 我正想告诉你多点睡眠 / 身体的车开了很久配合我们很久总有它的极限 / 你我不收手车就一直驶向天边 / 你说是命数 / 我说是激素 / 你说尽心尽力世界就不再是我们的约束

　　老哥 / 你劝我少写点诗的那天 / 我正想劝劝你少吃点盐 / 人间百态人性万千人不都是亲娘饲养的美少年 / 你我一直加速就一直惹人讨厌 / 你说看人生百态 / 我说念无常不变 / 你说已经出发了已经在路上了就只能往前

　　老哥 / 我们点起内心的火 / 我们只会这么生活 / 我们定要成就什么 / 我们很美好地过过 / 我们尽管兜里有枪 / 我们还是掏出花朵

　　老哥 / 今宵欢乐多 / 你在哪儿呢 / 今宵欢乐多 / 你有烟抽么 / 今宵欢乐多 / 我还是哭了 / 今宵欢乐多 / 我们错了么 / 今宵欢乐多 / 我真能忘了 / 今宵欢乐多

（原载冯唐微信公众号）

文化：迭代与地缘两个尺度

◎韩少功

下面坐着很多老师，吓得我有点不敢说话，特别是碰触这么一个不讨好的题目。大家都知道，文化是个筐，什么都能装，所以很不好谈。大至思潮和制度，小至吃喝拉撒睡，什么都是"文化"。那么，我们首先要约定一下，是在哪个层次意义上来谈文化。

在我看来，最粗糙的分法，文化也可分成大、中、小三个概念：

大文化，指的是人类包括物质生产在内的一切的活动，比方说仰韶文化、龙山文化、河姆渡文化等，就是在这个意义上来说的，因此种稻子、种麦子、打个洞、挖个坑，那都是文化。

往下走，有一个中文化，大概是指人们常说的"意识形态"，或者常说的"软实力"，体现于制度、政策、宗教、教育、新闻、文艺等。所谓"儒家文化"就是这样的概念，其中"礼"为制度方面，"乐"大约是文艺方面。

再往下走，还有小文化，只涉及眼下我们文化部、文化局的工作范围，是精神领域事务的一部分。比如宗教、教育、新闻出版等，文化部都是不管的。前几年旅游与文化联姻，合并出一个文旅部，有人戏称为"诗和远方"部。

如果对上述大、中、小不作区别，不加约定，我们的讨论就肯定是一锅粥，打乱仗，自己找死。所以，首先申明一下：我们今天谈的是大文化，涉及人类的一切活动，涉及所有人，不仅仅是文化部管的那摊子事。

迭代的尺度

有两个关键词，一个叫"迭代"，一个叫"地缘"。

先讲讲迭代。所谓迭代，是指文化沿着一个时间轴，随着经济和技术的发展而不断演进，可被人们视为一种进步。从石器时代到铁器时代，从农牧时代到工业时代，就是这样一种迭代的关系，常常形成代序差异。

以前很多人一谈到文化就容易岔，容易爆，吵得一塌糊涂，我说你崇洋媚外，你说我顽固守旧，大帽子飞来飞去。其实这里隐藏着一种尺度的紊乱，表面上是谈中西，实际上是谈古今，是比较代序差异。因为很多人说的"洋"，并不是指中世纪的西方，不是指古罗马的西方，而是指十八世纪以后工业化的西方，专挑西方最强盛的一个特定阶段。说我们的油灯不好，欧洲的电灯好。说我们的牛车不行，欧洲的汽车很棒。那么，不崇洋不媚外也不行了，是不是？但这是拿工业文明与农业文明比，把不同的发展阶段拧在一起，差不多就是关公战秦琼。当年钱穆建议，说真正的中西文化比较，要等到双方经济发展水平接近了再说，就是这个意思。

日本一个学者叫做福泽谕吉，写过一篇《脱亚论》。那时不仅很多日本人要脱亚入欧，俄国人、土耳其人也这样说，形成整个亚洲一个广泛的潮流。为什么要脱亚？他们都知道国土搬不走，但脱亚就是急吼吼地要脱农、脱贫、离穷邻居们远点，要成为欧洲式的工业国。福泽谕吉是著名的启蒙派，相当于中国的梁启超、陈独秀这样的领袖级人物，其头像直到2019年还一直印在一万日元的钞票上。但他又是殖民主义、帝国主义的意见领袖，一直鼓吹侵华战争。他的《文明论概略》大量抄自美国中学生的教材，知识产权其实是有点问题的，但它在中国也有广泛影响。他认为"日清战争是文明与野蛮的战争"，认为"支那人"就是彻头彻尾的野蛮民族，那么最好的前途就是到处插满大和民族的胜利旗帜。

由此可见，文化迭代没毛病，但迭代的进程并非各国同步。若把一时的差异静止化、绝对化、永恒化，就很可能产生民族歧视和对外战争。这种"进步主义"就危险了，就为弱肉强食的丛林法则提供了合法性。我上了车，你还没上车，那么我打你就是活该。我是四年级，你还是一年级，那你一年级的给我交保护费就是天经地义，是吧？这种理解，多年来玷污了"进步"这个字眼。

我翻译过一本书，在座有些中文系的，可能知道叫《生命中不能承受之轻》，是捷克裔法国作家米兰·昆德拉的一本小说。我记得小说中间有一段描写，印象特别深。他是写厕所，说当时的捷克太落后了，当局的治理失败，捷克的厕所就特别让人难受，那个便池在他的形容之下，只是"一根废水管道放大了的终端"——大概是这个意思吧。由此他对比西方发达国家的马桶，也用了比喻，说那种马桶多好呵，"像一朵朵洁白的水百合"。这比喻很形象，很精彩吧？他这样写，当然是要对比文明的先进和落后。这话没说错。谁不愿意坐在"水百合"一样的抽水马桶上呢？谁不喜欢有一个舒适干净的环境呢？

问题是，西方的厕所一直是这样吗？或者说，西方的厕所什么时候才变成这样？据史料记载，作为西方一个标志性的都市，巴黎很繁华，但也是一度出了名的脏乱差，还臭烘烘。直到文艺复兴时期，巴黎人口剧增，排污系统却跟不上，居民们都习惯了随处拉。因此当局颁布法律，说卢浮宫里画了红十字的地方不能拉，其他地方才能拉，这是一条。又说从临街楼上窗口往下倒马桶的，要大喊三声在先，让街头行人避让，否则就是违法。那么有了这三声警告，就是合法的滔滔屎尿天上来，这又是一条。以至有人说，巴黎的香水产业为什么那么发达？就是因为当时巴黎人要用香水来压住身上的臭味。可见，那时连巴黎也没有什么盛开的"水百合"。西方的厕所文化，只是到后来一定发展阶段的产物。

有了工业化，有了上下水系统，有了供电能力和通风设备，有了承水弯管、自控水箱等工业小发明，还加上相应的财政支持，才可能有所谓厕所的文化。它最早出现在西方，但与西方并无一开始就绑定的关系，至少与工业化以前漫长的西方史没有关系，与数千年的西方没有关系。同样道理，如果在什么时候，某些西方国家落后了，比如在高铁、5G、移动支付等方面技不如人，我们也不必大惊小怪，不必上纲上线，用来当作自我文化整体优越的依据。你不就是会个微信扫码吗，哪有那么牛？

地缘的尺度

当然，并不是所有文化现象都是迭代演进的。我们下面来谈一谈餐饮。餐饮文化与经济和技术有一定的关系，但没有太大关系。具体地说，能不能吃饱，大概是经济和技术说了算；至于能不能吃好，如何才算吃好，经济和技术却做不了主。现在不少中国人有钱了，可以天天吃西餐，那不是什么难事，但有些人即便腰缠万贯，还是不爱吃西餐，吃来吃去，偏偏要吃"老干妈"，你怎么办？他们不爱吃奶酪，就要吃豆腐，不爱喝咖啡，就爱喝茶，你怎么办？

这不是一个钱能解决的问题，与什么发展阶段没关系。餐饮文化，特别是口味习惯，更多体现出一种地缘性的文化特征，来自诸多地理的、气候的、物产的、人种的随机因素和条件制约。这种文化一旦形成，就各有领地和版图，相对稳定和顽固，甚至能进入生理基因，形成一种遗传复制——不管你有没有工业化。很多人去了欧美，几乎在那里生活了大半辈子。他们思想上不一定爱国，但肠胃肯定爱国，哈喇子肯定爱国。一个个西装革履飙英语，一不留神，还是会奔唐人街，奔中餐馆。他们的厕所迭代了，但还是念念不忘"童年的口味"和"故乡的口味"。

相对而言，服饰文化没那么顽固，是比较容易变的。不过很长一段时间里，中国是农业国，靠的是雨热同季等宜农条件，衣料都是农业国盛产的棉花和丝绸。因此传统汉服非绸即棉，连官员的制服都像休闲装，软绵绵的一身。这不同于欧洲。作为以游牧为主业的地区，欧洲盛产羊毛和皮革，所做成的衣服不一定最软和舒服，但特别御寒，也容易做得挺括有型，对吧？皮靴什么的，比中国的棉鞋和布鞋也更多几分光鲜。这种服饰美学后面，其实都有地缘条件的源头。

建筑呢，与地理和气候的关联度最大。我们今天身处海南，海南为什么有这么多骑楼？海南是热带地区，太阳很厉害，大家受不了。海南又多雨，大家出门不方便。那么盖成骑楼这种样式，街两边都有固定走廊，既可遮阳，又可避雨，就很有道理了。据说这种骑楼风格其实是外来的，最早源自南欧——那是地中海地区，也是一个多雨地带，是欧洲少有的农业区。可见只要地缘条件相近，有些文化就不分东西，东方里可以有西方，西方里也可以有东方。倒是琼海那边，前些年有些开发商脑子进水，盖了很多北欧式的尖顶屋，觉得好看是吧？觉得骑楼应该升级换代？但海南从无冰雪积压，尖顶房用不上。倒是有台风，三五个台风下来，尖顶房就死得很难看。

还可以说说文学。因为中国有深厚的农耕史，前人很早就发明了草木造纸，比欧洲早了近一千年。有了这种低廉和方便的书写工具，比羊皮纸方便得多，中国汉代就文运昌盛，有了发达的文学和教育。我在这里很惭愧，现在敲电脑，还敲不过司马迁、班固、扬雄那一拨古人，动不动就数百万字的著作量。有专家说，中国古代不是没有史诗，是因为历史都写进了《史记》《汉书》

那样的作品，因此不需要口耳相传，就不需要史诗了。其实，中国的西藏、内蒙古、新疆、苗族地区也是有史诗的，《格萨尔》《江格尔》等都是，其原因与欧洲一样：如果农业不发达，如果纸张和文字运用得晚，运用得不够，口耳相传便成了文化传承的主要手段。这再次证明，一方水土养一方人，养一方文化。一个族群有没有史诗，主要取决于书写工具怎么样，取决于当地的物产等地缘条件。

两种尺度的交互并用

当然，"地缘"与"迭代"并不能决然两分，在实际生活中经常相互影响。在很多时候，在某些方面，地缘条件也会有变化，随着经济和技术的发展而产生新旧之别。中国的食材和食谱就有古今差异，不会完全一成不变。

在另一方面，在很多时候，在某些地方，迭代进程也会有不同面貌，受到各种地缘条件的制约。比方你这里有煤，他那里没煤；你这里靠海，方便交通，他那里是山区，交通不便。那么同是工业化，起步就先后不一，成败或强弱也有别。

在这些方面都有不难找到的例子。

但地缘与迭代各有侧重点，可作为观察文化的两个重要角度。这么说吧，前者是空间性的，后者是时间性的；前者是多元性的，后者是普世性的；前者对经济和技术的依存度低，后者对经济和技术的依存度高。如果借用一个平面直角坐标图，那么前者是水平坐标，后者是垂直坐标，可确定文化的分布和定位。

你们在中学时都应该学过平面几何，还记得一点点吧？在这里，设一个坐标图，设定垂直的Y轴上，有迭代因素很高、偏高、偏低、很低的各个度，在地缘的X轴上也有很高、偏高、偏低、很低的各个度，那么在这个坐标图里，某一种现象是（2，1），另一种现象是（1，4），还有一种现象是（3，3）……我们用两个尺度，就不难测定它们各自的点位，便于具体情况具体分析，不至于打乱仗。我们既照顾了地缘传统，又照顾了迭代进程，就多一些识别文化的方便。

拿前面的例子来说，餐饮文化更多体现了地缘性，不大依赖Y轴的值，因此无论经济和技术发展到哪一步，各有所爱，各美其美，百花齐放，都是合理的常态。但厕所文化不一样，更多体现了迭代性，与Y轴的值密切相关，那么只要有了工业化，只要有足够的钱，无论在世界的哪一个角落，"厕所革命"都无可阻挡，清洁、舒适、隐私保护都势所必然，以至全世界的卫生间都变得越来越一样，没什么"多元化"。

这样是不是清楚一点了？你们再想想，如果不是这样，而是把包罗万象的文化都搅在一起，都打包处理，都组团参赛，然后搞国家排名，只用一个尺度来判胜负，如何说得清楚？

几天前，我看到一则新闻，说中国人的平均身高又提升了，在十九岁这个节点，男孩子平均175厘米，女孩子163厘米，已是亚洲第一。我当时还取笑老伴，说要是这个标准提早三十年，你我都不达标，岂不都是半残废，找不到对象？显然，平均身高提升到这一步，原因是多方面的。其中有经济和技术的因素，表现为Y轴的分值提升，表现为中国人吃好了，吃饱了，对吧？有了很多大水库，有了杂交水稻，有了袁隆平，对吧？还有了几十年前不可想象的各种体育设施，提供了健身条件。当然，吃饱了，但什么才算吃得好？能锻炼了，但愿不愿意锻炼？……这里面又有地缘传统的作用，有X轴上不同文化板块的情况。光说其一，不说其二，是远远不够的。想一想吧，印度人穷人多，因此拿体育金牌少；但非洲人穷人更多呵，可田径那什么的可了不得，强手如林，其原因是不是非洲在X轴上的原始分高？欧美有钱，因此体育金牌拿得多，但诸多海湾石油国家也不差钱，但为什么至今算不上大赢家？大概是因为他们女的要蒙面，男的穿长袍，不方便运动，在X轴上的原始分偏低。

至于中国人，如果说平均身高还不够，不是世界之一，那么可能还有人种基因、传统习俗等方面的原因。比如，中国人吃肉蛋奶不够多，上海网红医生张文宏已经批评过了。中国人以前是"万般皆下品，唯有读书高"，优秀男人的形象大多不是五大三粗、身高力壮，而是旧戏台上那些白面书生，过于文弱，甚至娘炮，是满腹诗书进京赶考的那种，是花前月下谈情说爱的那种。中国人的运动爱好，也不如西方那些游牧民族的后裔。你到西方去看，每天下班以后到处都是跑步的或骑车的，但中国人一闲下来，就可能搓麻将、斗地主、摆象棋——虽然眼下年轻一代比前人已好了很多。

可见，就像很多文化现象一样，身高这码事，显然也是多因一果的结合效应，得用两个尺度交叉比量，话分两头说，才能说得大体到位。

"体用之辩"的百年混战

历史上，由于不善于区分上述两个尺度，最大的麻烦是知识界百年来反复折腾的一场"体用之辩"。这才是我们今天需要讨论的重点。

什么叫"体"？什么叫"用"？这两个中文词，给我们的联想经常有主次之分、本末之分、内外之分、本质和功能之分。如果放在一个坐标图里，横坐标和纵坐标同等重要，是不可互相替代的。但一旦换成"体""用"这样的描述，要争一个谁是老大，谁坐头把交椅，问题就严重了，就争不清楚了，不打破头大概不可能。语言限制思想，一旦用词错误很可能为害深远。一百多年来，知识界为此大打口水仗，至今也无共识，哪怕在公开媒体上打不成，私下里其实还在打。

早在1889年，以张之洞、梁启超为代表的维新派，主张"中学为内学，西学为外学"，是提倡"中体西用"的。他们所谓"师夷技之长"，不过是学西方的一些技术，学数理化，学坚船利炮，但骨子里是坚守本土的思想道统、政治体制、伦理规范。这大概是最开始的阶段。

后来有了新情况。另一个著名启蒙家叫严复，对"中体西用"产生了怀疑，说"体"和"用"分得开吗？马能上战场，就是因为有"马体"；牛能耕田地，是因为有"牛体"，你怎么可能用"牛体"来产生"马用"？或者怎么能用"马体"来产生"牛用"呢？他的意思，是说体用一致，不可能分开，实际上是主张"西体西用"，翻译成后来的话叫"全盘西化"，影响过新文化运动以后的很多中国人。海南有个前辈学者陈序经，据说是公开提倡"全盘西化"第一人。新时期有一位批评家说得更出格，说中国要搞成现代化，"起码还要被西方再殖民三百年"。

再到后来，情况更复杂了。一个重要学者叫李泽厚，他大概既不满意"中体西用"，又觉得"西体西用"不妥，太简单了，于是换上另一种说法，叫"现代化为体，中学为用"。他在上海解释过这一点，说西方最早进入现代化，但现代化并不完全等同于西方，因此他把"现代"这个时间概念，与"中"这个空间概念拼接，给中国特色留下一点保留余地。此外还有新儒家，一直是一个大拼盘。从熊十力、梁漱溟等一路下来，并不排斥西方思潮，但更看重中国传统。他们大多是在哲学层面做"心性"的文章，差不多还是"以中学为内学"的路线。当然，这个拼盘里也有一些讲究经世致用的，聚焦于国家发展道路的，如杜维明，从日、韩的经济发展中看到亚洲文化的价值，又借鉴韦伯处理新教伦理与资本主义的经验，提出"儒家资本主义"。还有一个蒋庆，提出"政治儒学"，认为"王道"高于"民主"，主张精英主义的"虚君共和"。这些都可看作是"西体中用"或"中体西用"的最新版本。

至于民间，大概看到西方后来也出现了一些问题，民主也好，市场也好，都有失灵的时候，于是有些人就走得更极端。他们一头扑向老祖宗，要恢复国学、恢复汉服、恢复作揖、恢复黄帝纪年、恢复繁体字、恢复皇权或类似皇权的体制——我在山东遇到一位著名学者，他就说过，一个大国最怕乱，最需要维稳，那么大国与小国不同，搞威权专制那就对了。据说，你们海南大学的学生前不久还去砸了一个场子，那个什么"女德讲堂"，宣扬女子的"三从四德"，确实很奇葩，算是彻头彻尾的"中体中用"。

我的疑惑是，如果照这样"中体中用"，如果都一窝蜂"国学救国""回归传统"，那晚清王朝当年不是更"国学"更"传统"吗？为什么混不下去了？

我们回过头看，一百多年来，中国与西方既融合又冲突，形成一场旷日持久的世纪对话，"体"和"用"一直是中国人最大的心结。从当年的张之洞，到现在民间的"女德讲堂"，尽管解决方案五花八门，但他们心目中的中西比较，其实都有一个共同的盲区。那就是看Y轴时，不看X轴；看横坐标时，不看纵坐标，或者干脆把两个尺度拧成了一个尺度。换句话说，他们心目中常常只有静止的中西，没有动态的中西，即便谈论普遍性和特殊性，好像客观、公允、理性了许多，但还是在一个文化版图的平面上纠缠，缺少时间的向度。

这种一根筋、一刀切、一条道走到黑的争论混战，经常形成无谓的耗费。当事人对迭代因素不是夸大就是忽略，或者对地缘因素不是夸大就是忽略，经常把脑子搞乱，把路子走偏。

由此应该建议:"体""用"这两个词最好列入禁用词汇,列为高危概念,不再进入有关文化讨论。有一位学者——我在《天涯》当编辑时,还编发过她的文章。她在后来的一篇文章中说,中国的文化传统太糟糕,对妇女压迫和残害太深,居然让花木兰去打仗,岂不是残忍?这当然有点扯,不像学者说的话。欧洲女人就不打仗吗?那圣女贞德算怎么回事?女人婚后都随夫改姓,那算不算男性霸权?美国国会大厦以前连女厕所都没有,女性的地位在哪里?……不难看出,妇女受压迫,不是哪个民族的问题,不是有没有道德救星的问题,不过是文化迭代所决定的,是发展阶段所决定的。事实证明,只要有了工业化,生产甚至战争都不靠拼肌肉了,男人的生理优势就自然消失,男人就"霸"不起来。工业化蔓延到哪里,不论在亚洲还是在非洲或拉丁美洲,哪里的妇女就会有就业权、投票权、财务权、离婚权、避孕权等等——虽然这一演变还在路上,还远远没有完结。在我们周围,不是有些人喜欢取笑上海"小男人"吗?好像上海男人都是舞台上巩汉林那种形象,说话声音尖尖细细的,成天扎一个小围裙,在厨房里转来转去。其实,即便说话者以偏概全,巩汉林也是暖男吧,是模范丈夫吧,至少没有男性霸权吧?其原因无它,不过是因为上海最早成为中国工业化的地方,男女平权的势头,你拦也拦不住。

文化在这里不必"背锅",但在另一方面,文化也不应缺席。几个世纪以来,追求所谓现代化大概是人类共同的方向,但欧洲有欧洲的现代性,日本有日本的现代性,韩国有韩国的现代性,印度有印度的现代性……所谓"多重现代性",这一大潮流还是有诸多内部差异的,有各自传统的脉络。就拿法治来说,中国媒体经常表彰一些父债子还、兄债弟还的事例。其实在西方个人本位的社会里,父债只能父还,兄债只能兄还,法律只认这个。但中国的法治之外还有德治,老百姓心里自有一套不成文法,欠债者就这样做了,你还得表扬一下吧?法院和政府也不能制止吧?孔子说:"父为子隐,子为父隐。"这在西方法官看来就是作伪证,要追究的。但有些法官告诉我,考虑到中国的亲情传统,法官们在实际办案时,对亲人之间的某些隐瞒行为,通常会有一些酌情从宽的处理。这就是拒绝西方式的"法条主义",根据实际国情有所变通。

由此想到,中国眼下在推进"一带一路"建设,人们到异国他乡去搞合作共建,可能都得绷紧文化这根弦。科技专利固然重要,资金投入固然重要,法律条文固然也重要……这都没有错。但不要忘了，任何事都是人做的，而任何人都是活在文化传统中的。因此，同老外们打交道，最忌的是想当然，需要注意各种细节，了解他们那里各种文化密码，包括了解各种"潜台词""潜规则"里的当地文化特性。

在这一方面，中文系的，文科领域的，应该多一些知识准备，多一些专业敏感，给这个世界帮上一些忙。

好，今天就讲到这里。

（原载《天涯》2021年第3期）

文学随笔（八则）

◎张　炜

一、诚实与否

"非虚构"这个概念很宽广，可能包含平常所说的"散文"和"报告文学"，但不应包括西方一度流行的"传记小说"，如欧文·斯通他们创作的凡·高等人的书。这样的书看起来极有趣，非常吸引人，但问题是它们的细节乃至于情节是否真实？那些对话及其中的事件和主人公的心绪，都是真的吗？如果不是，为什么要冠以"传记"？如果是"小说"，为什么前边还有"传记"两个字？所以无论看起来多么激动人心，作为一种写作体裁，好像是站不住脚的。我年轻时看《渴望生活》热血沸腾，它也译为《凡·高传》，但后来知道掺杂了大量想象和虚构，就立刻失望了，有一种被骗感。

我们看一些重要的思想及艺术、社会的人物的记录，要求真实可靠，用事实说话。这样的阅读才有意义，才不负期待。如果根据真实人物写成小说，那就直接标以"小说"好了，不能说成"传记"，更不能说成介于二者之间，因为世界上不能有这样古怪的体裁。

有人可能说，世界原本就不存在百分之百的真实，对于年代久远的历史人物的记录，也只能依靠资料，那么这些资料是不是完全可靠？是的，但这里边有个原则，即写作者自己要完全可靠，要诚实，要尽其全力追求真实，而不能为了迎合读者去杜撰一些心理活动、一些行为。全力追求真实尚且做不好，如果再有其他想法，事情就会变得更糟。所以现在的一些报告文学、散文，这些必须求真的体裁，有时候反而让读者不能信任，原因就在于体裁的边界已经模糊。有人将这种模糊赋予了高尚的理由，即"自由"和"才华"以及"现代主义"的做派。好像到了现代，特别是到了网络时代，怎样写都可以，怎样编造都允许，因为这不过是"作品"而已。

不，写作者虽然明白绝对的真实是不存在的，却要绝对地去追求真实。这是写作者的原则，是恪守，是底线。除了将情节和基本事件厘清，还要努力寻找细节，因为没有细节的真实只是一半，甚至只是一具躯壳，所有的事物都是由细节构成的。那么这里面有一个问题，如果是他人而不是自己经历的事情，怎么寻找细节？回忆也无济于事。从资料中可以窥到一些，但不能想象，他人没有权力进行这种想象。只有自己经历的事情才能努力回忆，从中找出细节。所以这里边有一个重要的不同或者说原则，就是属于个人的情节和细节的记录，全部责任都在作者自己；而关于他人的，作者只是一个调查者，有时连旁观者都算不上，所以这就极度依赖资料，离开了资料的铺展和想象，就成了有意的虚构。

那么写作者关于自己的回忆，也有个诚实与否的问题。不仅是以往的事件，即便是心理活动，这些似乎难以考证的部分，也需要诚实。如果一个人在有生之年尽可能地记下往昔，不仅是那些事情的大致情形，而且还能够还原一些细节，那当是极重要的记录。这就是生活，被"复盘"的生活。按照一位国外大作家夸张的说法：只有记得住的日子相加起来，才叫生活。

我们都想拥有尽可能多的"生活"。

二、越老越公而忘私

好的写作者对一种题材，一些社会层面的指向，对某个领域的特殊专注和重视，一般都是比较模糊和淡薄的。因为他们总是不自觉地从完整和全部、从整个生命的方向去思考，以至于沉浸其中。这往往使他们的写作不能归到某一时期的大类中，这可能是另一种难言的结果。写作是对心灵的注视，是在折磨人的岁月中不断想象出来的一些个人方法，它们常常是并不高明也不深刻的，但这些设想和打算必须要有，而且要真实诚恳，比如说在个人生活中的实用性。具备了这样的性质，日后看这些文字才不会觉得多余。除了这些，杰出的作家并无太大的功利的期许，过了那段时间又想别的、忙一些别的了。

在20世纪80年代中期，可能是写作的激越时期，起码回忆起来好像如此。实际上那也是身心有力的、向上的时期，所以才有很多认真的深入的追究，对以往的事情、仿佛事不关己的东西想得很多，很激动。人处于青春岁月容易无私，而无私的精神才会感人。人上了年纪就有身体或其他方面的担心，还有长期以来经验得失的总结，所以就会变得多虑或自私一些。这当然是比较而言，是一般化地说说，相反的情形也不少见：有人老了，可是越老越公而忘私，能更勇敢地说出一些真话，为公众和社会争利益。这样的老人真是纯洁，是青春永在的人。

我期望自己在年纪渐大的日月里，认真学习托尔斯泰这样的老人，把他当成孔子一样的人。

三、猫也超级可爱

好作家往往都是天真烂漫的，常常会给孩子写点什么。我们印象中的托尔斯泰是个专注于思考的人，他老人家那一把大胡子就让我们望而却步，好像这样的一位老人玩笑是开不得的。他一天到晚思考的主要是道德和宗教，连沙皇对他都有些忌惮。可是他也为小朋友写下了顽皮的故事，那个著名的人与动物一起拔大萝卜的场景，太可爱了。还有另一个严肃的大诗人艾略特，这个一天到晚坐在一家银行地下室搞金融报表的家伙，竟然为孩子写下了一大束儿童诗，写了各种各样的猫。他太爱猫了，大艺术家几乎没有不爱猫的，离了猫不行。事实上猫也超级可爱，自我而美丽，也是最能够思考、最善于思考的一种生命。猫可以一连几个小时坐在那儿，皱着眉头，而人是很难做到的。

童心是深邃之心，也是自由之心。作者如果一直能葆有为儿童写作的心情，那么就一定能够保持长盛不衰的写作力。写作深入而愉快，这是一个人的幸运；写作浮浅而焦躁，就很烦人了。强大的责任心和道德感是作家最需要的，但却不能因此而让自己变成一个除了痛苦和愤怒而一无所有的人，用波兰作家米沃什的话说，就是变成了一枚"空心核桃"。

四、差不多也就行了

一个人的努力工作或说劳动，是一种乐趣相随的辛苦。在较长较大的工作任务和目标面前，眼睛望过去会感到畏惧，但只要从头干起来就好了，诸多困难也会迎刃而解。所以劳动者总是对自己的双手感到满意。他对长期以来的劳动积累下的数量并不敏感，而只对这个过程有更多感受和享受。劳动者的主要收获或馈赠，尽在于此。

如果写过了四十年或更长一点，工作对他意味着什么，大概总会明白一些了。在我们这里，在一个特定的地方，必有一些特别的辛苦与希望，有与这种工作连在一起的很多难言之物。是的，人生多艰，会不断地被绝望缠住，被不幸和哀伤攫住，但生活总要继续下去，写作也就继续下去。对自己工作持守的标准和原则，哪怕是最基本的，也有可能是很难的。我们会发现因为各种原因，文学的存在，于某些地方是不被理解和难以进行下去的。文学是心灵的生命的元素，如同呼吸，所以难以停止，这就多出一些痛苦。我有一次出差到一个地方，与一个很粗暴的人谈到了文学。因为这个当差的人是常常干涉写作的老熟人，我可以直言，当我劝他时，他就两眼发蒙地盯住我。

我好意相劝，说："差不多也就行了，你这里不能一点文学都不要，文学仍然还是需要的，就像空气要流通一样。"他马上吐出一串粗话，喊叫起来，大意说文学算什么，没有空气可不行，那样就憋死了，说着还做了一个抻腿瞪眼的滑稽动作。可我一点都笑不出来。

许多年来大家一直认为应该有文学，而且不是广义的而是狭义的文学。我知道那个粗人朋友听不懂，本来想进一步讲出这样的道理：一个地方没有文学看起来好像是小事情，作为一个表征也许说明和预示了更大的事情：连最基本的文学都没有了，也就不会有真实，不会有创造力，更不会有正义和怜惜，没有尊严和自由，也没有生活的快乐，总之没有未来。

怎样对待文学这种好像"可有可无"的事业，这是一个问题。"活着还是死去，这是一个问题"，莎士比亚笔下的王子提出了这样惊心的命题，其实也关涉到文学。我是这样看待文学的，所以尽可能不去浪费光阴，努力坚持诚实和干净的工作。这样度过时间，是对生存的安慰。现在我写出的文字，和第一部长篇的质地一样，一直在那样的状态中。

五、两个痛苦

现在就阅读来讲有两个痛苦，一方面是书太多了，信息太多了，选择成为问题，而且日常生活常常受到它们的干扰，令人心烦不已；另一方面有魅力的粘眼读物又太少了，以至于我们到处打听哪里才有这样的书，苦于找不到，时间就在这种寻觅中白白流逝了，真是可惜。回忆我们读过的一些割舍不得、担心读完的文学作品，是多么幸福，那时仿佛一切都有了着落，生活太美好了。可惜它们很快就读完了，类似的精妙再也找不到，或需要很长时间才能遇到。这是生活中的苦恼之一：没有好书读。

有人说不是有经典吗？读经典就是了，还用找吗？是的，经典总是用来满足一部分人的，或者说是满足某一个时间段的。它的魅力是固有的，但我们作为一个生命是流动的。在一个合适的时间里遇到合适的经典，才会发生奇妙的生命共振。当然在公认的经典中寻找会更省心一些，不至于像大海捞针一样费力。

所以有些问题的答案非常简单：真正意义上的好书越长越好，越长就越能免除自己的忧伤和苦恼。在许多人的阅读经验里，都害怕好书早早结束。写出长长的好书，是所有作家的梦想。写出一个精粹的短篇也很好，但这种短篇累加起来最好也要多一点，不然读者会等不及，作者也会空荡荡的。

一个谦虚的写作者才有雄心。因为真正谦虚的人会不停地学习和探索，这一路上留下的痕迹、一些脚印，一定会比自我满足的人、比自负的人多出很多。一个写作者如果不谦虚，感觉太好，那么从某个方向给点奖励，或者给个好脸，也就满足了，哪里还会继续沉浸到辛苦而快乐的精神创造之中。

六、远离卑劣

有人会盯住一片文字的局部说出自己的不满足，比如这里还缺少什么、还没有写到什么。是的，所有的文字都不会是囊括一切的。因为说到底好的文学不仅是说了什么，还要看它没说什么。沉默是必要的。在一个房间里沉默，在另一个房间里有可能大声宣讲。要听其他内容，此处不宜，出门向旁边一转就到了另一个门口，那里有需要听到和看到的东西。

一个真正意义上的作家不是按照他人习惯去工作的，他的勇气必是鲁迅先生说的"真勇"。诚实，热爱，朴素，远离卑劣，这是他的恪守。紧紧地咬住自己的原则，寂寞不仅是常态，许多时候也是幸福。一个人在呼啸的熏风里听着喧哗风干至死，寂寞是没有了，生命却也完结了。

让一个诗人回到童年的林子里休养生息，慢慢回忆，是一种仁慈。在这样的时候，除了他自己要极力回避的那片淋漓的鲜血，别人是没有权力提醒他的，因为这除了无知，还有残忍。这世界上并没有多少人比他更知道鲜血的颜色，他这一族已经流血太多。

一个作家给一些天真的孩子讲故事，讲给他们那么多的脏丑和恶俗、血腥，以证明自己的生猛和雄性，是胆小鬼的行为，是我们一再使用过的一个词：卑劣。他换一个地方去讲好了，听这些的人有很多，他们有那样的耳朵。无论出于多么堂皇的口实，总是以演绎淫荡和血腥为能事，都是胆小鬼所为。

七、视文学为天敌

现在有一种怪现象，即人的心口不一表现在对儿童的教育上。比如我们常常发现，一些很粗鲁、大字不识一个，甚至对文化文明时有讥讽的人，也希望自己的孩子学好文化知识，有的还送孩子去学钢琴、拉小提琴。他们连送孩子去学国乐都不甘心，从心底认定西洋最文明，奇怪的是就是这些人，骂起西洋从来都是最狠的，用粗话骂。这一类往往是在某个地方有了权力的人，他们中的一部分对文明毫无敬畏之心，视文学为天敌；不过就是这些人，他们也希望、并往往用实际行动，支持孩子到名牌大学去学文学，有的还不惜冒贪污的风险搞一笔钱，把孩子送到外国去学文学或其他。

看来他们是因时因地因人制宜，就是说他们是两面派：对于文明发出的攻击或鄙视的言辞，不过是为自己的虚弱和无知壮胆，是自卑的另一面，是一种发泄；他们其实也知道这不是什么荣耀之事，更不是人生的本钱。一个人对自己的孩子怎样做，最能表明他们对事物的真实态度和想法，所以我们不难看出这一部分人深层的自卑,更有显见的恶劣,其分裂的人格到了何等程度。

我们常常发现,提到文学艺术就大放厥词的粗人,通常见了有权有势的人表现得就像孙子;他们把孩子送到一些有名的文明场所去学习,甚至不惜重金拜下名师,也是很能引以为傲的。这其中的道理并不复杂:只有粗蛮才能获得现实利益,而再大的强盗,一般也不愿意让自己的孩子成为打家劫舍之徒。

以野蛮为荣,以无知为能,以谩骂知识人为勇敢,这在很长时间里成为一种风气甚至习惯和时髦。这种情形是怎么造成的,倒也发人深思。

八、蜂拥的无耻之声

现在阅读的机会多了,方式也多了,一个软弱的人、贪图快乐和方便的人,很容易沉迷于碎片化的浏览,在乱七八糟的小道消息、各类见闻、低俗视频、谣言蛊惑中耗失宝贵的时间。我们的光阴是那样局促,网络时代时光如箭,一晃不是三五年,而是十年。没有比今天的时光再值得珍惜的了,这与百年甚至是十年前大为不同,二者在时间度量上好像不再等值。这样说是对读者,其实更是对作者。一个当下的写作者首先要安定下来,仔细想好,让自己归于怎样的一群和一类。

这真是个严肃到极点的问题。

追随时尚,在流行和习惯中顺水漂流,不知不觉就抵达了生命的站点,这样似乎高高兴兴一场下来,也没什么不好。这种并无脾气的和顺老好人是从来不缺的,可是如果都做这样的老好人,我们的世界将一塌糊涂。不,我们要更审慎地对待这个世界,沉思和鉴别,动笔三思。

一支笔要刻出不一样的痕迹,有力道,有擦伤,让麻木之物渗出红色,就要往下按,要用力。在泥沙俱下的时期,各种各样的苟且文字不是少了而是多了。写出自己的理性与见地,真心和实话,再不就干脆沉默。不能迎和卑微、为了一己私利什么都能出卖的人,不能满足那些百无聊赖者,不能服务于脑满肠肥的人。

文学的道理与其他都是一样的,不过是一个真字,一个情字,外加才华。才华是先天和后天的总和,是不能强求之物。但有时候仅仅依靠才华并不可靠，因为我们自古至今，看到了太多有才华而无良心的文字。所以在这个时期，不断地自叮自省实在太重要了。

在这个芜杂的网络中，要有重金属的响声。它落下来，被淹没；再落下来，再被淹没。可是一直落下来，就有意义。好的文学之页中一定有一颗非同一般的心灵，这个心灵由于一直诗意盎然追求真理，最终会像出于污泥的莲花一样。我们一起爱护它、培植它、栽种它，我们也想成为它。

在自媒体时代，深沉的发声不是没有，但时时为蜂拥的无耻之声所伤绝。这种哀伤是可以理解的。我们发现，任何时候都呈现无法齐一的芜杂，不可能求得一律和单纯；但是一旦将某个闸口打开还是会震惊：这么多的阴暗和卑微，这么多的无知与憎恨，这么多的险恶与怯懦，痕迹具在无法抹去。顽强和正直也在，勇气和果敢也在，在所不惜和愤慨执着也在，悲悯和仁善也在；关键是：沉默也在。沉默者无计其数。可是为什么要沉默？为自尊？为无言？为明天？为更伟大的使用？为黑夜和白天？不知道。答案也在沉默中。有沉默的大多数，我们为什么要失望？

所以，用一支笔，努力认真地刻下每一个字。真正的阅读者是存在的。我们只为明晰冷观的眼睛写下这一切，留下自己的劳动。

（原载《文艺争鸣》2021年第4、5期）

先贤的背影

◎陈丹晨

岁暮残冬，窗外曾经满园都是金黄灿烂的秋色，随着落叶无声飘落，在软弱惨淡的阳光下，化成了严寒的萧瑟。

回顾这一个庚子年，全世界的人都过得好辛苦。瘟疫的阴影仍徘徊不去，使人心惊惶恐，不敢稍有懈怠。想到不久前迎接新世纪来临时，人们是多么欢快，充满期待和希望，怎么也不会想到还有这样从天而降的灾难。

我痴痴地想，人类是不是该放缓脚步，不要让无餍的欲望扩张没有边界，不要再无休止地过度开发，不要再无节制地竭尽自然资源。如果我们更多地把智慧用在创造一个没有战争、没有贫穷、没有疾病，没有贪腐，而是心平气和、安居乐业的世界，是不是会减少或避免一些意外的祸殃。

就在这疫情蔓延的日子里，我无奈地困守斗室，从书柜随意找了一本薄伽丘的《十日谈》读了起来。这位14世纪启蒙主义作家描述了佛罗伦萨当年遭遇的一场瘟疫，尸横遍野，十室九空。有十位青年男女躲在一个世外桃源，每天轮流讲故事度日。在那些风趣横生的情节里，他们没有忘记对虚伪、卑鄙、邪恶的封建神权统治进行辛辣的揭露、讽刺和鞭挞，拨开了蒙昧主义的迷雾和禁锢，热情颂扬了人性的解放和自由。作者薄伽丘因此生前遭到围攻，死后墓茔横遭拆毁。到了15世纪，这部著作还曾被教会或禁或焚烧。但是那些谩骂诋毁者终于像瘟疫一样散去，薄伽丘和他的《十日谈》却为历史证明，是文艺复兴最早的报春鸟，人文主义的代表作。有人把他与但丁的《神曲》相提并论。但丁曾被马克思誉为"中世纪的最后一位诗人，同时又是新时代的最初一位诗人"。借用一句古诗："尔曹身与名俱灭，不废江河万古流"，倒是很贴切地说明了历史老人的公正。

由此我想起了许多前辈师友也曾为人的权利呼唤战斗，经历磨难屈辱，却始终坚守知识分子的独立思考和自由精神，奉献出了他们毕生的精力、智慧，以至生命。因为工作关系，我与他们有所交往，得到亲炙聆教的机会。他们的睿智和风范，他们的事迹和著作都是我所敬重和仰慕的；有的堪称20世纪后半期的思想文化巨人；一代又一代的青年都是读他们的书、吸取他们的思想文化营养成长的。正像我在读《十日谈》时感受到的鼓舞和希望一样，觉得应该让人们更多了解这些先贤们的故事，思考我们的人生走向——这也是我长久以来关注他们命运的原因。

中国知识分子历来有两个传统，一个是儒家的"学而优则仕"，读书做官，报效国家。但也有前提是"不降其志，不辱其身"，"富贵不能淫，贫贱不能移，威武不能屈"；另一个是老庄出世思想，垂之后世就是魏晋文人风度，个性解放，有意识远离权力中心，始终保持读书人的本色。他们中的多数，无论面临多少诱惑，有过多少曲折，都不能改变他们读书、思考、写作、研究的文学艺术生涯，以"为天地立心，为生民立命……"为己任。于是，他们都有一个共同的追求，就是讲节操、风骨，"宁为兰摧玉折，不作萧敷艾荣"，"宁固穷以济意，不委屈而累己；既轩冕之非荣，岂缊袍之为耻"。这些传统品性风范，在我认识的前辈中被很执着地承续下来，成为他们立足人生的信念。譬如钱锺书一生与政治仕途绝缘，闭门著述巨著《管锥编》留传后人，被誉为中外罕见的大师。傅雷曾被动当了几个月的政协委员，一心出力建言，反倒换来一顶"右派"帽子，在贫病的多重压迫下，完成了《幻灭》《艺术哲学》等多种重要译著，为译界奉为一代宗师，最后为了维护人格和生命的尊严而殉难。巴金的经历更为曲折，晚年自我痛苦反思，在众声毁誉喧哗、年迈病痛中还坚持写作，以《随想录》闻名于世。还有更多的作家学者，其中也有年轻的学生，像他们一样，在波谲云诡的风雨中，在漫漫长夜里，执拗地追寻真理，哪怕只是点点星火也给予人们一丝光亮和温暖，最终像星光璀璨在历史长河中，继续照耀着前行的路。

先贤们的思想文化遗产值得我们珍视承续。瘟疫流行之际正好让我们静下来，看一看，听一听，先贤们的懿行风范也许有益于我们的反思，有益于我们建设一个健康的正常的社会。

(原载《上海文学》2021年第9期)

相爱之人反而不讲理

◎孙绍振

有人说，敌对国家当然难以交流，如果不是敌对的，而是关系密切、情投意合的呢？比如，谈恋爱的人，是不是就比较好交流了？英国一所大学专门研究这个问题的学者，就有一种说法：向恋人学习交流，让交流像谈恋爱一样。这可真是太浪漫了。但是，这个道理不完全对，有时，相爱的人，倒反不能交流。林黛玉最爱贾宝玉，爱得不要命，可是一见面就吵，就哭。越是相爱就越容易吵架。薛宝钗为什么不跟贾宝玉吵呢？因为她不爱他。女孩子喜欢谁，就跟谁吵。我再举一个当代人的例子。我有一个学生，女的，她有一次给我看一篇散文，说只给你一个人看。原来她是写这几天她突然感到专门喜欢对一个男孩子生气。她在散文中说，我怎么变得这么爱生气了啊！后来，她来问我这个问题，我告诉她，"你在恋爱了"。她先是大吃一惊，很快，恍然大悟。她问我怎么看出来的。我说，你对他不讲理了，你对他任性了，就说明你对他有特殊的感情了。

一个人对另外一个人的感情，如果是很一般，就很客气，很有礼貌，很尊重人家跟你不同的东西，有一种求同存异的倾向，而感情越良好，对对方越关心，求同的倾向越是强，达到一个峰值，也就是最高点，对于对方的要求就接近全面求同。如果明知对方对自己也有感情，感情强烈，就是不讲理，苛刻，就有点专制了。我对那个女研究生说，我从你的文章里看出来，你对他专制了，喜欢看到他听话了，看到他服从了，像狗一样驯服了，就说明你对他有特殊的感情了。

这种情况，也存在于母亲与孩子之间。照理说，母亲最爱孩子了。可是你去问问一些中学生，和母亲沟通得怎么样？你得到的回答可能是：过去都是严父慈母，可现在是慈父严母。母亲最爱孩子，但是最难沟通。举例说，在分数问题上，分分计较，不近情理。孩子只有一个，太爱了，就爱得专制了。尤其是，考试成绩的第几名啊，和上次比啊。

感情太好，反而不讲理了。爱情就是强烈的感情。情和理，是矛盾的，强烈的感情，就是强烈的不讲理。这也是人性的一种缺陷，当然也是人性的一种优越。动物就没有这样的水平，人性的美好，就在这种不讲理之中。用康德的话来说，这就叫作审美。

不但中国这样，而且美国也是这样。美国女孩子是最坦率的了，有一个说法，如果你和一个美国女孩子相识还不到一天，你向她提出，是不是可以来个一夜情，她可以同意也可以不同意，并不觉得你这个人有什么神经病。可如果你才认识她一天，就提出要和她结婚，那她肯定感到你是个神经病。在美国大学里，时常有些煞风景的事。有一种就是约会强奸（date rape）。弄到听证会上，女方控诉男方，我说了No！他还是偏偏强迫我。男方说，你就是同意也是一样讲"No，No"。女方说，那时我声音越来越低。而男方说，我就没有注意到声调高低，我关心的就是语义。

这里涉及另一个方面的学问了，语义学（semantics）的问题。每一个词语，并不是固定的，像在字典里那样，实际上，词语在不同语境下，生成不同的意味。同样一个词语，有时这样的意思，有时，又是相反的意思。你对变化万千的内涵没有体悟，就不能有效地交流。王熙凤得知自己的丈夫贾琏在外面包了个二奶，说了一句"这才好呢"！这个"好"字，和通常所理解的"好"是很不一样的，是充满了杀机的。在鲁迅的《风波》里，七斤嫂对才从城里回来的丈夫七斤说"你这流尸"。她真是希望他成为浮在水面的尸体吗？这里有多少关切和幽怨呀！我有一个朋友，在深圳做中学教育工作，他告诉我，他小时候，比较调皮，经常在外面玩得不想吃饭。他妈妈做好饭，喊他吃饭。他的名字叫做程少堂，他妈妈就很亲切地喊了："少堂，吃饭啰。"他不予理睬。他妈妈喊了几声就有一点火了，就叫："程少堂，吃饭！"这是比较正规了，比较严肃了，但，还是没有人理睬。他妈妈就发威了："程少堂，狗日的，吃饭！"儿子马上就规规矩矩地坐到桌子边上了。

无效交流很快地变成了有效的交流。

这是很严厉的话语，是对儿子的警告。用的是什么话？骂人的话。骂得很凶。从词语的本初意义上来推敲，不是骂儿子的，而是骂自己的。可是这种骂自己的话，对儿子，很有威慑力。但是，这样的威慑性话语的使用，有两个条件:第一,只能是她独家的。任何他人使用一下,她就要和你作斗争,包括武装斗争。第二,只是对她儿子的,如果是对别人的儿子也可能是无效的,而且也是可能引起武装斗争的。

鲁迅在《论"他妈的!"》中论到旧时的骂人的话"他妈的",使用率很高,是很不文明的"国骂",鲁迅说,有时会变成类似"我亲爱的":

> 我曾在家乡看见乡农父子一同午饭,儿子指一碗菜向他父亲说:"这不坏,妈的你尝尝看!"那父亲回答道:"我不要吃。妈的你吃去罢!"则简直已经醇化为现在时行的"我的亲爱的"的意思了。

这是非常极端的,但也非常能够说明问题,侮辱人的话,在特殊的语境中,可能成为极为亲切的语言。同样的语言,是否能成为有效交流的手段,是要看对象的,要看特殊语境的。

美国有一本谈交流的书上,第一章就开宗明义,就是你必须确立一个观念——你交流的对象,不管是你的同学、同事、父母、师长,或者亲人、谈判对手,你必须明确这一条:你不要以为他和你是一样的人,他们跟你不一样,他才是人。他们的内心图式和你不一样,他的感觉、知觉、想象,在同样的词语面前,他才有自我。所以,在同样的情景面前,你看到的,他们看不到;他们看到的,你看不到。他思考的逻辑也和你不一样。不管他和你多么不同,你就是要尊重他。因为只有尊重这种不一样,在漫长的对话中,你们的心理图式才能相互开放、调节。学会交流,就是学会尊重和你不一样的逻辑,不一样的感觉。

我看过美国的《当代心理学》杂志,有一篇文章讲美国的家庭暴力,就连美国这样民主的社会、女权主义很厉害的社会,每年还发生两百万次家庭暴力事件,当然这还是十年前的数字。什么原因呢?虽然两个人是相爱的,但两个人不一样:第一,男人心里有鬼。据研究,男人有一种多恋的倾向。在一些男人看来,恋爱是多元的,不是一元的,家里老婆爱着,外面的姑娘也爱着。这叫:外面彩旗飘飘,家里红旗不倒。第二,女人嘴巴比较厉害,口齿流利而且滔滔不绝,女人跟男人辩论的时候,男人理短就少讲话,不讲话,或者溜了,女人偏偏当场要男人认输,男人忍无可忍,最后就用拳头来对话。这在我们中国叫作"报以老拳"。女人为什么老揪着男人不放,就因为她爱他,如果不爱了,爱的反面不是恨,而是冷漠,你去跟别人好了——正好,我本来就不爱你了。当然,感情不好的人更不好交流了,本来我就讨厌你,本来我对你就有成见。拜伦有诗云:

爱我的,我报之叹息,
恨我的,我报之以微笑。

互相敌对的人,明明你对我笑,而我觉得是冷笑,皮笑肉不笑。不但语义不确定,就是表情的含义也不确定。这就是人与人不能沟通的一个极端了。

从哲学上来说,我们每一个人都不是机器,不是一种载满数据的芯片,而是一个主体。什么叫主体?说通俗一点,虽然都是人,但此人就不同于彼人。因为不同,他才是人。有一句话说是,人心都是肉长的,这句话,有点片面。还有一句话,叫作人心不同,各如其面。二者加起来,才全面。这一点我们必须从哲学上、从科学上弄清楚。

(本文节选自孙绍振《雄辩和幽默》,原载《收获》2021年第1期)

藏书癖与一本书主义

◎南 帆

听一听富翁谈钱是有趣的事。他们时常谦虚地表示,钱是挣不完的,挣够了伙食费就及时收手退出,读书、旅游或者待在一个海岛上钓鱼,总之,无忧无虑地享受人生。这些说辞很少兑现。口袋里的钱够花八辈子了,他们还在兢兢业业抠回每一块铜板。钱多又有什么问题?多多益善啊。积攒钱财的欲望深藏在骨头缝里。当然,贪恋财物不能四处张扬。节衣缩食购买一款名包,忍不住往鞋柜里塞进第一百零三双鞋子,这种事情只能悄悄进行。无法抵抗物质的诱惑令人耻笑。

可是,那些嗜书如命的知识分子时常毫无顾忌地炫耀自己的藏书癖。书也是读不完的,可是,他们什么时候表示买够了?这些家伙的书房如同富有的仓库。书架上早已塞满,他们坦然地将新买的书籍堆到地板上,侵占过道,甚至腾出床铺。购书当然是一笔不菲的开支,更为头痛的是书房。谁不想拥有一间五十平方米的大书房呢?然而,大部分以书为生的人很难挣得到购买一间大书房的钱。尽管如此,他们决不肯量入为出。经济拮据的时候,太太多买一条裙子就会产生负罪感,可是,送钱给书店的老板仿佛天经地义。没什么可抱怨的,越穷越买书并不可耻。哪怕将来大约不会读这本书,购买的欲望仍然不可抗拒。那个写出了《发达资本主义时代的抒情诗人》和《单向街》的本雅明就是如此。我们都喜欢他,这没说的——因为我们也一样。

攒钱,攒钱,攒钱——我们时常瞧不上那些富翁:如此富有之际还如此吝啬,活生生把自己变成一个守财奴;买书,买书,买书——我们似乎没发现这是一个笑话,而是堂皇地将自己的藏书癖伪装成高尚的文化情趣,仿佛这个世界上高贵的灵魂只能诞生于篮球场一般大小的书房。我决定不再疯狂,努力恢复知识分子的理智。

这一段时间,我也在筹划自己的书房。在一个研究机构供职多年,工作室积攒了不少书籍。下一步从工作室撤回自己的书房,如何安顿这些书籍?书房的容量有限，我不想将书房设计为兼收并蓄的图书馆。放弃哪些书籍，带回哪些书籍——如同退隐的将军带回自己的子弟兵。

　　当年曾经有一个想法，要为自己的老迈之年囤积一些书籍。双腿跑不了多远的时候，读几册好书犹如又活了一遍。现在，我意识到另一个后续的问题：书房里存放多少书籍，才能持续补充内心的能量？这些书籍不是一些待查的资料，更不是填充书架的装饰品，而是可以时刻翻阅，与自己的内心存在积极的对话。可是，我无法估计未来书房的需求量。五百册还是八百册？三架子还是四架子？够了吗？

　　有一些奇人似乎无书不窥，不可随便在他们面前卖弄关于书本的知识。他们的口头禅是：哦，这本书我以前翻过……当然，"无书不窥"是一个巨大的夸张，早就没有人做得到了。古代的文化生产规模有限，流行的书籍不多，一个用功的人可能过目大部分重要的典籍，号称"无书不窥"庶几近之。现在是文化工业时代。穷其一生，一个人大约也读不完一日之内出版的书籍。这个事实让人沮丧，也让人清醒。多读数百本又怎么样？这个数字不一定有多少意义。近期一个时髦的理论概念是"内卷"——抵达天花板之后，更多的努力如同空转。阅读也可能形成"内卷"。尽管饱读诗书，可是，视线扫描的文字无法转换为思想。某些人可能"开卷无益"。即使哪一方面的专业知识持续增加，但是，格调、情怀乃至聪明程度早就停滞不前。热衷于藏书的人多半有过漫长的阅读史。对于他们来说，阅读量竞赛仅仅是一个幼稚的游戏。孔子或者庄子的阅读量大约比我们小得多。可是，我们的智慧能够与他们相比吗？

　　我想到的恰恰是与阅读量相反的问题，姑且称为一本书主义。无数的书籍正在从世界各地涌来，堆积成山。是否会出现一本终极之书？如同伟大的神谕，终极之书记载一切真理，谈论种种不可移易的原则，包括那些具体的知识与操作技术。总之，阅读一本终极之书，另外的阅读大部分可以省略。空荡荡的书架摆上这一本书就够了。没有必要忙碌地在书堆之间转来转去，东挑西拣，不知要找的东西在哪里。

　　这当然仅仅是一个有趣的拟想。这个时代的每一个人都在争先恐后地发出自己的声音。报纸、杂志、书籍，印刷机器全速运转；纸质媒介容纳不下之后，收音机、电影、电视及时跟进。互联网打开了另一个巨大的空间。那么多的人一拥而入，发表宏论，吆喝生意，载歌载舞，音量之大足以让整个互联网震颤起来。有没有独到之见并不重要，重要的是有一个说话的地方。这即是享受。我们不是去领取一个现成结论，而是享受制造各种结论的巨大乐趣。

尽管如此，一本书主义的拟想还是在文化史留下了印记。许多宗教即是奉行一本书主义。颁布一本宗教的经典，众多信徒根据这一本经典修行，天地之间的名言至理悉数在此。流行的通俗文化之中也有相似的观念，例如葵花宝典。对葵花宝典的争夺预设了一个前提：这是一本至高的武学秘籍。世间所有的拳谱和剑谱将因为这一本武学秘籍的诞生而终结。"宝典"情结推崇书中之书。人们想象还存在发财宝典、升官宝典，甚至炸油条或者偷自行车宝典。有些表述相对委婉，然而意思相近——譬如，一个见多识广的教授感慨地表示，终于找到了那一本可以研读一辈子的哲学著作。

书店的老板每一回都殷勤地介绍刚刚到货的各种新书，哪一本才会入选未来的终极之书？不得而知。我们只能不分青红皂白，源源不断地将各种书籍运回自己的书房。肯定存在某种秘密筛选机制，可是，不知道这个机制如何工作。鲁迅希望他的著作与抨击的对象一道速朽，可是，他的著作长存不朽。

谁能写出终极之书？现今的作者已经没有胆量承受这种想象。我曾经设计一个简单的测试：如果每个写作者的一生仅有发表一部著作的限额，我会在什么时候交出自己的作品？或许，现在仍然是积聚阶段，必须等待一个最为饱满的时刻。印刷机器与互联网取消了发表的限额，耐心积聚心智的人越来越少，没有多少人仍然崇尚一本书主义的拟想。我们会更加积极地购书。不是从中搜索那本终极之书，而是想如何把书房塞得更满一些。欲壑难填——对，就是这个词。我们还是坦率一些好了。

听一听知识分子谈书也是有趣的事，然而，似乎与富翁谈钱没有太大的区别。

（原载《书城》2021年第5期）

书与路

◎ 王 尧

如果不是突如其来的大雪，要先火车再汽车去另一座城市，我计划中的这个下午应该去拉雪兹神甫公墓瞻仰巴黎公社社员墙。我设想在冬天的黄昏，一种特别的氛围中，我站在这座墙前，在墙上的弹孔中看见战士流淌的血。在我的少年时期，先知道巴黎公社，再知道了巴黎。在热血沸腾唱了几年的《国际歌》后，我才把词作者欧仁·鲍狄埃和巴黎公社联系在一起，至于《国际歌》的作曲皮埃尔·狄盖特的名字我一直记不住。在记外国人姓名方面我特别愚钝，这也是我尽管喜欢外国文学但最终选择了其他专业领域的原因。那个时候，我没有想过有一天会去法国，去巴黎。我当时的梦想，是有一天，我戴着大红花，在接新兵的汽车上，我去远方，一个我不知道的地方，那里可能是我要待上几年的军营。甚至有一段时间，我沉浸在军号萦绕的冥想之中。这是我对革命生活的一种理解。

那年冬天征兵了，我从另一个大队的学校回来。在最初的体检时，医生认为我的沙眼很严重，他几次翻我的眼皮，放下手上的器械，最后还是说我沙眼。第二天一早，我又上路去那所学校上课。就在那些日子里，我读到了雨果的《悲惨世界》第一卷和残缺的第二卷。我不知道我的同事怎么有这两卷《悲惨世界》的，他说，你尽快看好还我。在读过高尔基的《我的大学》、奥斯特洛夫斯基的《钢铁是怎样炼成的》之外，这是我读到的第三本外国小说。那时我只知道巴黎公社、俄国十月革命，我不知道在这些革命之前还有法国大革命。我只听说过雨果，但其他对他一无所知。读过很多书的表姐告诉我，《悲惨世界》有好几卷，现在的中译本还没有出齐。等我读到后面的两卷时，我已经负笈江南的一所大学。在乡村隐隐约约的"法国大革命"和"人道主义"几个字，到了大学校园后逐渐清晰起来。在冉·阿让之外，我又认识了卡西莫多，看到了巴黎圣母院的图像。在我的心中，革命、阶级、人性和人道主义没有替换，但由此有了另一条连接世界的通道。

我最早模仿的句式和修辞之一是高尔基的《海燕》。那时我还没有去过大海边，没有见到搏击风雨的海鸥、海鸭，眼睛里只有燕子和麻雀。燕子没有连接唐诗宋词，麻雀也没有和老鹰比翼。在一篇写阶级斗争的作文中，我开头用了"树欲静，而风不止"，结尾用了高尔基的名句："暴风雨！暴风雨就要来啦！这是勇敢的海燕，在怒吼的大海上，在闪电中间，高傲地飞翔；这是胜利的预言家在叫喊：——让暴风雨来得更猛烈些吧！"我对海上的暴风雨没有感觉，但在田间经历过暴风雨的洗礼。先是滚滚的雷声，然后是闪电，首先想到的是远离树木，在暴雨落下时，我和同伴终于躲在了靠近岸边的水泥船船洞里。船身摇晃，这是不是在海上颠簸的感觉？只要几分钟，雨水就从洞盖的缝隙处直落船舱，一会儿我们就坐在水中。这个时候，我忘记了高尔基和他的《海燕》。因为"批孔"，读过《论语》，在水里坐着突然想起"子在川上曰：逝者如斯夫，不舍昼夜"。我想，那天在河边上的孔子，可能沐浴在阳光雨露中，如果他遭遇了暴风雨，可能发出的是另一番感慨。那时我想高中毕业后当兵，暴雨撞击船身的声音如击鼓一般，我想象我在暴风雨中急行军的样子。我的背包里一定有把口琴，这是我唯一能够熟练演奏的乐器。

在去巴黎之前，我已经去过布拉格，再由捷克到斯洛伐克，这是我匆忙走过的部分东欧。我们的车穿过漫无边际的绿色田野，我在并不辽阔的疆域中感觉到了一种舒展。斯洛伐克的那座城市没有给我留下深刻印象，我在一座城堡一样的建筑前面留影。后来翻看手机上的照片，城堡风化了的黄中略带红色的墙砖竟然让我想到青少年时期四处可见的土坯墙。我不熟悉革命之前的布拉格，只是知道"布拉格之春"、苏军与"布拉格之春"的夭折。再后来，我读到了米兰·昆德拉作品的中译本，《生活在别处》《生命中不能承受之轻》《身份》《无知》和《被背叛的遗嘱》，即使不涉及作品的内容，这些作品的名称都是一个知识者的精神符码。我和同行的朋友住在查里大学附近的酒店，这所大学是米兰·昆德拉曾经读书和教书的地方。来布拉格之前，我听过几遍斯美塔那的《伏尔塔瓦河》。在布拉格的几天，傍晚我会在伏尔塔瓦河的大桥上远眺，想象河水在远处流过一片森林，再汇合到布拉格。斯美塔那说，它流过猎人号角回响的森林，穿过丰收的田野，欢乐的农村婚礼的声音传到它的岸边。早晨，在布拉格广场漫步，我特别喜欢在天文钟前伫立，校对手表时间。其实，我知道自己的手表时间是准确的，但会不由自主地看看天文钟再看看手表，看看手表再看看天文钟。

离开布拉格的那个早晨，在地下餐厅用餐时，我突然想到一个问题：我中青年时期的阅读，成了我的旅行地图。如果说这种阅读已经转换成一种思想，我的思想地图是两条一会儿并行一会儿交叉的路径。有时候，我甚至觉得自己站在这两条路径交叉的十字路口。我在学位论文答辩时说，我想通过这次写作完成一次自我批判。现在看来，我远远未能完成自己预设的那个目标。我时常在自己小区附近的一处草坪附近散步，冬去春来，夏秋交替，草木枯荣。这里曾经是一片布满瓦砾的废墟，在重新清理后废墟之上是草坪。苏州之前并无南门，现在称为南门的西南方是一处有百年历史的厂区，我说的这片废墟，就是当年纱厂女工的住地，我最早到苏州时部分房屋还在那里。废墟之上重新铺了泥土，但绿色的草坪总有十几处由绿转黄的部分，它们像大大小小的补丁贴在绿色的地上。有一天，我赤脚走进草坪，站在一片枯草上，我感觉到脚下有瓦砾的坚硬。我伸出右脚，脚趾间也长出了绿色的小草。

在塞纳河左岸，我按图索骥，寻找我想去的地方。那一天，万里无云，我从陌生的街道走过，总觉得不时遇见熟悉的人。我看见了萨特与波伏娃，看见了海明威，还有毕加索。这就是萨特写作《存在与虚无》的花神咖啡馆吗？我存在过虚无过吗？我无法回答我自己作为"人"的问题。在做博士学位论文《"文革文学"研究》时，我开始关注法国的"五月风暴"。就像我在自己的校园里或者其他偏僻乡村仍能看见残留的标语一样，路过巴黎的一所大学时，我也在墙上看到了"五月"的标语。即便这些痕迹都不在了，粉刷一新，但思想深处的一些记忆似乎很难涂抹掉。我知道，留学法国的周恩来也在这里喝过咖啡。这里有周恩来的巴黎，还有邓小平的巴黎。

我最早想如果有一天去巴黎得访问先贤祠是读了巴金的《随想录》之后。1927年巴金第一次到巴黎，五十二年之后巴金再访巴黎，感慨万千。他的《随想录》第一集多篇记叙他在法国十八天的经历。在《再访巴黎》中，巴金这样叙述他和卢梭的"重逢"："不过，我的确喜欢巴黎的那些名胜古迹，那些出色的雕塑和纪念碑。它们似乎都保存了下来。偏偏五十多年前有一个时期我朝夕瞻仰的卢骚（梭）的铜像不见了，现在换上了另一座石像。是同样的卢骚（梭），但在我眼前像座上的并不是我熟悉的那个拿着书和草帽的'日内瓦公民',而是一位书不离手的哲人,他给包围在数不清的汽车中间。这里成了停车场,我通过并排停放的汽车的空隙,走到像前。我想起五十二年前,多少个下着小雨的黄昏,我站在这里,向'梦想消灭压迫和不平等'的作家,倾吐我这样一个外国青年的寂寞痛苦。我从《忏悔录》的作者这里得到了安慰,学到了说真话。五十年中间我常常记起他,谈论他,现在我来到像前,表达我的谢意。可是,我当时见惯的铜像已经给德国纳粹党徒毁掉了,石像还是战后由法国人民重新塑立的。法国朋友在等我,我也不能像五十二年前那样伫立了。先贤祠前面的景象变了,巴黎变了,我也变了。我来到这里不再感到寂寞、痛苦了。"那几天,巴金想得很多,他想起他在四十六年前问过自己的那句话:我的生命要到什么时候才开花?

巴金住在拉丁区巴黎地纳尔旅馆的七楼,这是罗曼·罗兰和海明威住过的旅馆。在巴黎的最后一个清晨,巴金打开通阳台的落地窗门,凉凉的空气扑面而来,他用留恋的眼光看着巴黎的天空。这是1979年的春夏之交,我在一个乡村学校教书。在读过了巴金的《随想录》和卢梭的《忏悔录》的许多年之后,我以知识分子的模样访问巴黎。冬天来了,我来到先贤祠前面的马路上,已是乌云密布的下午。在先贤祠卢梭的棺木前,我眼前同时出现卢梭和巴金。据说棺木里的卢梭遗体是不完整的,但里面有他的心脏。

因为没有去成拉雪兹神甫公墓瞻仰巴黎公社社员墙,我带着遗憾离开巴黎,离开法国。同样的情形又出现在我的俄罗斯之行中。我们在圣彼得堡大学参加学术会议之后再去莫斯科学术访问。同行的一位朋友熟悉俄罗斯,他问我想看哪些地方。在圣彼得堡,我如愿以偿,去了我想去的地方。阿芙乐尔号巡洋舰、冬宫、涅瓦河畔的彼得要塞和普希金喝最后一杯咖啡的文学咖啡馆。或许看了阿芙乐尔号巡洋舰,我脑子里那天一直回响的是"十月革命一声炮响",差不多有两天时间在说圣彼得堡时总说成列宁格勒。

我把那张有两条路径的地图带到了莫斯科。遗憾的是,列宁墓关闭,无法瞻仰。我顿时觉得红场不红。第二天,我们驱车去了托尔斯泰庄园。在庄园前的那条泥路上我心里在说:你好,托尔斯泰。

(原载《上海文学》2021年第9期)

关于老年的笔记

◎赵 园

上

一些年前曾读到某政协委员的文章，说考察途中见到住在破棚子里的老妇人和她的一头猪——想必不是那次考察的项目，是项目外的发现，甚至是一个意外，一个因疏忽而发生的意外。他们只需要看到经过准备给他们看的东西。未知这老妇人的境遇后来有无改善。更可能她早已不在人世。

中国现代文学与老人有关，我印象中最凄凉的，莫过于蹇先艾的《水葬》与蒋光慈的《田野的风》。前者写一个因盗窃（小偷小摸）而被乡民私刑处死（沉潭）的儿子。小说结尾处，他的双目失明的老母亲，黄昏时分在屋前场上等着儿子归来。后一篇写知识分子出身的革命者，在造反农民将要火烧自家庄园时，想到了卧病在床的母亲。当然，那是被作为"私"念而被人物竭力抑制的。你自然能想到下面的故事，却又不忍想那故事：失去独子的目盲的母亲倒毙在乞讨路上？病中的母亲葬身火海？

看到过一幅外国人拍摄的民国年间中国行乞老人的照片，衣衫褴褛到只是一些挂在身上的碎布片，眼神凄楚。你也会想：这老人后来怎样了？拍摄者一走了之，还是设法施救？倘若没有资源，如何施救？若举目皆是如此惨象，他又有何能力施救？

老人在乡村伦理处境的严酷、荒诞，以至丑陋，余华的《在细雨中呼喊》一篇有淋漓尽致的描写。小说中出诸儿童（"我"）的视角的老人的屈辱与挣扎，挣扎中的狡计，衰老的生命作为不堪承受的重负——先是对于周围的人们的，最后是对于衰老者本人的——会令你感到不适。在习惯了"温情脉脉"的伦理情境的读者，像是一些极端的，实则包含了普遍性的经验，只是人们往往视而不见,或有意避而不见罢了。小说所写,不只是一个受虐的故事。故事中的老人也不是通常意义上的弱者,也有受虐者对施虐的报复:小小的但恶毒的计谋。受虐者的自私与冷漠,使施虐与受虐相对化了,也使强与弱相对化了,以致你无所用其同情,不能不震撼于"生活"的阴沉颜色。

当代中国乡村老人处境之绝望,远没有得到充分披露。甚至不如几年前,有稍具深度的社会调查和媒体人的主动干预。

一些关于贫困的视频发到了网上。其中一个视频,流浪的老妇捡拾垃圾堆里腐败变质的食物,跪谢送她20元的途经者。我也亲历过类似的一幕。郑州的一家餐馆外,一个老妇将脏兮兮的废品袋子放在餐馆门口,扒在窗户上向里张望。我对礼仪小姐说,我可不可以带她进去?回答是要那老妇将她的袋子移开。用餐后我递过去20元钱,老妇当即跪下。用餐时我问了老妇的生活状况。那是不能维持下去的绝望的生活。在北京街头也见到过这样的老人,是本市居民。所以流落街头,乃因不堪子孙的冷遇。八十年代我在外地遇到的农村老人,则直接被儿媳赶出了家门。农村伦理的破坏更甚于城市。对此,我仅据有限的经验即可想象。未知"新农村""美丽乡村"关于老龄人口,有何改善其处境的具体措施。

曾在北京医院眼科诊室外,见到一位像是来自郊区乡下的老者,小心翼翼地向我打听治疗的路径。我回答了他,却明知没有年轻人的陪伴,他不会弄明白什么叫"OCT",也绝对找不到该医院的"诊疗楼",弄清那一套复杂的程序,更不知他能否付得起高昂的医疗费。老者一脸困惑地走开。我自知帮不了他,却忘不了他谦卑的神情。

在同一家医院,还曾见到来自近郊的中年夫妇。妇人所患,显然是绝症。我为他们付了做检查的费用,身边已无余钱。离开医院时,见那妇人坐在候诊区啃带来的干粮。我不知他们当晚有无地方住宿,是否露宿街头。为牵挂驱使,第二天又来到医院,四处搜寻,再未见到这对夫妇。那妇人或许已故去。

我对老友说,我有自虐倾向。不记得有多少次,对小有救济的流浪街头的孤苦无依的老人,放不下,第二天又回到原地找寻,北京医院外、天安门广场的地下通道、东单路口,甚至在开封穿过了大半个城市——即使回回落空。我自知救不了别人，不过在折磨自己。我将根由归结为早年对俄国文学的阅读。那种文学阅读如鲁迅所说，不过练敏了感觉，使之感受痛苦。

二〇一四年初冬，在北京南站所见寄居车站的老人，裹着多半是捡来的塑料雨衣，蹒跚着去公共卫生间，在水龙头下撩水洗脸，用塑料瓶接开水，面容愁苦。我问，你是乘车的吗？对方用了极小的声音说，不是。较之露宿街头，车站应当是较可安身的所在，有冷暖气，有厕所，有开水，可捡食乘客丢弃的食物。车站管理人员未强行驱离，是否也出于一点恻隐之心？同一年在海那边金门的一处公交车站，连续几天见到同一位老人，蹒跚着，塑料袋里装着衣物。那座并无围墙的公交车站，有长椅，有卫生间，供应开水，可以充当半个家。

在莫斯科见到过寄居在24小时营业的麦当劳的流浪者。近几年京城的乞讨者已然少见。不知是否与其他"低端人口"一样，被挡在了城外。当年因孙志刚收容致死案备受诟病的"收容所"，变身为"救助"机构——我从未在哪个城市见到，似乎早已消失于公众视野。发达国家的街头，无家可归者是常见一景，未闻被视为城市肌体上的疥癣，以为有碍观瞻，给谁抹了黑。中国的城市管理，面子从来比里子要紧，要的是"看起来很美"，且出于市政的审美口味。

近年来年轻人热衷于整容。关于老人，有诸多讲求"意象优美"的说法，如"夕阳红""银发经济"等等。我怕这种"美颜"式的表达掩盖了与老年有关的暗黑与残酷，包括与所谓的"尊老"传统并存的根深蒂固的年龄歧视。"夕阳红""银发经济"等尤其不适用于城市底层与贫困乡村的老人。他们无从感受"夕阳"之美，更与"银发经济"无涉。搭伴过日子、共同应对困境或许是有的，却与"黄昏恋"云云无干。

媒体曾报道的乡村"互助"养老，未见后续动作，更遑论制度性设计。倘若没有公共财政的支持，则令人怀疑其最后的成果。这或许确实是现有条件下可能的选项之一，却仍赖各级政府的介入，形成一整套可操作、检验的框架和形式。否则，于家人子女的放弃之外，又有政府的放弃，乡村养老之为空谈、空头支票无疑。①

陈宏谋编辑的《五种遗规》之《训俗遗规》卷二《王孟箕讲宗约会规》要求族人"矜恤孤苦",说今人对族中鳏寡,"曾不一念及之。甑里尘生,门前草长,或鸠杖而倚门间,或鸡骨而支床第,凄风苦雨,举目萧条,长日穷年,无人愀侳。纵同门共巷,尚且置若罔闻,而况住居相隔乎!偶经道过门,亦必佯为不知,更无特地相问者"。(按:王孟箕,王演畴,万历年间进士)只有待其人死了,再假模假式地祭拜一番。对世态炎凉,非有细密的体察,不能写得如此真切。所写情景,未必不可用来为当下的世态人情写照。在有些方面,社会实在进步有限。

曾设想若有财力从事慈善,必不通过官方机构以及没有足够信用的公益组织,务必亲力亲为,使救助落实到个人——即使对于庞大的基数,不过杯水车薪。确也只能是杯水车薪。我遇到过像是处于绝境的老人,你的施舍只是短暂地点燃了他们的希望,你无法给他们进一步的满足。

冒襄在《祭妻苏孺人文》一文中写其妇收养孤苦无依的老人,"厨下廊间,徙倚多老妪",皆其妇"携归,养之十数年数十年者"(《如皋冒氏丛书·巢民文集》卷七)。未闻有其他乡绅这样做。这其实与经济能力无关,或更因穷人遍地,无从收养。在现代社会,这本应当是政府机关分内的事儿。老人余日无多,等不起。较之"留守儿童""事实孤儿",至少应得到同等的关照。救济贫病的老人,包括"事实孤老"(即被弃养者),难道不是被纳税人供养的民政机构应尽的责任?

二十世纪七十年代初在禹县(今禹州)插队时,虐老的现象尚不普遍,乡村民风的败坏不如市场化后之甚,应当与行政力量(由公社到生产大队、生产队)的干预,更与舆论环境有关。其时的乡风未失淳朴。公社解体后农民进

---

① 已有城市互助式养老的失败案例。根源无非经济。金钱上的计较最终腐蚀了赖以"互助"的友情。前人所谓朋友"无通财之谊",确属古老的智慧。不惟朋友,亲人也如此。权利、责任分割清晰,在中国人尤难。在这方面,面子也永远比里子要紧。

城，行政不作为，舆论失去了约束力，乡村伦理的崩坍，往往较城市更彻底。我在京城与外地，一再遇到被径直逐出家门的老人。那种哀恳、乞求的眼神，我至今记得。乡村向称传统文化的渊薮，"传统"的根基脆弱如此，尤其宗族力量薄弱的北方。南方也未见得稍好。有社会学家组织的湖北某地老人生存状况调查，该地老人的自杀几成习俗，有"自杀屋""自杀洞"。子女以为当然，老人也不排拒（或曰近乎顺受）。年过六旬，会有子女将农药放在老人房间里：如此直接，不假掩饰，令人心惊。①"发展"的逻辑不利于老人境况的改善（用进废退、优胜劣汰），慈善救助的重心，一向更在儿童（失学、留守儿童等）。对于老人，不妨任其自生自灭。老人的生存状况，关系社会普遍的道德面貌。修复被破坏的伦理，救治社会病，何尝不意义重大。老有所养，是古代中国人心目中"大同世界"的要件，更无论鳏寡孤独废疾者。歧视无所不在，对穷人，对老人，对残疾人，对丑陋，对有智力缺陷者……

旧有"食物链"一说，今又有所谓的"鄙视链"。处于食物链末端者，有可能被所有位于其上者歧视，鄙视链亦然。理论上，除绝对意义上的"高端人士"，所有的人都有鄙视的对象。穷而老者自然在鄙视链的末端。较之二十世纪五十年代至七十年代基于"阶级路线"的鄙视、歧视，这种鄙视、歧视虽不具有致命性质，却更普遍，将极少数"高端人士"外的所有人卷入其中。

居住老旧小区，你不难感受岁月沧桑。窗下住在前楼的佝偻老人，每天早晨在楼前绕着圈走，甚至严冬。喷嚏打得极为响亮，中气十足。终于有一天，你想到久已不见那弯着的背和听到惊天动地的喷嚏。

也是早晨，去元大都"土城"的路上，会与一对老夫妻相遇或同向而行，老夫推着轮椅上面无表情的老妻，无论冬夏。可想那必是个细心的老人，冬天会将老妻捂得严严实实。看得更久的，是一对父子。那儿子已过中年，推着轮椅上的老父。眼见得儿子一天天老去，老人则嘴歪眼斜，像是中风过，半瘫在

---

① 弃养，是代际关系畸变的表征之一，有对于儿童的，更多的，仍然是对老人。武汉、上海的一些年轻学者，在有关专家的带领下，对湖北京山农村的社会文化状况——其中包括老人的伦理境遇做了专题调查。调查报告刊登在王晓明、蔡翔主编的《热风学术》第三辑（上海人民出版社，2009）上。其中研究中国乡村治理的贺雪峰教授的文章是《农村老人为什么选择自杀》。

轮椅上。后来那对老夫妇、老人和他的儿子，都不再出现于同一地点。发生在这期间的，是你不可能，也不必知晓的，却记住了当时的感动，为了那日复一日的坚持。那做丈夫和做儿子的，总是一脸的和悦安详，像是没有一丝对"命运"的怨艾。

当然，"老人世界"不止有如上面向。我所见无赖老人，俨然"文革"余孽。曾在医院遇此种人插队，年轻人干预，即爆粗口，甚至揎拳捋袖。年轻人愤然说"为老不尊"。①

中

有可能表达关于老年的感受的，仍然是知识人。更多老人表达不出他们的痛、他们的了无生趣。这并不总是与"话语权"有关。他们有可能只是说不出。当然，也不敢指望有人倾听。说不出与教育程度或语文能力有关，无人倾听则涉及我一再提到的年龄歧视。

吴宓晚年曾在书札中对其爱徒说："老人难得是在健康（身体）、清明（神智）、安定（生活）、快适（精神）中，无病而终。"（《致李赋宁》之七，《吴宓书信集》，北京：生活·读书·新知三联书店，2011）他自己就不能如此。离开任教的西南师范学院，已目盲，寄居妹妹家，生前未获"平反"。陈寅恪、吴宓都一再自卜死期。只不过"人算不如天算"，死期延后，使他们多了无可逃脱的厄难。

考察当代史期间，阅读文献令我心情沉重的，不在读关于那些血腥事件的记述，却在读吴宓日记。经过漫长的阅读，吴之于我，像是熟人，如我生长其中的高校校园里随时遇到的老人。他的孤弱无助令我痛心，所处的凶险环境，包括周遭人物对他钱财的觊觎，让我随时为他提着心，如眼见孺子入井而无可

---

① 一度有是"老人变坏了"还是"坏人变老了"的议论。我相信更是后者，即在恶劣的环境中成长者，年老失控，将其"恶质"暴露无遗。

施救，尽管明知事情早已过去。我不放心一九七三年后（1973—1978）的吴宓。不知他回到陕西依其妹妹度日后，能否受到善待，为其设想正像对一个熟悉的老人。那种深切的相关之感，是考察当代史的五六年间少有的。这或许不易理解。吴宓的迂，他的昧于世事，令年轻人难耐。我想：大约因我自己已是老人，有了同理心，才终于能感同身受。

顾颉刚、吴宓日记中关于排便的记录，或令年轻读者不能卒读。但那的确是众多老人每日的功课，甚至是第一要务。我七十年代初在河南农村插队时尚年轻，没有关心过绝无医疗条件的村里老人如何应对这一难题。或许粗劣的饭食于此能有一点帮助。粪坑上铺一块木板即是便池。那时尚不知有所谓便秘。便秘不但是老年病，或也更是城市病。今天的乡村，未知老人是否确由"扶贫"中获益。倘若也吃上了精米白面，也会与城市人有同病的吧。

沈从文"文化大革命"期间随"五七战士"下乡，在湖北乡镇，生活不便，心理却仍能保持健康，家书中说自己"只能坐在床上，无一本书，无一图像，也居然能全凭记忆回想，写成两个约五百个图的文章"（《复张兆和》，《沈从文家书》，南京：江苏教育出版社，2005）。"连日阴雨中，在床上已初步完成了《关于马的应用历史发展》一文。一切全凭记忆，大几百匹，甚至于过千匹马的形象，在头脑中跑来跑去，且能识别他们的时代、性能和特征，和相关文化史的百十种问题"（《复张兆和》）。他本人对此也暗自称奇。他当时所写的两句诗，"独轮车不倒，前进永不停"，却不免"时式"，诗味稀薄。

沈从文写给大哥沈云麓的信中说，写短篇的能力，"一失去，想找回来，不容易"，"人难成而易毁"（《沈从文全集》卷二〇，山西：北岳文艺出版社，2002）。即使写有关文物的文字，也不能恢复曾经的状态。"重新看看我过去写的小论文，如同看宋明人作品一般。重新争回十多年来失去的长处，或许已不大容易。"说自己能看书，记忆也还清晰，"就是不会'写'了"（卷二五）。

也有人不同。聂绀弩有"老夫耄矣人谁信"（《致高旅》，《聂绀弩全集》第九卷，武汉：武汉出版社，2004）句，说自己乃"樗材"，即不堪用之材。聂倘真的是"樗材"，也就不至于如此艰困，而能获保全了。"文革"后聂绀弩衰病，却鼓励友人道："无论怎么老、穷，笔不可搁，此笔非匆促可致，能写一个字也是好的!!!"聂自己虽缠绵病榻,不得不求医问药,却机敏如旧,非但毫不颓唐,且不失桀骜之气。①

顾炎武曾对人说:"生平所见之友,以穷以老而遂至于衰颓者,十居七八。"(《与人书六》,《顾亭林诗文集》,北京:中华书局,1983)说的是普遍现象。王夫之如下议论,却是对于老的应对之道——仍然系对士人说法。在他看来,"唯学问之道不然,愤乐而不知老之将至,任重道远,死而后已,不以亢悔为忧"(《周易内传》卷一上,岳麓书社版《船山全书》)。可以用以自励,却无以改变"以穷以老而遂至于衰颓者,十居七八"这一事实。朱子《答蔡季通书》有"老人之学,要当有要约处"(《晦庵续集》卷二)。此义或许可与王夫之的说法相互补足。

妹妹说自己办出国手续,苦于按不出指纹。我看了看自己的十指,指纹也模糊不清,像是已被岁月磨平。还记得儿时将指纹分为"斗"与"簸箕"。"斗"指闭环状的指纹,"簸箕"则反之。当地民间的说法是,"九斗一簸箕,到老坐那吃"。意思是若指纹"斗"有九个之多,老来即衣食无虞。我已不知自己有几斗几簸箕。

最先老去的,是零部件,如关节,蹲下即不能站起,必得借力扶手或撑着地面。当然更有皮肤和头发。二〇一五年左眼突然失明后,虽赖右眼继续读书写作,生理的变化仍然影响到了心情。即如在强光或弱光下,另如单眼造成的视物的偏差。这些不适,别人很难体会。由此想到父亲大致这个年纪左眼失明,子女都疏于关心。据说他曾因失焦撞在树上,要用几次才能将手中的物品挂在挂钩上。这些细小处,即使身边的亲人也如此粗心。

应对视力的衰减,洪先生向我推荐了一款进口的变色眼镜。我到京城某有名的眼镜店,店员觉得我莫名其妙:买一种国产的不就得了,言外之意是,已经那么大年纪了……折中了一下,我买了另一款价位稍低的进口眼镜。这种"歧视"随处可遇。我们自己也未见得没有。即如我,就不曾想到为母亲买一款

---

① 关于自己,他在致舒芜的信中说,"桀骜之气亦所本有,并想以力推动之,使更桀骜"。(《致高旅》,《聂绀弩全集》第九卷,武汉:武汉出版社,2004)

稍好的助听器，无非也因"那么大年纪了"。歧视并无恶意，基于"常情常理"，甚至不无"体贴"：省点钱吧。

老人不难体验衰弱所导致的情感的麻痹。爱也如恨，从来是要实现于具体对象上的。对生活的热爱，要经由极具体的关系实现——也包括自恋，对自己的怜惜。衰年难得的是兴致，怕的是了无生趣，奄奄待毙。流行语有所谓的"废柴""丧"。即老，也不一定必"废""丧"，只是老人的"丧"较年轻人，稍稍理直气壮罢了：我活过了，拼过了，累过了，苦过了，乐过了，"丧"又何妨。倘若年既老仍活得有味，吃得有味，聊得有味，即短寿不也值得？

当今有所谓"斜杠青年"。见之于媒体，也有"斜杠老人"，在衰羸之年开启了一段新的生命历程，尝试进入陌生领域。我原本惰性，虽年轻时有过其他爱好，时间仍然更在读与写中消磨。既然读、写更能使我得到乐趣，何必转场，只为了证明自己尚有其他能力？及其老也，血气既衰，戒之在得。虽已是暮年，相信若被置于某种情境，仍不会退缩，血性依然在。至于"斜杠"，也就罢了。

不妨承认老年意味着被"主流"遗弃，或自我疏离：被流行音乐，被依赖特效烧钱的玄幻、魔幻、科幻大片，被以青年为受众的综艺节目，被装置艺术、行为艺术，等等；被时尚品牌……那些曾为之痴迷的歌也已不再令我动情。这或许也是衰变的一部分。你与世界的联系经由这些发生在时间中的变化而松动。你不再是曾经的你，也不必返回曾经的你。

在附近的便利店对店员说自己不用微信、支付宝，身边的女孩轻蔑地一笑：还知道微信、支付宝！这种并无恶意的轻视随处可遇。老伴常常令出租车司机惊奇：你也会滴滴打车？这种环境使老人感到他们被科技进步遗弃是当然的。我不能对那女孩说，我一九九三年就开始用电脑写作；是否用电商无关乎能力，更是个人选择。但选择的压力的确在加大，当实体店纷纷关张，购物日益不便之后。

用电脑码字后，绝少长进。知有所谓的"大数据""云计算"，不认为与自己有关，已"沦为"高科技时代的遗民或准遗民。因此而错过了大量信息——其中一定有确实有用的信息。权衡利弊，仍然决定"遗"（亦"逸"）下去。即使如此，新冠疫情期间还是不得已学了网购。除上述种种外，并不拒绝陌生的知识，会向年轻人请教何为ID、二次元、三次元，想必一脸的呆萌。看来与新生代之间的次元壁不大可能在有生之年打破了。或许那边的世界的确很精彩，留在这边也不以为憾。做一个高科技时代手工作坊的匠人，没有什么不好。

到二〇一八年底最后一本学术作品收官，已无余勇可贾。接下来是当年的圣诞节、元旦，第二年年初的春节，心情平静如水。放下了，也放心了。不再担心老伴或我突发变故，将一堆未完稿扔下，无人可以收拾。放下之后，曾计划集中一段时间读书，列了书单，却不敢实施。一切都已经太晚了。

"识力颇进，而记诵益衰"（《与严冬友侍读》《章学诚遗书》卷二九、外集二，文物出版社，1985），应当是一种有普遍性的老年经验。我也往往苦于记诵能力的衰退，恨不能时光倒流，切实地下一番记诵的功夫。即使知识的补充收效甚微，仍然会啃"烧脑"的文字，不能满足于所谓的"舒适圈"。"识力"的长进有限，思理却偶尔活泼，有触类旁通的欣喜。在智力退化，终至于失智之前，在残存的视力丧失之前，何妨再做一番挣扎。

仍然有"成长"。即耄耋老人也会"成长"。几十年来，在学术工作中成长，在阅读与写作中成长，在阅世读人中成长。对于人的兴趣至老不衰。由中国现代史上的知识分子，到明清之际士大夫，到当代史人物。尽管老而惫——是"惫"，还不至于"悖"——仍然能感到自己的活力，即如当着吸取了一点新知，扩展了一点思考的疆域。仍然有切实的关怀与期待、愤怒与感动。一部分生命流失了，却还有一部分活得生机蓬勃，不曾全然失却了野性的力量。我为此感到安慰。

生命过程中的剥落，中年之后逐渐提速。老的好处，在卸却了许多东西，包括本应承担或自己揽下的"责任"，包括曾勉力维持的某些社交。最大的减负，是与单位少了瓜葛。曾经的人事困扰确是梦魇。伦理义务已尽。虽有遗憾愧疚，却知不可挽回，该放下的还得放下。卸掉的还有其他。回望天下朋友皆胶漆的年代，会洞穿其中的虚幻、不自觉的自欺、一厢情愿。那种美好，未必不出于营造。到了无须经营，体验的或许是更真实的处境，你身在其间的人间世。晚年或许会有沦肌浃髓的孤独，却又因临近终点，大可坦然以对。日日与自己相对，与老伴相依。那种不无凄清的宁静，未必没有美与诗意。

熊十力写于一九六三年的《存斋随笔》有如下文字："余年七十，始来海上，孑然一老，小楼面壁，忽逾十祀，绝无问字之青年，亦鲜有客至。衰年之苦，莫大于孤。"既因在大病之后，也应因当时的社会环境。倘在民国，不至于有如此落寞的吧。交流愿望的进一步淡去，在我，最是老之已至的证明。回头看，一生中由与人交往中获得的快感，仅在任教那所中学（1972—1978）与读研及读研后的一二十年间。亲情与友情都在消磨中。这或许才是真正的老境，老人必得面对的严酷的真实。

听老耄者发表昏聩的言论，会惕然，怕有一天自己也如此。我不知自己能否做到适时停笔，缄口（不谈学术）。《老子》有"知足不辱，知止不殆"云云。前人以为倘奉此教，晚节不难保全。"晚节"云云，已像是陈年旧话，罕听人提起——或许社会进步了，又或者在某一方面退步了。"知足""知止"以求"不辱"，则是必要的——岂止"必要"而已！只不过封笔也如"挂冠"，这类宣示的动作就不必了。顺其自然，以读写自娱或消闲就是。不做无益之事，何以遣有涯之生？

"余裕"是奢侈品，从容乃理想的状态，"优雅地老去"是不可及的梦想。即使如此，也不妨在某一天到来之前，尝试着从容地过余生的每一个日子。

日本演员树木希林的遗作《一切随缘》（中译本由人民文学出版社2020年出版）引起了中国读者的兴味。"一切随缘"作为哲学，很"东方"，较"顺受"，稍积极。落实在树木这一个体生命，又极独特。比如自以为受益于"失误"——由自己的长相[①]，到失败的婚姻，都能从中发掘出价值。这种通达不为常人所有，甚至可以说得上奇思妙想。因看过她参演的《澄沙之味》《小偷家

[①] 长相难以说"失误"。一定要说，则只能是造物的失误。当然，说失误有可能出于树木无所不在的幽默感。

族》①，还记得那张虽不美却也不丑的脸，以及因眼疾而失焦、看起来有点斜睨的眼。我以为不必追求这种人生境界，否则难免于矫情。不一味怨天怨地，不跟自己过不去，不跟"命运"较劲儿就好。

女人接受自己的丑，最不容易。树木的达观也因她演艺事业的成功，由成功而自信。这一点不必讳言。这种成功在"颜值经济"的今天，确系可遇而不可求。因而树木这方面的思路不宜推广，以免误导了更多少男少女追逐注定会破碎的明星梦。

下

老的终点，是死。"死"作为议题，在中国的语境中迄今亦未脱敏，令人不忍，或者不敢触碰。"向死而生"是好题目。我们明知如此，却不愿说破这一层。鲁迅《过客》中的老人坚持说"前面，是坟"，确像枭鸣，闻者难免以之为"恶声"。性教育与死亡教育，都曾经是禁忌。这类禁忌的打破，是文明推进的标志。

涉及死，我们未见得较古人通达。王夫之说："生死者屈伸也……有一日之生则尽一日之道，善吾生者善吾死也，乐在其中矣。"（《周易内传》卷二下）②这是极明达的话。读贝克勒等编著的《向死而生》的中译本（北京：三联书店，1993），对那些与"主"、基督有关的表述毫无所感。希望读到的是人们切身体验的老、病与死。应当承认，那本书没有打动我。文学艺术从来有更刻骨铭心的死亡叙事。更优秀的叙事者写小说去了。

我们自以为关于生死想得很透彻，濒死的关头仍有可能尽失故我，拼命想抓住水中的一根浮木，或悬崖边的一丛野草。生与死间的这一"临界状态"，种种不可控的情形会出现。虽未身历，所知所见，已令人心生畏惧——不是对最终的死，而是对失控。

---

① 后又由小友推荐，观看了树木希林参演的《横山家之味》。
② 他还说："贫贱患难，素位也；寿夭，正命也，皆莫不吉。""顺受其正，如胏之顺股，则抑何害之有？"（同书，卷三上）无不明达。

经历了局部死亡的累积，经历了漫长的丧失——由丧失诸种功能，丧失诸种"关系"、丧失记忆——之后，人往往仍不甘于平淡的死。似乎一定要有出人意表的谢幕，才算对世界有了交代。

安宁疗护（亦作"姑息疗法""舒缓治疗"），较之更为人熟知的说法"临终关怀"，语义模糊，语感温和，避开了有关死亡的暗示，考虑到了濒死者与其亲人的承受能力。"摆渡"的说法亦妙，不知是谁最先想到的。记得由媒体上读到，从事临终关怀的松堂曾有选址之难，屡遭社区抵制，无非因不吉利。由医院办"安宁疗护中心"，或较易于被接受。"安宁疗护"是"治疗"之一种，淡化了"放弃"的印象。放弃的权力永远属于生命的拥有者，任何机构不宜包办。病人失去自主行为能力，是否停止治疗，由专业人员、专业机构定夺，有助于避开伦理难题。

曾有社会知名人士力推对于罹患绝症、病情危重者的舒缓治疗、"生前预嘱"。"生前预嘱"的内容，包括了所期待的治疗或放弃治疗，自主选择辞世之际向世界告别的方式，或谢绝任何仪式。我以为其中必不可少的是"你希望得到谁的帮助"。眼下不无普遍性的是，老人生前少人过问，濒死时亲戚即纷纷现身，为自己争取，甚至声张权利。更有甚者，对一息仅存的老者迫其表态。鲁迅晚年有一篇题为《死后》，以假定性的笔法写身后周边的嗡嗡营营、嘈嘈切切。那声音更来自无聊的论者。近年来于人死后纠缠不休的，多半是自以为有利可图的血亲。①

杨绛生前处理私人事务的冷静彻底，足证此老内心的强大，令人敬服。黄宗羲晚年作《梨洲末命》《葬制或问》，一再申说自己关于后事的要求，强令其子执行。另有诗示其子黄百家，其中有"莫教输与鸢蚁笑，一把骸骨不自专"云云。"一把骸骨不自专"，确也是无数老人的悲哀。

二〇一七年十月出台的《民法总则》第三十三条，有关于"意定监护人"的条款，据说大受欢迎，证明了早有相关需求，包括有子嗣者。少数有公证资

---

① 近些年来社会伦理层面的败坏，莫此为甚。

质的机构工作量之大，应对的主要是涉及遗产和继承的日益增多的纷争。一点贪念致父子反目、祖孙成仇、家人亲戚对簿公堂的闹剧，近年来常演不衰，无论城乡。几十年间的"社会溃败"（孙立平），伦理崩坏，其征象就包括了财产（尤其房产）争夺——在一、二线城市房价高企之后。完善相关法律，未见得能挽回"溃败""崩坏"于万一。不知有多少老人生前身后搅在一摊浑水中。

写《家人父子》一书，冒襄兄弟的案例令我震惊。冒（襄）董（小宛）情缘为人艳称。冒襄一生的艳遇不止于此。另有据说贤淑的发妻，与众多名流朋友，伦理当属圆满。读其文集才知晓，其人与父母、兄弟均有扞格，甚至兄弟反目，到了散发揭帖的地步。写那本书，我将诗意化古人的部分，做了某些还原。我据自己的经验，对被描述得毫无缺陷的伦理关系常存怀疑，以为实情或不尽然。因而关于宗族、家族，与治宗族史者取向有别。对为社会修复而盲目地征用"传统文化"不以为然。关于宗族的负面作用，此前此后均有验证。官方媒体也有"村霸""乡村恶势力"一类说法。二〇一九年缉毒题材的电视剧《破冰行动》，以东南沿海某地的真实案例为原型，提供了"宗族恶势力"的极端例子，令人毛骨悚然。

如上文已经写到的，最残酷的老年人，仍然在乡村，尤其经济文化落后的乡村。老人是传统社会伦理崩坍后最早的牺牲者。我曾读到关于农村"弃老"现象的报道，留守老人较之留守儿童更弱势。一个日趋功利的社会，首先放弃的，就应当是失去了创造价值的能力的老人，无论这些老人为社会发展做过多大的贡献与无谓的、并非自愿的牺牲。儿童是"祖国的花朵"，国家的未来，留守儿童、贫困地区的儿童处境尚且如此不堪，何况与"未来"无涉，令人想起的更是历史伤痕的老人！

关于老年人，最尖锐的，无疑就有自杀这一主题。

中国的传统社会，并无日本经典影片《楢山节考》中的那种习俗。《楢山节考》的剧情非关"人道"与否；放弃老人，令其自生自灭，也如"动物世界"，乃因应生存困境的选择。而中国，虽说有尊老、敬老的传统——尽管如已经提到过的，我对相关实践存疑，以为或更出于士人的拟想（制度设计），如《周礼》。

在我们的环境中，老年人生存的残酷、丑陋面往往被掩盖。不鼓励文学艺术直面现实，亦虚症之一种。老年人题材难以得到充分开发，与此不无关系。日本著名导演大岛渚拍摄有《残酷青春物语》。无论"残酷青春"还是"残酷老年"，在我们这里无不易于触犯禁忌。

法国获奥斯卡奖的剧情片《爱》，直面老、病的残忍性。该片结尾，老翁于力竭之际用枕头闷死了痴呆的病妻，而后将门窗缝隙用纸条粘贴后开煤气自尽。美国有类似题材的剧情片——《爱在记忆消逝时》，叙述的是一对老人的死亡之旅。两部影片均将老年生存的困境以及绝望呈现得令人心悸。并非由于贫穷，没有求助于相关机构，直接选择了同死，或许更证明了人应对此种绝境时选择的有限性：不但拯救他人而且自我拯救之难。我们不会拍摄这种题材，即使实际情况或许更严酷。在这里，更普遍的老年悲剧仍然是贫困，以及几十年来伦理失坠造成的弃老、虐老。有选择，能选择，较之只能听天由命者，已算得"幸福"。衣食无虞而选择死亡，或更足以示人困境之普遍。但较之既饥且寒孤苦无依的老人，这种"自主选择"仍然显得奢侈。

中国式的葬仪有职业的"号丧"者，最是陋习。父亲晚年的回忆文字，写到自己在母亲的葬仪上因哭不出来为亲戚不满的旧事。旧式家族，长辈去世，号哭，被作为子孙，尤其长子长孙的伦理义务。

金宇澄关于其父母的回忆写到他对老年人的观察："在老境中，友人终将一一离去，各奔归途。他们密切交往时期的过程，会结束在双方无法走动、依赖信件或互通电话时期，然后是勉强的一次或几次探病，最终面临讣告，对方也就化为一则不再使用的地址和电话号码。……人的全部印象，连带记取他的活者本身，全部消失之后，才是真正的死亡。人是在周而复始替换这些印象中，最后彻底死去的。"（《回望》，广西师大出版社，2017）

我的观察何尝不是如此。即如对我的父母。父亲一生帮助过的后辈学人不知凡几，待到暮年，"糊涂了"，那些曾经走动的同事失去了踪迹。待到故去，甚至近邻也不闻问，世态炎凉如此。生命终结前，除却某些居高位、拥巨赀、享盛名者，无不孤独。年轻人更渐行渐远：你还活着，已从对方的世界中淡出。洞穿了势所必至的最后一幕，不如主动做减法，适应寂寞，安静地活在你的角落里，安静地死去。看到了尽头，洞穿了必然到来的一切而仍然活着，需要更大的勇气的吧。

人生的最后一程，是自然而然地做减法。包括人事。友情渐疏渐淡，直至有一天你"故去"，久未露面、久未联系的熟人，出现在你的葬礼上。他们的哀戚未必虚假。你的死很可能提示了一段往事。更多出席葬礼的人，并无哀痛，只为了见证一个人的离去，更为了借此见见与逝者共同的熟人和朋友。殡仪馆外呼朋唤友，热闹非凡；踏进哀悼场所的那一瞬间收起笑脸，行礼如仪。看过太多这样的场面，真不希望这种事发生在自己身后。可悲的是，活着的人不如是想，他们需要仪式以了结一件事，以求得安心。

富仁的后事由他原先任教的北师大文学院操持。仪式隆重。那些与他过往较少者，或许更震惊于富仁选择的辞世方式，决绝，像是无所顾念。这样的死法令人自感孱弱。在此之前，远在汕头的他，事实上已退出了京城学界衮衮诸公的视野。告别仪式大厅内外不闻有人大声寒暄，参与者神情肃穆。富仁的长子代表家属讲话，简短得体。老钱的夫人崔大夫为自己预先设计葬仪，且因由老钱门下弟子协助养老院操办，避开了世俗那一套礼仪，较为优雅自然。我绕着遗体走了两圈，向老友告别。心里想的却是，有什么办法能确保自主，拒绝一切身后的仪式？

送别友人，中岛碧先生之后，即富仁。为死者写纪念文字，中岛先生、富仁之外，另有樊骏。樊骏于我，亦师亦友，不同于富仁之为侪辈。一代人文的凋零，在一个个人的逝去中。世风早已大变，学界不复旧貌。我们或可自居某种"遗民"——一种时代风尚、风气、人文气象之"遗"？

（原载《随笔》2021年第2期）

"我的深情为你守候"
——《崔可忻纪念集》代序

◎钱理群

一

可以说从二〇一五年七月，我和老伴可忻住进泰康之家养老院，我们就进入了生命的"晚年"。进养老院是我们共同的选择，而最后是可忻下的决心，就是考虑到我们两人中总有一人先走，留下的将如何度过余生，我们需要一个相对安全、生活有保障的最后栖息地。

而一进养老院，就意味着我们将面对"老、病、死"这三大人生最后的难题。

老实说，在此之前，生活在原来的圈子里，天天和中青年朋友来来往往，我们并不觉得自己"老"；但进了养老院，身处与世隔绝的环境中，周围全是步履蹒跚的老人，心态就逐渐发生微妙的变化，感到自己真正地老了。于是，就开始思考：如何安排老年生活？应该说这是有现成的答案的：健康地、快乐地活着，即所谓"开开心心过好每一天"。这也是我和可忻都乐意接受的：辛苦一辈子，老了老了就该什么也不管不问，享享清福了。但我们似乎又不甘心于仅限于此，我们在"健康地、快乐地活着"的同时，还期待"有意义地活着"。在我们看来，人之"幸福"不仅是身体的健康，更有在为社会、他人服务中感到生命存在的意义而产生的精神的充实与愉悦。我们这一代人，都有极强的事业心，我们从不把自己从事的专业工作，仅仅看作谋生的手段，而是当作自己可以为之献身的事业，全身心地投入，并乐在其中。我的文学研究，可忻的医学，最后都融入了我们的生命，须臾不可离。现在退休了，离开了工作岗位，如何延续我们的事业，就成了一个大难题。我要解决这个问题相对容易，因为我的文学研究是一个个体的劳动，只要有"一间房，一堆书，一支笔"就可以进行，进了养老院，外在干扰减少，反而可以更集中精力，更自由地畅开来写，更为充分地实现生命意义与价值。但可忻的医学是一个公共服务事业，离开了医院、病人、研究单位，就没有了用武之地。这就使可忻陷入了生命的困境。按说，进了养老硬件相当不错的泰康之家，一切都有人照顾，真正是衣食无虞，而且没有后顾之忧，应该心满意足了；但我们，特别是可忻，却总觉得失去了什么，心里不踏实。她无数次地问我：这样整天吃吃喝喝，有什么意义？"活着的意义是什么？人老了到哪里去寻找与实现自我生命的意义与价值"就成了一个我们俩，特别是可忻为之焦虑不安、苦苦探索的问题。而且我们深知，这样的追问具有极大的个人性；因为对许多人来说，这不是个问题：活着本身就是一种意义。有的人甚至会认为，这样的追问多少有些自作多情，我们也不想辩解。我们承认，这样的问题是我们自己的人生经历和人生哲学（包括幸福观）所决定的，它不具有普遍意义，而且只能由我们自己面对并解决，本也不足以对外人说。但我们也不想掩饰自己的孤独感；我则因为相对容易解决这一问题，而对陷入困境的可忻多少有些歉意：我理解她的痛苦，却完全无能为力。

而可忻则习惯于自己的问题自己解决，而且她更有极强的行动力：她从不为抽象的忧思所困扰，总是从现实生活的实践里找到出路，她的办法是到科学技术的最新发展、医学的前沿里寻找自我实现的新的可能性。她通过网络的搜寻，得知北京大学成立了健康医疗大数据中心，对相关材料进行了认真的研究与分析以后，立即敏感到，中国的科学技术、经济、社会发展，包括她心爱的医学，将进入大数据的时代，正面临着新的挑战和前所未有的历史机遇。而最吸引她的，是突然发现一个可以施展身手的新的天地。而且说干就干，立刻制定了一个《关于建立泰康养老社区医养结合数据库的设想与建议》（以下称《设想与建议》），并做出了详尽、具体的规划，提出了四大项目与指标：即"1. 通过基本情况调查表、健康情况调查表，建立相应数据库，可对入住居民有一大致的了解并可得出数据性描述；2. 通过健康风险评估和患病情况（包括诊断和治疗）调查表，初步分析常见疾病的发病率，对慢性疾病患者建立档案，定期随访。这就为以后选择性地对几种老年性疾病（如高血压病、前列腺肿大、牙齿脱落和义齿、心律不齐、心绞痛等）做分析研究提供基本数据；3. 通过老年人生活满意度调查表、心理健康评估调查表、膳食营养调查表，了解燕园老人心理健康、膳食营养等现状，使医养结合更科学地向前发展；4. 估计通过一至两年的工作，可将一定数量的数据提供给泰康其他园区参与，做相应的数据分析与研究，条件成熟时可以举办相应的学术研究讨论会，写出相关研究论文与著述。也可以在泰康博客、网页、印刷品和出版物使用，成为以后要逐渐建立和完善的养老文化的有机组成部分。再经过若干年，或许可以争取加入健康大数据行列。至今的事是要从基本的数据库做起。"在我看来，可忻的这一选择与设想，是很能显示她的思维特色和研究风格的：既有开阔的大视野，具有前瞻性——不仅是敏锐、及时地抓住了大数据这一前沿课题，而且对构建"养老医学"和"养老文化"也有超前的把握，又细致入微，具体落实，具有极强的可操作性。同时显示的是她的承担意识：《设想与建议》明确提出，她自己作为项目业务负责人，将"全面负责从方案设计、数据收集、计算机录入、数据的提取与运用等几乎全部技术操作"工作，只要求配备一名业务助理，提供"一间房，一台计算机及简单用品"。看来，可忻是准备全身心地投入养老医学事业，以此作为她的养老生涯的主要内容。这本身就是一种全新的开创，我们都为之兴奋不已。但我们还是太天真，过于超前了。当时，几乎无人真正理解其重要性，遇到点实际困难，就被束之高阁，不了了之了。这是我们养老生活遇到的最大挫折。在可忻重病时，谈起此事，还是唏嘘不已：如果当年真的起了步，到两三年后的今天，泰康社区医养结合数据库就有了一个坚实的基础，可以放心地交给接班人了。

但可忻却不会因为遇到挫折而"善罢甘休"，她很快就又找到一个新的用武之地。她在和社区居民的接触中发现，老人们普遍都对医学知识有浓厚的兴趣，甚至有强烈的渴求。但每回看病，医生三言两语就给打发了，老人对自己的病一肚子"糊涂账"，只能稀里糊涂地一切听命于医生，处于完全被动的状态，有时还因此生出许多疑虑、惊惶、恐惧等心理疾病，也容易病急乱投医，听信各种医疗假新闻，上当受骗。面对这些老年医疗乱象，可忻立即敏锐地提出，必须在养老院里开展老年医学教育，不是偶然随意开几个讲座，而要有总体的规划，针对老年人的特点与需求，进行系统的医学知识普及：它是一个包括所有医科（外科、内科、牙科、妇科等）在内的全科教育，特别注意各种疾病的内在联系；它以医学知识为主，但也涉及医学心理学、医学社会学、医学伦理学、医学哲学等多学科的相关知识；它注重知识的讲授，更注意结合临床经验，提供具体的医学常识；它关注老人在就医中的疑难问题，用老人容易接受的语言和方式，和老人一起讨论、交流；它还有针对性地提供国内外医学研究、实践的最新成果等。这样的设计，显然总结和吸收了可忻长期进行的医学教育的经验，更有极强的创新欲求和意图，即是要开创一个不同于以往学校与社会医学教育的、适应于养老社区的特殊对象的特殊需求的老人医学教育模式，成为养老医学、养老文化的重要组成部分。可忻愿意为之做出奉献：她收集了几乎所有的医科教科书，特意购买了一部笔记本电脑，制订了一个详尽的教学计划，准备开讲一百次，这样，她的养老生活就充实而有意义了。但她这充满理想色彩的勃勃雄心，还是在现实面前知难而退，又留下了永远的遗憾。

最后，可忻把对生命意义的追求寄托在了音乐上。而在我看来，这依然延续了她对医学的关注和关爱，只是深入到了一个新的领域，即医学与艺术的关系。可忻在以极大的心血灌注于养老社区燕园的歌唱事业时，常常和我一起讨论：音乐对于养老医学、养老文化的意义和贡献。我曾经写过一篇《医学也是"人学"》的文章，虽然重点是在讨论"鲁迅与医学的关系"，是从自己的专业出发的，但也专门讨论了"医学和文学艺术的关系"。这背后显然有可忻的影响，在某种意义上可以说是代表了我们共同的思考。文章谈到，"医学与文学艺术都面临同一个对象：人。这看起来是个常识，却很容易被忽略：文学家往往热衷于直接表达思想，讲故事，忽略了写人；医生却常常只见病，不见人"；"医学和文学艺术的对象，都是个体的生命。文学艺术最应该关注的是区别于他人的'这一个'的特殊命运、思想、情感、性格；医生所面对的是一个个具体的病人，同样的病，在不同病人的个体身上会有不同的表现和特点，需要我们对症下药。但可惜在我们现在许多医生的眼里，病人不是活生生的个体，而是某一类型的疾病患者，往往按类型的医疗惯例开药"。文章特意谈到，"鲁迅是以'诚与爱'之心，去从事文学，看待医学的。这应该是医学与文学艺术更为内在的一致：这是最基本的伦理底线，也是医生和文学艺术家的基本素养与性格"。文章同时引述鲁迅的论述：科学本质上是一种"人性之光"，因此特别要警惕"唯知识之崇",陷入科学崇拜、技术崇拜的"唯科学主义",并由此而引申出医生对病的诊断和文学艺术的创造一样,也需要有"建立在多年积累的丰富经验基础上的直觉与灵感,需要医学想象力"的观点。文章还谈到医学与文学艺术的不同,以及由此产生的互补性:同样面对人,"医学面对的主要是生理、身体上的病人,而文学艺术面对的更多的是健康的人,或者说是更全面,也更复杂丰富的人"。这也会产生一个问题:"医生天天面对的是人的病态,医院里充斥着'病'(病态、病痛)的氛围和气息。长期沉浸其中,不但会影响医护人员的心境、心情、心理,而且也容易造成对人性的阴暗看法,这就需要文学艺术的补充";"文学艺术的魅力就在于永远能够引人走向真、善、美的境界"。"为什么许多老医生、成功的杰出的医生,都有阅读文学作品、欣赏音乐和美术的业余爱好,不仅是为了陶冶性情,舒缓职业性的疲累感,更是为了坚守对人性的真、善、美的信念与追求"。"这也提出了医学管理学上的一个问题:如何营造一个更为健康的,不仅是医学的,更充满人文气息的医院环境与氛围"。这个问题同样存在于养老院:居住其中的都是身患各种疾病的老人,在某种意义上甚至可以说,养老院就是一个"大病房",它天生地容易滋生生命的压抑感、无力感、绝望感……我们不必回避:老年人最大的危机,就是染上生理与心理的双重疾病;而解脱之道就是医学与艺术并进。我和可忻由此而认为,让养老院充满歌声,不是一般的娱乐娱乐,而关乎养老院的本分、本质:养老院就应该是一个大音乐厅,聚真、善、美于一身的精神家园。发展老年音乐事业,是建造养老医学、养老文化的一个重要环节。——文章写到这里,突然在报纸上看到一条消息:二〇一九年三月,上海召开了"肿瘤治疗艺术高峰论坛",许多中国医学名家谈肿瘤治疗的医术与艺术,强调"医学人文的回归,是对生命的尊重",明确提出了"今时今日,我们当如何看待肿瘤?是信奉'技术至上',还是承认医学技术的局限,以医学人文之光来拓展治病救人的边界?"的问题,并且引述了一句名言:"我要牢记,医学既是科学,又是艺术。温暖、同情和理解,可能比手术刀和药物更为有效。"这里,对医学的人文之光的提出与强调,和我与可忻关于"医学是人学"的思考,可以说是"想到一块儿"了,我们都敏感地意识到了自然科学、社会科学与人文科学相互渗透、融合发展的趋势,一个医学和艺术相结合的时代即将或已经到来。可忻试图在养老院里来实现医学与艺术的结合，可能又是一个新的开创。与她之前提出的建立养老社区医养结合数据库，有计划地开展老年医学教育的设想，则有内在的相通，都是建立养老医学、养老文化的自觉尝试，并希望由此而找到一生献给医学的自己晚年生命的意义，尽管最终未能实现，但毕竟做了努力，挣扎过了，即所谓"屡战屡挫，屡挫屡战"，这本身或许就是一种"意义"吧。

二

二〇一八年八月，我和可忻几乎同时得了癌症：先是我在体检中发现前列腺癌症病兆，随即到北大医院做穿刺检查，找到了癌细胞，最后确诊；接着可忻感到胃疼，血糖也突然增高，这实际就是胰腺癌的病兆。但当时没有想到，只当胃病和高血糖病治疗，耽搁了时间。

不管怎样，我们俩都直接面对了疾病与死亡。

应该说，我们对此是有思想准备的。老实说，我们当初选择养老院，就是预感到这一天迟早要到来，必须未雨绸缪。而且我们家有癌症遗传基因，我的几位哥哥、姐姐都因患癌症而致命。我进养老院，没日没夜地拼命写作，就是要和迟早降临的"肿瘤君"抢时间。因此，当我看到穿刺结果检查报告，第一反应就是"幸亏我想写的都已经赶写出来了"。我在当天（8月20日）日记里这样写道："多年来一直担心得癌症，现在这一天还是来了。虽然不见得是绝症，但确实是我住院时预料的那样，我的人生最后一段路，终于由此开始了。""今后的人生就这样度过：尽人事，听天命；或者说是：一切顺其自然。""其实，我也应该满足了——想写的，都写出来了；想做的，都做了。""看透生死，就这样'不好不坏地活着'。""这些，都是这些年，特别是进养老院以后一直念叨着的话，现在也写出来了。"这些话我并没有对可忻详细说——我们早已无数次讨论过，自然不必多说。其实，我们进养老院就已经想透两点：一是把"钱"想透，该花的就花，要把自己晚年生活安排得舒服一点，我们不惜卖房子住进泰康，就是看穿了这一点；再就是把"生死"想透，已经活到八十多岁，再多活几年少活几年，已经无所谓了。因此，我们在家里总是聊生呀死呀的，没有任何忌讳。这样，死的威胁真的来了，反而十分坦然、淡然，像没事似的：我照样写自己的文章，可忻还是唱她的歌。

但到了十月底，可忻突然胃痛、背脊疼，吃不下饭，人也变得消瘦：我们这才感到问题的严重。我再也写不出一个字，可忻则独自苦苦思索"问题出在哪里？"根据自己的人体各器官位置的知识和医学经验，她突然想到，是不是患上了胰腺癌？于是，当机立断，找到了我们的老朋友，北大肿瘤医院的朱军院长，提出进行PET-CT全身检查的要求。尽管这样不按正常检查秩序进行的越规计划让朱院长有些吃惊，但他仍然迅速做了安排，而且在检查当天，就直接从检查室取出结果，从网上发给了可忻：果然发现了胰腺癌的病兆！可忻也当即做出判断：她得了不治之症，"上天"留给她的时间不多了！尽管我和可忻对"最后的结局"早有精神准备，患上胰腺癌还是万万没有想到的！但可忻很快就镇静下来：既来之，则安之，一切积极、从容应对吧。于是，就有了一系列的检查，不断出入于医院，各方求诊，奔波了两个月。最后果如所料，胰腺癌已经种植性地转移到了腹腔，到了晚期。——这样，我们就真的要直面死神了！

问题是，如何度过这最后的岁月。我和可忻没有经过什么讨论，就不约而同地做出选择：不再治疗，不求延长活命的时间，只求减少疼痛，有尊严地走完人生最后一段路！后来我们才意识到，这是向传统的"好死不如赖活"的人生哲学挑战，而要反其道而行之："赖活不如好死"，我们一辈子都追求人生的意义，就要一追到底，至死也要争取生命的质量！

但可忻并不满足于此：她不仅为自己制定了"消极治疗"的方案，更要利用这最后一段时间"积极做事"：她要赶在死神之前，做完自己想做的事，并且亲自打点好身后之事，把最后的人生安排得尽可能地完善、完美，将生命的主动权牢牢掌握在自己手里。而且说干就干，连续干了完全出乎我和所有亲友、学生意料之外、我们想象不到的四件大事。

就在二〇一九年一月二十二日协和医院检查，发现了胰腺癌细胞种植性转移的第二天，可忻突发异想，要在六天后的社区春节联欢会上做"告别演唱"。我虽然表示支持，并立即与院方联系，获得同意，但心里直嘀咕：她身体吃得消吗？果然第二天晚上，她就疼得睡不着觉，之后连续两天都到康复医院输液四小时。到第五天,可忻坚持要去参加彩排,勉强唱完就疼痛得不行,赶紧吃吗啡药。真到了一月二十八日那天,她已经不得不住院治疗,上午输液到下午1点,来不及喘口气,就回到住所换服装,稍稍练练声,在4点钟登上联欢会的舞台,做"天鹅的绝唱"。知情者都感动不已,我心里却有些感伤:可忻的一生也就此结束了。她要高歌一曲"我的深情为你守候"向她心爱的医学告别,向所有爱她的人告别,更要用视为生命的音乐来总结自己的人生,留下一个深情、大爱,有坚守、有尊严的"最后形象"。而可忻精心设计的高雅的服饰,则让我想起她的母亲也是在晚年不愿让人们看见她的病容老态而拒绝一切来访者,要将一个"永远的美"留在人世间。

当天晚上,可忻又是疼痛得一夜难眠。经过医院用药,稍有缓解,可忻又提出一个新的计划:趁着自己还有点力气,头脑也还清醒,要把家里自己的东西全部清理一遍,该处理的处理掉,该送人的送人,该留下的留下。她要干干净净、清清爽爽地离开这个世界,不遗留任何麻烦事给家人。我知道,这当然是为我着想,为之感动不已;但也暗中怀疑:这等于要把她精心经营的整个家倒腾一遍,她做得到吗?可忻不想这些,只管立即动手,住进医院第四天,就坐着轮椅回家清理。除夕夜又回家翻箱倒柜到深夜。由此开始,整整忙了两个月:开始是自己回家指挥儿子、女儿、女婿和学生清理;到后来身体日趋虚弱家也回不了了,就让大家把家里的衣物、光盘、书籍、研究论文笔记等等,陆续搬到病房,自己忍着疼痛一一过目以后又搬回去。如此硬干、拼命干,到三月二十日居然全部清理干净。我四顾一切都规规整整的屋子,突然感到可忻的强大存在:她永远关照、支撑着这个家!

可忻还要亲自安排自己的后事,一再叮嘱我:千万不要开追悼会,写悼词,献花圈,告一个别就可以了。有的亲友、学生如果还想见见我,就到我的住房来,看看我留下的著作、我珍爱的光盘,听听我唱的歌,看看我的录像,就像以往来我家做客小聚一样,重温当初美好的时光。为此,她精心挑选了一张自己端庄、美丽的照片,要永远用她清澈的目光凝视着我们。

在已经一个多月不吃不喝、身体极度虚弱的情况下,三月七日一大早,一夜睡不好的可忻突然把我叫去,说想编一本纪念文集,收入自己的著作、论文和回忆文章,以及亲朋好友和学生的"印象记",再加上录音、录像,就相当可观了。乍一听，我有些吃惊，但很快就被她的超越常规的思维和不拘一格的想象力所折服，表示欣然同意，并立即动手，组织了一个由学生辈的友人组成的四人编辑小组，着手组稿、编辑，联系出版，一切都十分顺利，进展神速，不到二十天，就基本编就。在编辑过程中，特别是读了近四十位朋友的印象记，也就慢慢地感受到可忻的设想的深意，理解了这本不寻常的小册子不寻常的意义。这不仅是关于崔可忻"这一个人"的纪念文集，而是我们这一群人（从可忻近四五十年的老友，到才结识两三个月的新朋友）的一次真诚对话和深层的精神交流。崔大夫、崔老师只不过是话题的引发人，我们回忆与她的交往，实际是在追忆我们自己的一段历史。而从中发掘出来的，是我们人生中最美好的时光，发现并重新认识了可忻的，更是我们自己的人性之美，我们彼此之间的暖暖人情。更重要的是，我们因为可忻而重新面对和思考人生的重大问题。诸如，如何对待生、老、病、死，如何追求生命的意义，如何对待我们从事的工作，等等。在今天这个虚幻、浮躁的年代，人们已经很少谈人性，谈人生，现在突然有了这个机会，大家就自然抓住不放了。在我看来，这次约稿、写文如此顺畅，这是一个重要原因。

而作为可忻的亲人，我在阅读朋友们的文章时，更是感慨万千。我深知，可忻，包括我自己，都绝非完人，我们也有自己的人性、性格的弱点，我们的人生更是多有缺憾和遗憾，朋友们，也包括学生，其实也都心中有数。但写的文章中都没有涉及，这不仅是纪念集的性质所决定，或许还有更深层的原因：在这个虚无主义盛行的年代，多谈谈我们每个人都有的人性之美、人生的正面价值，哪怕有一点夸张，也是别有一番意义。许多朋友的文章，包括我们自己的文章，都谈到了可忻和我的人生选择，朋友们对此都有一种同情的理解，这让我们深受感动。但我们依然要强调，这都带有极大的个人性，如果有人从中受到启发，自然很好，但我们更希望有不同意见的讨论。我们不过是走了一条自己的路——自己选择的路，适合自己的路。最后要说的是，可忻这一生，也包括我这一生，只是坚守了医生、教师、研究者的本分，尽职尽责而已。在一个正常的社会里，再寻常不过，本不足为谈；现在却要在这里纪念，也是因为现实生活中有太多的不守底线的失职，不负责任的行为，一旦有人坚守，就自然觉得弥足珍贵了。

既然如此,那么,我们这些老朋友、新朋友,就不妨借这次编辑纪念集的机会,再抱团取暖一次,彼此欣赏一回,大喊一声:"我爱你!"

"我的深情为你守候"!

3月24日—31日凌晨

(原载《随笔》2021年第2期)

日常与传奇
——记忆与怀想中的李子云老师

◎王雪瑛

呼啸的风和缓了，寒潮过后的阳光照着书桌，温和地流连在书封上。2021年的新春来了，岁月流转中，我时常会翻阅子云老师的《往事与今事》《我经历的那些人和事》，让我感受丰富的心灵之间的对话与沟通，代际之间彼此生命形态的相互影响，新时期文学破冰奔涌时的生动景观，让我理解澄明的良知、敏锐的判断、深度的思考如何融于语言的艺术；在曲折的长路、多变的现实中，如何提升人生的意境……我们的人生承载着往事与今事，经历着那些人和事，人生的旅程也是自我淬炼的旅程，对于我来说，子云老师的话语，不是静止在书页间，而是与我的岁月相随而行。

一

早在我的大学时代，就读过她的评论集《净化人的心灵》，在我的想象中，她和她笔下论述的人物是生活在北京的，所以在我进入上海作家协会工作的第一天，就在办公室里见到子云老师，真是意外的惊喜！

那是1992年一个冬日的上午，评论家程德培为我们做了介绍。她抽出插在羽绒大衣口袋里的手，握住了我的手。寒冷、拘谨和陌生一下子消失了。至今想来，这是一个特别的缘分。

此后她有事会到作协外联室来，我也因杂志的工作到她家去做过访谈，渐渐地和她熟悉起来。子云老师很健谈，她思维敏捷，丰富而不失细致，宽容而不弃原则。她对作家和作品始终有自己的判断和见解，而不受当下潮流、知名度与职位高低的影响；她对文学作品的评价始终以文学的审美标准为尺度，而不是个人的亲疏远近。这对一个与当代不少著名作家都是朋友的评论家来说是难能可贵的，这对于我们当下的文艺评论来说也是非常重要的。

子云老师注重生活品质，我去看望她，有时在她的家里，素瓷清茶相待，在酽酽的茶香中，我们便海阔天空地闲聊；有时约在一家环境幽静的饭店，一起享受美食，边吃边聊。当然我们最常规的聊天方式，还是电话。她的友人很多，有时候我电话打进去，她一边说："我刚刚接了一个很长的电话……"一边还是兴致很高地和我说话。

我们的话题非常广泛，可以是作家作品，文坛现象，也可以是知人论世，衣食住行，我可以畅所欲言，无拘无束，全无辈分、年龄的隔阂，我们交流的愉快不在于观点和看法的一致，而在于坦诚相见，理解对方的看法，理解对方为什么会这样看。

二

子云老师出生于上个世纪30年代初的北京，她的人生就在中国波澜壮阔的现当代历史中展开。时代的风云激荡在她的人生中，写下重要的章节：40年代，她青春年少，心怀理想而投身革命；50年代，她意气风发，在市委宣传部文艺处努力工作；60年代，她遭遇磨难，历经风云激荡突变，体验曲折人生；70年代，她磨砺自省，在逆境中思索时代走向与个人命运；80年代，她重新出发，打破禁锢，挣脱僵化，追求文学新鲜的生命和未来；90年代，她一如既往，撰写评论，关注着当代文学的发展和走向……

经过十年困境中的沉淀，曲折中的思索，1979年李子云老师在《上海文学》上发表了《为文艺正名》。在历史和文学转折的峡谷风口中，她沉着而坚定地亮出了自己的声音，留下了自己的思考。关于先锋文学的讨论，关于寻根文学的意义，在80年代的文学批评和理论开拓中，在新时期文学跨过关隘，砥砺前行的进程中有着子云老师的身影。她在沉稳中蕴含着激情，在宽容中不乏敏锐。她经历了十年风雨交加中的疼痛和反思，在中国社会发生深刻变化，在时代进步中迎来文学新时期时，她感到了自我在不断地思考中的尊严、力量和信心；她在同行者的身上看到了信念和理想的光芒，思想和思考的力度，突破历史岩层的勇气和毅力，她与那一代评论家和作家一起，参与着中国当代文学觉醒和建构的过程，对文学语言的敏感，对人的健全发展的尊重，与世界文学对话的渴望，构成了上个世纪80年代中的文学理想与理论探索的重要内涵。

三

在她近八十年的人生长旅中，我与她的相识相交已是她人生的晚年，生命的长河经过了急流险滩和波涛汹涌的盛年，流到了平和开阔云淡风轻的晚年。晚年的她对于我来说是日常而可感的，常常是一根电话线，联结了我们的日常生活。她在电话中告诉我，外面大雨瓢泼，她在家中遭受屋顶漏雨时的尴尬；为了修缮房屋，移动家具，整理衣物书籍时的耗神与费力；终于一切的杂乱无章结束了，体会着在修缮一新的居室中的安稳和宁静。她让我有空去她粉刷一新的家里坐坐，享受她新买的沙发。李老师很善于安排自己的生活，也不刻意地矫饰自己的生活，她生活得自然而率性，优雅而从容，质朴而细腻。

在上世纪90年代后期，李老师减少了出席文化界的活动，行至水穷处，坐看云起时的从容是以淡泊名利为条件的。但她的晚年生活并不寂寞，在她的身边海内外的文坛友人不少，她始终关注着当代文学的动态，也享受着友情的快慰。

她的青年和盛年对于我来说更像是传奇，我是通过她的回忆文章和讲述，依靠自己的想象来连缀而成。上个世纪40年代末，她在北京的中学时代就参加了学生运动，后来南下上海，走进革命队伍不久，就迎来了新中国的成立，她幸运地分配在上海市委宣传部，在夏衍同志领导下工作。"当时市委五位常委之一的夏衍同志那么忙，但我最初发表的评论文章和散文，都经他看过，或修改过。"她告诉我，是夏衍同志将她引上了文学之路。"他对自己所受的委屈不辩解，不抱怨，不诉苦，这几乎是他始终保持的非常突出的性格特点。"这是她向我描述的夏公的个性。

夏衍先生的为文与为人对她的人生有着全面而深刻的影响，她的随笔《记长者夏衍》以生动的描摹、丰富的细节展开了她在不同的人生阶段深受教诲的过程，让我不仅理解了她的心路历程中的重要情节，也感受到了夏衍先生在历史的洪流中历经考验，他对信仰的坚定，对事业的忠诚，对突发事件的冷静，对青年人才的培养，对自我的修炼，体现了一个革命者与文艺家的襟怀与担当，风范与品格。

而在我们的交往中，李老师告诉我的往往是生动有趣的情节，比如，她与陈毅副总理、夏衍先生、夏衍的女儿一起游颐和园的往事。陈毅和夏衍难得放下繁重的工作，享受片刻的轻松余暇，而她和夏衍的女儿也享受着两位长辈的关爱，那种欢欣和愉悦长留心间，那时的欢声笑语，那时的明媚阳光，直到她的晚年依然记忆清晰，历历在目，还可以与我细细分享。

她的一生真的丰富；丰富的是她的人生阅历，丰富的是她的精神生活，她的重要工作，她的真诚以待，让她接触和交往了许多她所尊敬的长辈，心仪的同辈，关心的晚辈，夏衍、巴金、冰心、周扬、柯灵、吴强、冯牧、陈荒煤、王元化、钱谷融、宗璞、王蒙、聂华苓、铁凝……那是一份长长的名单，在她的随笔集中有着详实细致的记叙，与他们的交往与交流，以书信形式展开的文学评论，开阔着她的人生维度与层面，塑造着她的胸襟与气度，留下了她与文学同行的人生乐章。

子云老师没有自持声名的矜持，也没有故作清高的矫饰，她拥有的是岁月风雨冲刷后的清明，人文教养浸润透了的自然。她善解人意，而又坚守自我，她温和宽容中不失敏锐和坚定，她在优雅和蕴藉中也有峻急和单纯，她是通达从容深知取舍的，又是敏感激越不掩饰性情的，她让我看到了个性中真实的侧面，也看到了自我完善的修炼与境界。

我作为一个晚辈，与她相识与相知，是我此生的幸运！

四

我最后一次去子云老师家是2008年的10月初，那天下午我陪鲁院的同学走在初秋的淮海路上，刚走过衡山路地铁站，我就脱口而出："子云老师家就在附近呵……"我拨通了她的电话，问过了她的身体状况后，告诉她，我和同学就在她家附近，想来看望她……尽管李老师让我什么也别买，人到就好了，挂了电话，我还是匆匆去克莉丝汀买了蜂蜜蛋糕，再以竞走的速度赶往她家。刚奔到弄堂口，我就对同学说："我们已经晚了，她一定等急了，她会在阳台上，张望我们呢……"话音刚落，我们看到了子云老师在阳台上向我们挥手呢，我也不知道怎么会有如此预感,真是心有灵犀。

临别时,她对我们说:"因为家里有客人要来,下次一定请你们吃饭啊!"同学也深感不虚此行,赞叹她是一个内心有光芒的人呵!

我最后一次见到子云老师,是郜元宝从澳洲回到上海,而我也完成了鲁院的学习,从北京回到了上海。当时我的导师钱谷融先生因肺炎住在华东医院。她就约了郜元宝、杨扬和我一起见面。我们先去华东医院看过了钱先生,而后在杨扬选定的上海一家人饭店吃午饭。

饭后,元宝和杨扬有事先走了,我陪子云老师多坐了一会儿,和她聊聊我在北京鲁院学习的情况,对当时文学作品的评价。这是我最后一次与她面对面地交谈!总以为我们有的是机会可以聊天,她有的是时间可以写作,相对于她已经写成、我们已经读到的文章,她还有更多的往事值得书写还没有写,还有更多的故事可以述说还没有说,我们还有更多的重要话题还没有展开……她的人生经历非同寻常,她心中的多少往事,历史中多少重要瞬间……岂是遗憾两字可以概括呵!

五

2009年6月9日早上9点,我在南京火车站准备坐动车回上海。手机上飞来两条短信,我简直不敢相信自己的眼睛,子云老师的家人告知:她已经于当日凌晨辞世……窗外依然是初夏灼热而耀眼的阳光,而我却感到浑身冰凉如同被凛冽寒风围剿着,我不能接受这个过于意外、过于残酷的事实,她没有任何致命的疾病呵,她只是去医院检查低烧的原因,怎么会在几天之间发生如此惊人的逆转,让我们天人永诀的呢?在陌生的人流中,我泪流满面……

动车由南京抵达上海后,我直接去报社上班。忙完紧要的工作后,我赶到花店,买下了一束洁白的百合花。还不能接受子云老师已经离世的事实,我只想捧着清新的百合,给她过79岁的生日。熟悉的淮海路,熟悉的弄堂,熟悉的楼梯,修晓林老师陪着我走进她的家。我把鲜花和卡片放在她笑容生动的照片前,那里已经有许多鲜花相依相伴。一杯清茶,一样的茶香氤氲,泪水又一次模糊了我的双眼,却无法模糊我的记忆……她的文章,现在的读者、以后的读者，都可以阅读，而她的声音，清亮、温婉、自然、动人的声音，只能留存在岁月的芯片中，在亲友的心里重温和回放……

悠悠岁月，浮生来回，岁月的台阶上一半是阳光，一边是阴影，我们的生命从中穿越而过，我们的心迎着阳光，我们的身也无法避免阴影。子云老师告别我们已经12年了，我当然接受了她的离去，却无法弥补无她之缺憾，因为她是无可替代的，与她聊天，打开了人文与现实，日常与传奇的贯通与连接，那种舒展与开阔，会心与透彻，从容与温煦之感在记忆里百转千回。

(原载《红蔓》2021年第2期)

少年诗神

◎孙 郁

有一年去南开大学开会，在校园里意外见到了穆旦的雕像，一时激动不已。穆旦像在一座会议楼的背后，周围空间并不大，好像在躲避众人，独自在那里思考着什么。我觉得这也很像他生前的样子，幽微里含着深广之思。于是便想，这才是南开活的灵魂，许多曾显赫的存在一个个消失了，他却是一个永被后人想念的人。

穆旦的名字深埋在我的内心久矣，不妨说，他是我的少年时代文学的引领者。"文化大革命"初期，因为偷偷拜读他的译文，我喜欢上了文学。在没有读到他的译作之前，我对于艺术的领悟是简单的。回想起来，我们的小镇读书人不多，如果不是因为有两所学校，真的就荒蛮得很了。到了小学三年级的时候，学校便全面停课了，此后就是漫长的革命年代，读书已经成为难能可贵的事情。"文革"中，家里的书被抄走，几乎读不到什么文学的书。母亲是中学的教员，她工作的县二中北院就在清代横山书院的旧址，古老的院落与旧式学堂都保持得很好，房屋布局古雅，回廊亦残存着一丝文气。书院正堂的东侧是学校图书馆，里面有各类的图书。奇怪的是，红卫兵"造反"，竟未烧掉那些书籍，我在这个废弃的图书馆里与几本书相遇了。除了鲁迅、艾青、汪静之的作品外，吸引我的是穆旦所译的普希金《波尔塔瓦》《青铜骑士》《高加索的俘虏》《巴奇萨拉的喷泉》《普希金抒情诗集》，这些诗作都给我电光般的冲击，诗里的世界完全是陌生而新奇的，仿佛异国里的传奇，弥漫着迷人的气息。

鲁迅的作品笼罩着黑暗，不太好懂，我还没有到理解他的年龄。艾青的作品是慢慢才觉出好来的，对于他，有一个渐渐熟悉的过程。但普希金的诗集不是这样，虽是俄国人的语态，却不存在什么隔膜感。普希金的作品没有中国文学那种沉下去的感觉，他的表达高贵而朴素，从自我生命的体味里，飞出灵思，往往直抒胸臆，世俗纷扰之苦淡去，神明之光降临。许多词语有很强烈的磁性，不相关的灵思连在一起，完全不同于古中国旧诗的境界。圣彼得堡、基辅、高加索、西伯利亚这些对我而言陌生的地方，在其笔下像一幅幅油画，含着冲荡的气旋，卷动着不安的心绪。无累的思想荡来荡去，背后有着不可名状的神异之境。这些与我周围的生活多么的不同，原来世间还有这样的存在，青年人还可以如此生活！他的文本引起我的惊奇的，多是那时不能言说的话题，比如爱情、自由、神意等词语，完全把我吓着了。关于女性礼赞的作品，还有致十二月党人的文字，有着暗夜里的热流的涌动，奔放的情感冲出重重罗网，阅之也随之飞舞起来。

最初浏览中的快慰，让我对异邦的诗文有了强烈的好奇心。知道普希金的不凡在于，能够于压抑的时代学会如何自如地表达。而且精神如此灿烂明快，飘动的灵思于乌云之上，毫无阴郁的影子。那大胆的独白，直面存在的目光，将晦气与阴暗甩在后面，心中的太阳照着一切，飞翔于南北东西。凡是世间不幸、无辜、受难者，悉受抚慰，仿佛是久违的朋友，和你轻轻地攀谈。可以说，他创造了一个迷宫，精神形态获得了诸种可能性。在巨大的精神之潮里，我们这些落魄的读者有了洗礼的爽意。那时候正是"文化大革命"最残酷的时期，不知道如何是好的我，因之有了精神的避难所。每日读诗得到的激励，有时甚至将一切不快都忘记了。

普希金的作品有着不凡之气，《皇村回忆》里华美之境缭绕着玫瑰色的憧憬。他对于都市与乡村的感悟，纯然之思缕缕，以自己的爱，拥抱着世间的存在。但又爱憎分明，不是苟且无聊的墨客，能在苦思里跳出舞蹈，枯树逢春不再是梦想。他的叙事诗有许多传奇之色，像《波尔塔瓦》里玛利亚与马赛蒲的爱情，完全不可思议，凄美里的烟火，乃战乱的不幸，作者却在历史的恶里写出人性的深河，静静流动之中，泛出波澜。《青铜骑士》放眼世界的情怀，幽深的辞章有火一样的光穿透岁月之门，敞开的世界是无边之远，憧憬里有绿色的蔓延。许多年后，我到了圣彼得堡，驻足涅瓦河岸的时候，才领略了诗人的背景的神奇，一座伟大的城市与一个伟大的诗人是如此相契合，普希金就该诞生于此地。

七十年代初沉迷于这些美妙的诗句的时候，我并未注意到译者在其间起到的作用，那时候穆旦正在受难之中，先前写作与翻译都不能延续，一切都受到了遏制。当自己知道翻译家如何转换辞章，且创造出新的文体的时候，我对他充满了敬意。穆旦的文字是我最初的文学启蒙，与其说感谢普希金，不如说要致敬穆旦，是他将域外文学以精致的汉语转化过来。他也许不知道，自己翻译的诗文，在那个时候正在抚慰着一个孩子寂寞的心。诗句的起落是带有旋律的，绝无"文化大革命"时期流行的调子。世间的思想还可以如此表达，在我是一个不可思议的事情。我不知道这样美好的词语何以诞生于穆旦之手，从阅读他的译作开始，便影响了自己后来书写的路径。

也是从那个时候开始，我四处寻觅普希金的作品。有一次在一个同学家遇见一册《欧根·奥涅金》，真的爱不释手。这是他父亲的藏书，我很想借来，但未得应允。记得其父是县城的司法部门的干部，一向不苟言笑。"文化大革命"那么多的书都禁了，他还保留着此作，在我们小镇里是不可思议的事。我多次恳求他，同学的父亲好像觉得奇怪，也有点绝情，严厉地说，不能借给你，不要再来了。

我第一次因为求书而不得，生出失落之感。少年间的遗憾中的纠结，就属于这次了。同学的父亲不知道我是如何喜欢普希金，以为是猎奇于域外的诗歌，在那样的时期，阅读它是不合时宜的。其实对于天底下的艺术品，十几岁的孩子是完全可以慢慢进入，甚至得其妙义的。不是每个成年人都能够意识到此点。当我后来也到了这位同学父亲当时的年龄的时候，凡找我借书的青年，能满足的，都尽量地做到，因为少年时候的那次挫折，使我终于觉得，饥渴的幼苗，是可怜的，当及时送去雨露才是。在没有书可读的年月，我们错失的精神实在是太多了。

偶然的机会，也会遇到普希金迷，那时对于我，乃意外的快乐。记得有一年春节去大连姥姥那里过年，表姐的同学小梁来家里做客。知道我读过普希金作品，便在我们面前大声朗读着《致大海》。他穿着夹克，头发留得很长，气质也有一点俄国人的样子。梁兄大病初愈，情绪有点低沉，他把自己写的诗朗读给我听，完全是穆旦的诗风，缠绵、幽婉、苦苦的诉说中有热风的吹送。我很惊异于他的坦率和大胆，而且，词语又那么优雅。我知道，在没有诗歌的年代，许多青年的爱欲是在另一个天地间涌动的。而那时候暗地里喜欢俄罗斯文学的人，获得了表达的外援。只不过他们在地下，属于以另类方式自言自语的人们。

不知道怎么，我也开始悄悄地写着穆旦翻译体的诗句。只是不能公开，在小本子里涂涂抹抹。青春期的感觉，借着翻译体流淌着。因为害怕被人发觉，题目都很隐晦，云里雾里，绕着谜语般的句子，自己感到了开心与自由。但不久还是被同学看到了，老师敏锐地发觉我的苗头，找我谈话：

你读过什么人的诗？

普希金、莱蒙托夫、拜伦……

他们都是资产阶级的诗人，要注意了，这诗的倾向是不健康的。

……

我知道老师也有保护我的意思，他害怕我被人视为异端者流。这个时候才知道，自己最喜欢的文字，原来是有毒的。此后，不再敢与任何人谈论外国的诗人。"文化大革命"后期，口号诗流行，还出现了小靳庄诗歌运动，学校也跟着活动起来，搞起诗歌比赛活动。老师找到我，要写一写大众化的革命的诗歌，改改写作的风格。我找来报纸看了看，满纸豪情壮语，古诗中没有这类型的，觉得口号诗是最好作的，遂写了多首民谣体的。这些作品不需要用心血，按照流行的概念演绎即可。一般要大致押韵，铿锵有力最好，鼓动力被提倡的时期，口号诗是备受欢迎的。而我的文字，第一次上了黑板报，同学们投来了赞赏的目光。我也由此因为文字之事，获得了一丝自尊。

但这种无意中得到的虚荣，使我很快滑入到狭窄的路上，觉得以此可以得到世间的认可。所以，那时候的我在内心深处喜欢的是鲁迅、穆旦、艾青的文字，但场面上却迎合报刊的调子，词语是夸张和虚胀的。日记本里的表述是一种文本，投稿发表的文字是另外一种风格。不过因为受到翻译文学影响，语句多少有点西化痕迹，与当时的文体还是有些差距。我到乡下插队的时候，开始在县文化馆小报发表作品，有人就说带着洋腔，是不足取的。我尽力克制自己的翻译腔，还是不能除去痕迹。不久深深感受到，用流行的语言写作，是一切写作者唯一的选择，这让我不得不放弃内心曾有的觉态，向报刊体靠近。上世纪七十年代小说家唯有浩然走红，诗歌则有李学鳌、张永枚等作品流行。我写诗，不能用穆旦、艾青的风格，也不喜欢李学鳌等人，只好模仿郭小川作品。那时候还看到了贺敬之的诗集，觉得在气魄上，是可以借鉴的。于是文风不免多了郭小川、贺敬之的影子。慢慢地，和周围的语境妥协了。我没有意识到，这一去就再难回来，为了发表作品而牺牲自己先前的喜好，甚至压抑本有的热情，这样与艺术之神就已经很远了。

我在刊物上最初发表的诗歌都是应景的速写，图解政治，远离内心，甚至多跪拜之姿。我知道这是一种表演，其间也是本能起了作用。这说明思想已经被时代同化了。所思所写，非自我精神的自然倾诉，而是别人观念简单的复制。当时编辑也随意改动我的词语，加上空洞的口号，面目就不太像自己了。可是我欣然接受了这些，甚至觉得是一种荣光。这些作品也像敲门砖，给我的工作带来了一丝影响。比如可以脱产搞一点文字工作，或外出学习。这些对于当时的知青来说，都是不易得到的机会。

当我窃喜于自己的小聪明的时候，时代已经在慢慢变化。上世纪七十年代末，高考恢复，艾青、穆旦才重新被提及，而且大学课堂上能够讨论拜伦与普希金了。不久朦胧诗开始出现，渐渐读到了北岛、舒婷的诗歌。我突然发现，他们是沿着民国诗歌的传统开始自己的诗歌之旅的，几乎没有"文化大革命"词语的影子。这些新涌现的诗句是从心里流出的，穿过岁月的黑洞，以高傲的目光，点燃了灰暗之地的野火。那些被遗忘的情感方式和爱意的方式，刺激着我们的内心，由此也感受到先前没有遇见的图景。这个时候才意识到，他们拥有的感觉，自己是有过的，但早已埋没到了内心深处。一个作家应该恪守的是自己的感觉，忠实于内心的一切。但我很早就被同化于时代主流的风潮里，那些追踪时髦的诗文已显出了苍白之色。

一切都在悄悄地变化，八十年代的中国，思想有了拓展的空间，出现了诸多活跃的诗人。不久就读到了一些域外诗论，许多陌生的理论令我颇为兴奋。于是开始思考诗学的某些问题，慢慢地意识到了穆旦那代人对于朦胧诗作者的深远的影响。穆旦译介域外的诗歌，是有一个梦想的，那就是改造汉语的书写手段，探索精神的可能性。联想起穆旦自己诗歌的写作，腾跃翻滚之中，绝不迎合模式化的表达，一直走在无路之途上。就探索的勇气而言，他与鲁迅有着某些接近的地方。

重返穆旦，给我带来一次精神再认的机会。也知道朦胧诗的作者们有许多是衔接了艾青、穆旦以来的传统的。艾青的诗有印象派绘画的光泽，但无处不带有现实的观照。穆旦的诗作，没有艾青的透明与辽远，但鲁迅式的内心拷问时时可见。他的文字沉浸在自己黑暗的记忆里,却又不顾影自怜,又常常瞭望窗外的风景。但那些风景不是世外桃源,而是充满了旷野里的远路、风中的枯树、异乡客、苍老贫瘠的人们。他以哀叹的眼光搜索晨曦之迹,且留住那一丝微弱的光。这属于现代诗的感觉,能够感到,他后来倾向艾略特、奥登的作品,把他们的佳作译介过来,乃内心相通的缘故。这才是现代诗人自觉的选择。而不幸,我在青少年时代,与这些精灵只是擦肩而过,却没有留住那些火种。自然,社会教育抵制了内心自由的展示,我们学会了对于内心的放弃,以外在的尺度选择表达的方式。这不仅逊色于民国诗人,与六朝以来文人的审美意识比,都是大大的退化。

当八十年代的启蒙风潮卷来时,我才真正感受到了自己应当去面对什么,舍弃什么。我到沈阳读书后,有一段时间不敢写作,大量地阅读与补课,心灵被不断冲击着。在浏览与思考里,我才知道世间的精神遗产如此众多,我们这代人了解的是这样稀少,仿佛蚂蚁在深壑里走动,不知天大,难晓地阔,是可怜的一族。穆旦是在平淡中发现幽谷的人,他不惧苦难的自信,与拜伦、普希金十分接近,其本人的写作,未尝没有他们的影子。从域外诗人的经验里,他发现审美是超越道德之上的精神凝视,诗人面对世界,完全可以不顾及道学家的语录,率然地释放自己的灵思,才可打开精神之门,飞翔于自由的空间。在译介了《欧根·奥涅金》后,他深情地叹道:

> 普希金没有以道学家的态度来描述奥涅金,也没有以政治或社会课题来要求他。在第一章里,奥涅金的生命只是青春的生命,他还没有进入道义生命的阶段和主体故事之中。普希金在这里只单纯地、突出地唱出了青春的赞歌,而这赞歌,不管它具有怎样时代的特征(及其局限),直到今天还能深深打动我们的心,激起我们的欢乐感觉。我相信,它将如马克思所赞美的古代希腊艺术,会在未来的时代永远"施展出一种永恒的魅力"来的。

我觉得朦胧诗的作者们,大多体味了类似的感受。这一点在徐敬亚《崛起的诗群》里得到了很好的表述。直到多年后,在厦门的鼓浪屿造访舒婷的时候,曾和她坦言道,因为看到了她与北岛的诗,才知道作家该走的路在哪里,此后很少动笔写诗,也因为自己有过痛苦的经历吧。又过了几十年,在"华语文学传媒大奖"的颁奖会上,遇见徐敬亚先生,聊天的时候,提及往事,深谢他当年的文字给我的暗示,他那篇诗化的理论宣言,我至今还能大段背诵。对我来说,他是最初觉醒和走出八股语言的批评家之一。

因了这个经验,寻找失落的存在,在我是一个命定的选择。当我做了大学的老师,和学生谈及写作的时候,总会以自己年轻时的失败为例。回溯那段灰色的历史,文章之道,乃心性之路的痕迹,精神之海是宽而广的,人有时远没有召唤出那些沉寂的存在。艺术在于从存在中去激活生命之流,并以纯然之力抵抗庸碌的存在。诗人是不谙世俗的独行者,他们厌恶流俗的恶声,拒绝外在的虚荣,精神的海永远涌动着,并升腾出暖世的灵光。自从屈原以来,无不如此,杜甫、苏轼、龚自珍的创作,也说明了此点。只是我对此领略得太晚,留下长长的足迹于歧路上,这是青年时代的不幸。我曾经希望年轻的一代不再重复自己的过去,倘错失了择路的机会,就难以返回原路了。在失真的幻觉里滑动的时候,那身体的行姿是变形的。这是我们这代人给后人留下的一笔负面资产,可惜,我们一直没有很好地清理它,每每思之,真的是可叹也夫。

(原载《随笔》2021年第4期)

先生犹是老孩提

◎南　翔

南国的中秋，依然暑气逼人。我邀了几位有闲的老友赶去深圳福田美术馆，观赏汪曾祺书画艺术作品展，事先约好的画家张闯馆长几乎同时到了展厅二楼。这个地处梅林的区美术馆，还是原来冠名雅昌艺术馆之时来过，一晃，好些年过去了。

之所以在开展不久就赶过来看画，乃因汪老在世时，我与他有数面之缘。

最早是1989年11月在合肥召开的《清明》创刊10周年活动上得见汪老，那时他的短篇小说已颇为风靡，如《受戒》《大淖记事》《岁寒三友》《故里三陈》等。当年我看到一位评论家谈论他的《陈小手》，认为民国年间，民间的男产科医生陈小手"活人多矣"，最后却死在这个"活人多矣"的手艺——接生上，这才是小说最沉痛的地方。我问汪老这是不是他最满意的一种评论？他笑而未答。悬想作家写出一篇蜂议四起的作品，任凭读者与评者的恣意发掘，本人保持一种缄默的姿态或是最佳；如果下一定论，无疑将堵塞作品蓬勃释义的生机。犹记得，那会儿我十分迷恋一位海外华人作家的短篇小说，可这位作家仅有的一部长篇我却没有读下去。遂问汪老，以你写短篇的手法写长篇行吗？他断然道，我到现在连中篇都没写过，林斤澜还写过中篇的。那次活动，两位老作家住一个房间，平时交往亦多，以至于几年后我去北京打汪老家的电话，却是林斤澜接的——汪老错把林家的电话给了我。

活动结束之后，汪老返京，很快给我寄来两本签名本，一本是《汪曾祺自选集》，另一本是《蒲桥集》。这本1987年10月由漓江出版社出版的自选集，虽已泛黄，仍在我的案头；另一本《蒲桥集》被学生借去，杳然不知所终。

因不是公休日，美术馆偌大的一个折角连房展厅，观者并不多。此次共展出了130多幅汪曾祺的书画作品，画作远多于书法。年轻帅气的张闯告诉我，这大概是汪曾祺书画作品最多的一次异地展示了。小幅、纸本水墨、36厘米左右见方的作品居多；也有一些小长轴，高不过70多厘米。汪老笔下，花果喜菊、喜荷、喜石榴、喜葡萄、喜紫藤；动物则爱猫、爱鸟、爱松鼠；时令蔬鲜则苦瓜苋菜、莲藕荸荠、大葱鳜鱼。逸笔率性，不拘成法，其趣味自现。张闳说得好，汪老的画，不在于他的技法如何，而在于其笔墨间处处可以感受到的文人趣味。

面对汪老林林总总的小幅画作，我想起一个作家写作的成功得失，颇相关是否有一种自觉的文体意识，即自己能够驾驭什么样的文体或题材，须得有自知之明。作家如此，画家亦然，画高山大川还是小桥流水，城郭市井还是花鸟虫鱼，盖在于性情——柔婉谦抑，还是豪迈铿锵。汪老有一篇《泰山很大》（《泰山片石》），堪称性情与创作关联的自诉状：

> 写风景，是和个人气质有关的。徐志摩写泰山日出，用了那么多华丽鲜明的颜色，真是"浓得化不开"。但我有点怀疑，这是写泰山日出，还是写徐志摩？我想周作人就不会这样写。周作人大概就不会去写日出。
>
> 我是写不了泰山的，因为泰山太大，我对泰山不能认同……我十年间两登泰山，但彼此可谓了不相干。泰山既不能进入我的内部，我也不能外化为泰山。山自山，我自我，不能达到物我合一，使山即是我，我即是山。泰山是强者之山——我自以为这个提法很合适，我不是强者，不论是登山还是处世。我是生长在水边的人，一个平常的、平和的人。我已经过了七十岁，对于高山，只好仰止。我是个安于竹篱茅舍、小桥流水的人，以惯写小桥流水之笔而写高大雄奇之山，殆矣。人贵有自知之明，不要"小鸡吃绿豆——强努"。

汪老的书画内容与他的短篇小说，是一脉相承的。

以往我看过的画展，右下标注，仅仅是标题、作者、尺寸及种类。汪老的书画展与众不同，除以上标注，更有从他小说或散文中抽出来的片段。譬如一幅老树新枝图，题曰：七十七年前此刻，我正在生出来。右下的文章摘录（源自《旅食与文化》题记）：

> 舍伍德·安德生的《小城畸人》记一老作家，"他的躯体是老了，不再

有多大用处了，但他身体内有些东西却是全然年轻的"。我希望我能像这位老作家，童心常绿。我还写一点东西，还能陆陆续续地写更多的东西。这本《旅食与文化》会逐年加进一点东西。

活着多好呀。我写这些文章的目的，也就是使人觉得：活着多好呀！

他写这篇题记是在1997年2月20日。5月16日，不到三个月之后，汪老溘然长逝。睹画思人，品咂再三，低回不已。

前面说到，汪老的画作无论花鸟猫鼠，还是时令蔬鲜，都归不到大题材之内。他的作品瞄准的也是人心、人情和人性之常。有人将他归于悠闲文学一类里，且认为他是其中一个代表人物，对此他很不认同，在《老年的爱憎》一文里有很强劲的反驳：

我是写过一些谈风俗，记食物，写草木虫鱼的文章，说是"悠闲"，并不冤枉。但我也写过一些并不悠闲的作品。我写的《陈小手》，是很沉痛的……

中国人有一种哲学，叫做"忍"。我小时候听过"百忍堂"张家的故事，就非常讨厌。现在一些名胜古迹卖碑帖的文物商店卖的书法拓本最多的一是郑板桥的"难得糊涂"，二是一个大字："忍"。这是一种非常庸俗的人生哲学。

周作人很欣赏杜牧的一句诗："忍过事堪喜"，以为这不像杜牧说的话。杜牧是凡事都忍么？请看《阿房宫赋》："使天下之人，不敢言而敢怒。"

一篇短文，到此戛然而止。却感觉蛰伏着千钧之力！

汪老逝世前的一年，我曾介绍外省电视台的一位学生去拍关于汪老的纪录片。当时我正应邀在北京撰稿，忙过白天，晚饭后去见学生。才知她们在汪老家拍了一整天，汪老不仅亲手给做了一桌饭菜，还画了四张画，给她们每人一张。她们未必都知晓汪曾祺的名声，几张画四处散放。我佯称全拿走，她们才赶紧收起。听我讲起这件旧事，张闯笑道，汪老是很随和的一个人，当年你也是可以问他要画的。

　　面对寂静展厅里汪老琳琅而淡雅的画作，恍然觉得他的音容如此切近。他有一首诗题《紫藤》："紫云拂地影参差，何处莺声时一啼。弹指七十年间事，先生犹是老孩提。"

　　"先生犹是老孩提"——观画赏文，这恰是汪曾祺的自画像。

（原载《新华每日电讯》2021年9月24日）

寻找"春天的来客"——陈布文

◎郭 娟

她,是张仃的妻、张郎郎的妈,据说还是王蒙的女神……

但第一次注意到这个名字,是在作家萧军那本少量发行的《延安日记》中——陈布文。

那时,她与张仃结束了流浪生活,投奔延安。此前,张仃因为倾向左翼、思想危险而被国民党当局关进反省院。萧军关注这对年轻的夫妻,也许是从他们身上,看到了自己与萧红往昔的影子?

那时代,觉醒了的青年,不满现实,到处流浪寻找光明出路,文艺青年因其敏感、富于幻想而尤为苦闷激烈;而这其中的女性,更因其性别多了一份艰辛。

在萧军日记里,陈布文比张仃更有个性,她深沉、倔强,当然也美丽。萧军那时喜欢在延河边练习唱歌,每每碰到陈布文,两人闲聊天,然后当天的日记中就不乏对她的赞赏。萧军在日记中臧否人物,上至领袖,下至文艺界同仁,那标准不低,眼光颇为挑剔。

而张仃,是非常有才华的漫画家、装饰画家。在延安,那样艰苦的条件下,窑洞里的作家俱乐部,被他装饰得异常"摩登",嵌入土墙壁的烛火,用陕北农家自编的筛面的箩做"灯饰",土布、牛毛毯子、旧木头也皆可作为装饰,效果不俗。他用金灿灿的大南瓜、粗布等陕北土产,布置了大生产丰收展览,直接将那时来延安的美军事观察组和中外记者团给"震"了。新中国成立后,他挥洒的空间更大了,在一九五六年巴黎世界博览会上,他设计布置的中国展厅,惊艳全世界,展示了新中国形象。他曾任中央工艺美院院长,"文化大革命"中虽然也挨整、遭迫害,但晚年夕阳红,是德高望重的老艺术家。晚年陪伴他的,是女诗人灰娃。灰娃写诗也传奇,大病后如"开天眼",忽然就写诗了,而且写得非常现代派。当年她在延安保育院看孩子,其实她自己也还是个半大孩子;那时延安开舞会——张灯结彩也是由张仃来布置,灰娃还是个看热闹的"红小鬼",在跳舞的大人中间穿来穿去,撒欢儿。所以两位"老延安",一画一诗,在余生夕阳下互相陪伴,也是不可多得的佳话。

陈布文在哪儿?

一本不薄不厚、题为"春天的来客"的《陈布文文集》透露了她的消息。

她写过小说、散文以及不多的诗歌与短剧,多数不曾发表。书中收入她的信和日记,那些信,因为写给爱人、子女、友人,所以写得非常自由,直截了当,见性情;而日记里有她自己的心事与梦、自励与自伤,如一九六二年一则日记中写道:"当我的热情还在,当我还这么敏感,这么爱着真善美的生活,这么为不朽的艺术而激动的时候,就足以证明我还有才华与写作的潜力。……我尊敬的伟大的先师们早已逝去,他们散居在古今中外各个我所不知道的地方。但他们的心灵却与我如此接近,他们简直就在我身边……我们没有鲁迅了,而别的什么也不能做,而脆弱的心灵如孤儿一样,常常因为能依傍着伟大的心灵,才有成长的希望……"语句间蹿着火苗,如此热烈,如此孤独。

此前,二十世纪五十年代中期,她写过《海里的庄稼——海带》《鲐鲅鱼的丰收》这样洋溢着社会主义劳动热情、笔调昂扬明朗的散文佳作,发表在一九五五年的《新观察》上,同时期的小说《假日》《离婚》刊发在一九五七年的《人民文学》。这样的成绩,足以对未来的写作成就有更大的期许。但,某些不协和音已经从她的作品中发出:《假日》写的是一个妻子对成天开会、假日也见不到的"开会迷"丈夫的抱怨;《离婚》写的是在城里工作的干部嫌弃农村妻子,虽然最终被积极动员乡亲们"入社"的妻子的先进人物风采所打动,悄悄打消离婚的念头;而那篇表达她对于朗诵腔的不能忍受的散文《从朗诵诗谈起》,看似只是形式问题,但她的不肯从众、执拗的另类思想,已初见端倪。

茅盾作为文坛耆宿、文化部长,不时地关注创作,读过陈布文的小说《姊妹》,曾写下阅读札记:

《姊妹》——布文,写抗战时期延安的生活片段。小莲、阿兰(即姊妹)的个性都写得还好,大林和康华虽只勾了几笔,也还不错。当然,如果要在这篇小说里找"目的性",是找不到的;然而,作者的文笔有其长处,能够简单几笔勾出一个人物的面貌——各见其人。没有什么不健康的东西,为什么不可以用?

老作家茅盾为她抱不平。"目的性",不知指的什么。这篇小说,写的是延安舞会后朦胧的初恋,的确"没有什么不健康的东西",也许这篇小说可以类比电影《柳堡的故事》,"九九那个艳阳天哟,十八岁的哥哥呀恋着那小英莲",写了恋爱,没写革命和斗争——不知"目的性"是不是指的这个。这篇小说没能发表。——电影《柳堡的故事》,在"文化大革命"后重新放映,那时小学生的我与小伙伴们一起去看,结果非常失望,一不是"打仗的"(指战争片),二是没看懂——那时看电影,银幕上出来一人,小伙伴们立即认出"好人"还是"坏人",坏人再凶恶,最终也要被游击队、解放军打败,而这个电影里没有这些。我们那时就这么简单。

后来,六十年代,陈布文写的小说,就都没有发表了,虽然文笔更为成熟。《五姊妹》中,五个风华正茂的姑娘,毕业后进入社会却纷纷委顿、凋零,从社会主义阵营波兰回国的"我"在一一探访后,黯然惆怅。《罗戈夫》的主角,是几个艺术家。艺术家们在朋友家里胡扯,俨然一个小沙龙,"胡扯而不涉及女人是困难的"——这样的人物、内容与当时惯见的小说是不一样的。小说中,诗人苏哲一边宣称自己"忙着看女人",一边抱怨"开不完的会","大家可以什么也不干,只要开会就是好同志……我不行,我不写诗,人民要向我算账,但是开会开会,一天到晚开会,叫我写什么?"——注意,这里对于"开会"的抱怨已经升级;诗人的个人生活也亮起"红灯"——他在闹离婚,他发誓:"我这辈子,别的做不成,一辈子不理这个女人一定要做成",因为"她把我平日随口说的一些话全去汇报,这个女特务!"主人夫妇也承认他那个老婆也许是个不大好的女人,但也劝他"整理整理思想,不然,你要毁了你自己的"。小说中的主人夫妇,有张仃、陈布文的影子,张仃当时是美术界的领导,对于时事政治有正确把握,但对老友的牢骚也不无认同吧。小说中的罗戈夫,是一个紧跟时代的人物,曾经崇尚日本的他,如今一身列宁装、以斯大林式的举手向大家示意……作者以他的名字作为小说的题目,写作过程中却似乎没能充分地完成这个人物,他的面目模糊不清。这模糊也许是由于作者态度的游疑,她立意政治讽刺,却在该出手时打了一个晃,缩手回到安全地带。对诗人苏哲,作者的态度是轻嘲规劝与批评,却又不自主地同情,当诗人感叹:"小孩子们生活在梦里,年轻人生活在诗歌里,而我们,我们这些老朽,都给钉在现实的十字架上了啊!"那似乎也成为这篇小说的基调:惆怅与茫然。于是这小说如对焦不准的相机,为那时代艺术家留下一些模糊却少见的形象——以当时的情形推测,诗人很快会成为"右派分子",罗戈夫因他的善变与适应力或许成为"文化大革命"红人,或止于一个教条主义者?而作者陈布文这样的写作,与当时形势无疑是格格不入的。她小说中的人物是灰色的,正是那时文艺界批判的"中间人物",而"高大全"式人物、"三突出"的样板戏很快就要纷纷出笼了。

山雨欲来

　　写于六十年代的《樱桃沟》这篇游记,本该是盛夏山谷中一段惬意的轻阴,然而插入了杜小全的故事,使得盛夏有了几分秋意。大资本家的太太杜小全,在丈夫死后,嫁给了樱桃沟里的老花匠。陈布文因好奇而探访,因了解而生人生变幻莫测之叹:杜小全的时代一去不复返,她过去的一切,现实,梦想,都必须做一个了结;人生到了暮年,四顾茫茫,驻足何处?与老花匠敷衍一个家,在山野大自然中或可脱去世俗的烦嚣。这样的感喟,使樱桃沟的郊游在归途中染上一些索寞萧瑟。曾经投奔延安的进步女性,此时在资本家太太的末路晚景中惊觉到什么?联想到她和张仃的老友萧军早已被批判,胡风、丁玲们陆续被整肃,或可揣测到她彼时的心境。

　　陈布文对于自己的写作意味着什么,应该是了然于心的。但她只能那样写。小说《虎妞》写的是三年困难时期,饥饿的人如何养一条狗的故事,其中细节透露出灾荒真相,令人触目惊心,童话式的结尾根本无法平复读者的惊悸、惨伤。陈布文这样的写作,当时无疑没处发表,甚或她自己就会锁进抽屉里。二十年后才会有汪曾祺的《黄油烙饼》《荷兰奶牛》以及其他作家的作品来反映这个灾荒年景。陈布文的写作早了二十年。

她从文坛上消失了

　　看她的履历，她因受刺激得了神经官能症，因此，从中学教师的岗位病休在家，后来反右斗争扩大化以及后来不断的政治运动，使她的神经更加不健康，直到党的十一届三中全会以后，她的健康与理性得以复苏。

　　人生的后半段时光，陈布文成了一名没有公职的家庭妇女。她的写作是在精神疾患的时好时坏的间歇中进行的。

　　一封写于一九七二年的信，是她写给张仃的，展示了她精神的强悍，抑或写于精神不健康的亢奋状态，如鲁迅笔下觉醒了的狂人的呼召：

　　　　咱们已奉命闲白了中年头，不能再为难自己了……咱们失去了一切，请把尊严保住吧……这几年巨大的战争，只有我们没有害过人，我们是被害者，人们糟蹋着我们赤诚的心取乐淋尿……我们这么纯洁，这么神圣，这么溺沉于痛苦的深渊中，我们顶好的儿子还在囹圄，我们岂可以与群氓共事而乐呢？请怀着这一块铅吧，千万千万不能失去重心，我们只有发呆，发傻与无与伦比的骄傲！我们的儿子手铐脚镣，我们的头上是荆棘之冠！……我真不愿你与白骨精套交情，便是说一句话，都太失体统了，要知道，圣人诸贤们，都可以做奴隶，但绝不做奴才的兄弟或朋友……这是违反鲁老夫子遗训的……我只能自己创作一些神来安慰心灵，那就是千百年来的一切大智大圣多苦多难的先辈们，他们的光辉，使地狱明亮，使我的心灵温暖，并充满了仁爱与活力；物以类聚，咱们与他们是一类，切切记住，类是这样分的，绝不能弄错……

　　这样的信，这样的高洁孤勇、赤诚热烈，令人肃然起敬，精神如澡冰雪。

　　鲁迅是陈布文终生尊崇的先师。说来也奇，陈布文初中时写作文，就被语文老师惊赞写得像鲁迅，而那时她还没有看过鲁迅的作品。但由此引发她找来鲁迅的文章，一看之下一生热爱。在延安，陈布文开荒、纺纱、整风、开会、抱小孩、洗尿布，同时把鲁艺图书馆的书都看过了。她任鲁迅研究会秘书，深得鲁迅弟子萧军的赏识。抗战胜利后她和张仃从延安奔赴东北，做过记者，还短暂当过李立三的秘书，听李立三讲她以前能背鲁迅文章——《对于左翼作家联盟的意见》《中国无产阶级革命文学和前驱的血》《黑暗中国的文艺界的现状》，陈布文暗想：这都是鲁迅在一九三〇年、一九三一年发表的文字，其时正是"立三路线"期间，正是革命者血流成河的时候……"文化大革命"中"小道消息"很多，她在给张仃写信时写过一则："传云主席说：一定要看鲁迅的书，鲁迅是圣人，圣人不是孔夫子也不是我，我只是一个贤人，鲁迅是个圣人。"不管真假，她乐于相信。

有一张照片比较常见：在张仃画的巨幅鲁迅像前，萧军穿西装、戴贝雷帽，很文艺；陈布文歪头站着；张仃抱着女儿，蓬头蹲在地上，像个乞丐。那时他们在延安，正在纪念鲁迅逝世五周年。他们仿佛是鲁迅遗下的孤儿。

陈布文死于一九八五年末，她是"春天的来客"，等到了百花齐放的春天！只是她已老了，不久，她凋谢。

（原载《随笔》2021年第3期）

赞美课

◎李修文

　　这天早晨，去学校的路上，他忍不住想要赞美整个世界：沿途的一棵棵枫树，全都在一夜之间变红，像巨大的火炬直插在田野上，又像母亲的心来到了身前，正伴随着他度过越来越寒凉的秋天；仍然是一夜之间，漫无边际的芦苇们也都开出了花，那些芦花，一簇簇被风吹动，却始终低着头，像姑妈，像刚刚死去的语文老师，像世上一切受了苦却不诉苦的人。通往学校的路在芦苇荡里继续向前延伸，因此，他还将在芦苇荡里看见几只正在学走路的白鹤，一只干涸了好几年的泉眼里重新涌出了泉水，所以，他一边往前走，一边开始回忆自己知道的、所有用来赞美的词，结果，他还是觉得，那些词配不上他在这个早晨经过和经历的一切。

　　那颗被赞美包围的心，甚至忘记了必然到来的危难——这一年，他十岁，被寄养在一个远离父母的村子里，他所栖身的这户人家，只是父母的远亲，反正他也没有被饿死，如此，在给他一碗饭吃之外，其他的他们也就一概不闻不问了。当然，他一直知道自己身处在什么样的境地中，所以，他完全可以当得起"乖巧"二字：因为无亲无故，打起架来也没有帮手，在学校里，他便隔三岔五地要挨上一顿打。挨打就挨打了吧，不过是毫不声张地钻进芦苇荡里，奔跑，哭，躺下，在湿漉漉的地上翻来覆去，最后，还是得乖乖站起来，将自己收拾好，再挂着一脸的笑回到寄养的人家里去。是的，对于挨打之后毫不声张的好处，他比任何人都更加了解。

　　但是今天却不同于往常。今天挨的这顿打，几乎令他痛不欲生。他身上穿着一件母亲刚织完就寄来的毛衣，挨打的时候，因为急于挣脱，毛衣上的线头松开了，但他顾不上，只能拖着线头夺路而逃，这样，打他的人便不再追赶他，而是攥紧了线头，再嬉笑着看他跑远，而他，一边狂奔，一边却心疼得喘不过气来，他的确是越跑越远了，可是，他毛衣上的毛线也在被他们拉扯得越来越长，等他终于痛下决心，咬着牙将毛线扯断的时候，他的毛衣，已经缺了半截胳膊了。

所以，在虎口脱险之后的芦苇荡里，他怎能不怀抱着难以消除的怨愤呢？但又别无他法，他只好折断了一根芦苇后，再去折断另一根芦苇。然后，和以往一样，奔跑，哭，躺下，在湿漉漉的地上翻来覆去，无非是这些，让他觉得自己动了起来，陷入了虚妄的、根本不存在的还击，就好像唯有如此，他才能将怯懦和耻辱一点点从身体里清除干净。可是，越是不停地动起来，他越是觉得自己的身体开了一道口子，那些怯懦和耻辱，正像涌向大地的黄昏和夜幕一般涌进那道口子，更何况，还有不同于往日的心疼正在持续和加深——一看见缺了半条胳膊的毛衣，他的心脏便狂跳着像是要离开他的身体，他只好紧紧捂住它，站也不是，坐也不是。当然，他知道自己不会死，他知道，自己只是在绝望。

好在，她来了。那时候，天色快要黑定了，隐隐约约地，月亮已经升上了天空，终于，怨愤和怯懦，心疼和羞耻，正如一天终将过去，他将它们全都接受了下来，转而拨开芦苇，踏上回到寄养人家的路。结果，他一转身便看见了她，不知道她是什么时候也进了这片芦苇荡的，只怕是已经来了好久，果真如此的话，他在芦苇与芦苇之间的那些行径自然全都被她看见了。一想到这里，他便越发羞愧难当，吓了一跳之后，他一刻也不停地掉头就跑。见他要跑，她才终于嗯嗯呀呀地叫喊起来，她越叫喊，他越不敢停，可是，她的叫喊声竟然越来越大，直到他下意识地担心自己似乎对她也犯下了一桩什么过错，这过错又可能会给自己带来灭顶之灾，这才心惊胆战地止步，一会儿去看她，一会儿又不敢看她。

实际上，他早就认得她。跟他一样，她也三天两头都要挨上一顿打。她是个哑巴，四川人，最早，她是被自己的哥哥带过来的，一开始，兄妹二人在村子中的油坊里做工，后来，油坊垮了，开不下去了，哥哥就跑了，跑掉之前，把她卖给了本地最穷的一户人家做儿媳，因此，她虽说是被卖掉的，却也谈不上是拐卖。据说，她不但是个哑巴，脑子也不太好，做活计的时候免不了笨手笨脚，如此一来，挨婆家的打便成了家常便饭。他其实目睹过一次她挨她丈夫的打，那是个下雨天，她去放牛的时候把牛给丢了，那牛又是借来的，她丈夫气疯了，漫山遍野地呼叫和奔跑，终于找回了牛，接着再找她，她却像是预见到了即将到来的厄运,不知道躲在哪里,就是不出来。但显然,躲避是没用的,最终,她丈夫从柴火堆里找到了她。拳打脚踢之后,她丈夫的怒气仍然没有消,按着她的脑袋往墙上撞,很快,她的脸,她的眼睛和鼻子,全都肿胀了起来,这一切被远处的他尽收眼底。就在他以为她丈夫快要结束殴打的时候,哪知道,她丈夫竟然拽着她的头发,来到了池塘边,又飞起一脚,将她踢倒在了池塘里。那池塘并不深,淹不死人,然而她的眼睛肿成了一条缝,又睁不开,便只好站在齐腰深的淤泥里,怎么也爬不起来。直到很久以后,他还一直记得她站在淤泥里挥着两只手一点点向前挪动的样子。

不仅她婆家的人打她,村子里别的人也打她。谁叫她是个哑巴,脑子还傻呢?有一回,是在割稻子的时节,她挑着一百多斤的稻子回家,一路上,不断有妇女们从她的稻子中抽出几束放进自己的担子里,她当然未能反抗,只敢讪笑着加快步子往前走,却很快又被妇女们追上,渐渐地,妇女们愈加明目张胆,几近于硬抢,她的稻子越来越少。终于,她忍耐不住,停在原地,嘴巴里"嗯嗯呀呀"地冲她们比画着手势,这一切,都被走在放学路上的他远远看见了。即使是只有十岁的他也能看出来:她与其说是在发怒,不如说是在哀求,因为她的脸上一直都在讨好地笑着。也不知道是怎么了,他继续远远地看见:妇女们没再硬抢她的稻子,却对她动了手,她左躲右闪,又想护住稻子,于是,每一回,当她几乎已经躲过了推搡时,为了那些稻子,她只好又跑回来,趴在稻子上,然后再一次被推搡。

现在,芦苇荡里,她竟然来到了他身边。按理说,他不应该怕她,可是,经年累月的挨打早已让他吓破了胆子。万一,他想,她比自己大那么多,万一自己跑掉了,激怒了她,她也对他动起手来可如何是好呢?更何况,她还有一个几乎没有一天不暴怒的丈夫。这样,他便在原地站住,一会儿去看她,一会儿又不敢看她。这时候,夜幕真正降临了,但月亮大得很,芦苇荡里明晃晃的。终于,她朝他走近了几步,"嗯嗯呀呀"地比画起了手势。他盯着她,却看不懂她在比画着什么,她便只好变作往日里的她,讪笑,不停地讪笑。最后,她恐怕是明白过来他怎么也不会看懂她的手势了,这才离他更近,急切地伸手,先指了指自己身上那件油腻的毛衣,再去指他的胳膊,紧接着,"嗯嗯呀呀"的声音大起来,她一边含混不清地叫喊着,另一边,手势却变得激烈了,既像是在比画着穿针引线，又像是在威胁着他什么。

也不知道她比画了多久，他总算明白过来，她是在跟他说：她会织毛衣，而且，她自己身上那件油腻的毛衣，跟他缺了半截胳膊的毛衣颜色差不多，也是凑巧，她恰好还有一点毛线，所以，她想让他将毛衣脱下来，交给她，只要一个晚上，她就可以帮他把那半截胳膊补起来。他当然不信，也下定了决心不听她的，可是，芦苇荡之外，远远的地界里，她丈夫大声喊起了她的名字，而且，叫喊声还越来越近，那声音，于他而言，不是别的，是说到就到的灭顶之灾，所以，鬼使神差一般，他竟然乖乖听话，脱下自己的毛衣，递给她，然后发了疯一般跑远了。跑着跑着，他想起了母亲，想起了自己可能就此与母亲寄来的毛衣作别，不禁哽咽了起来。等他彻底将她抛在身后，跑出了芦苇荡，再看月光下变得更白的芦花们，还有那些红彤彤的枫树，禁不住恶狠狠地想：早晨，那些被他硬生生回忆起来用来赞美它们的词，他要一个不剩地全都收回来。

然而，事情并不像他想象的那样。第二天晚上，她便给他送来了补好的毛衣。白天里，他已经好多次看见了她，她也看见了他，但是，他们好似两个被圈禁又放弃了逃脱的奴隶，俯首于可能的恐吓，都没敢走向彼此的所在。学校正在新盖几间教室，为了挣上几个钱，村子里腾得出手的人大多都在这里帮工，她和她的丈夫也在帮工，难怪昨天他挨打的时候，她会看见他，而且还追到了芦苇荡里。上课的时候，他不停地向外张望，她走到哪里，他的眼神便跟到哪里，他看着她搬砖和拌石灰，又看着她挑担子和知趣地躲在一边吃午饭，可是，他就是没看见自己的那件毛衣。要命的是，课间的时候，老师递给他一封信，信是母亲写来的，母亲在信里问他，毛衣合不合身。他拿着信，有那么一刹那，他想不管不顾地冲出去，径直去找她，要回自己那件缺了半截胳膊的毛衣，但终究还是没敢。

放学的时候，天又快黑了，跟昨天一样，月亮早早升上了天空，天大的委屈一直跟随着他，他无法推开它，便又在芦苇荡里狂奔不止，那一根根芦苇，抽打着他的脸，生疼生疼。可是，唯有这疼，才能让他原谅自己，到了这时，他再也忍不住，哭了出来。好在，她又来了。而且，她不仅来了，手里还拿着他的那件毛衣，只一眼，他便看得清清楚楚：那件缺了半截胳膊的毛衣，竟然真的被她补上了。他停下了步子，愣怔着，喘息着，对眼前所见难以置信。反倒是她，应该是早早埋伏在这里等了他很久了，要是再耽误，丈夫的拳脚就又要等着她去自投罗网。所以，她并没有多跟他"嗯嗯呀呀"，而是麻利地将毛衣递给他，又笑着指了指毛衣的袖子，意思是已经补好了。他刚想对她说几句话，还没想好，她却急促地跑开，转瞬之间便从芦苇荡里消失了。

芦苇荡里，那颗被赞美包围的心又回来了——他想赞美一根根芦苇，它们全都像壮士一般挺立，护卫住了他和她的接头之地；还有高高在上的月光，不明不暗，让它们看见彼此，却藏住了她朝向他的奔跑，又藏住了她朝向丈夫的奔跑。一想到她在跑，他也跑起来，一直跑到气都喘不过来，尽管她在跑向自己的丈夫，他在跑回寄养的人家，但他觉得，唯有跑得气都喘不过来，他才对得起她，而他仍然要赞美：一棵棵枫树，仍然像巨大的火炬直插在田野上，还有那些芦花，一簇簇被风吹动，却始终低着头，仍然像世上一切受了苦却不诉苦的人。不仅如此，一路上，风平浪静的池塘，让他想起母亲抱着他的时候；突然飞出的磷火，让他想起过年时灶膛里的火苗；还有，就连黑黢黢的竹林，也让他不断想起春天里持续涌出地面的笋尖。而这些远远不够，他仍将迷惑于更多的赞美：为什么，人人都说她是傻的，她却给他送来蜂蜜一般的好？为什么，月光和芦苇荡让她送来了她的好，又体贴地掩住了她的好？也许，它们都是好？既然如此，但凡他看得见的地方，是不是都有他看不见的好？

他说到做到。打第二天起，看上去，他还是那个在拳脚之下忍气吞声的人，可是暗地里，他却变成了一只四处搜寻着她的气味的野狗——冬天里，她家里几乎断粮了，每天只能吃上一顿饭，所以，他每天都要花费好多心思寻找埋伏之地，那埋伏之地，既要不为人知，又要能让自己省下的口粮顺利地交到她手上；春天里，小河涨水，她去油菜地里施肥的路上，脚底下一滑，跌进了河中，幸亏他蹑手蹑脚地跟在她身边，不管不顾地大喊大叫，终于引来了一个好心人将她从河水里捞了上来。一开始，面对他的疯狂，她吓坏了，总是躲着他，而他依然故我，能见她，便要见她，能给她好，便要给她好。渐渐地，她也终于明白过来，在这村子里，唯有他和她才是匹配的，她当然从来没有幻想过任何匹配，可是，要是真正的匹配来了，她只怕也是不忍心推开的吧？就好像两个同时落水的人，除了伸出各自的手去触向对方，满世界，哪里还有第三个人向他们伸出手来呢？所以，并没有过多久，她就不再躲着他，甚至有点工夫的时候，她也像他一样，躲藏在各种不为人知之处等着他：还是在那片芦苇荡里，她截住了放学后的他，递给他几只已经煮熟了的鹌鹑蛋。芦苇荡里没有石头，他找不到敲碎蛋壳的地方，还是她，一只一只用手轻轻地去捏，蛋壳被捏碎了，一只只蛋却都圆滚如初，她再像捧着宝贝疙瘩一般递给他，看着他吃，他知道，她并没有吃，但她愿意看着他吃。

　　这样一个她，怎么可能是傻子呢？她当然不是傻子。很快，他就看清了她，她其实是故意想让别人认为她傻——反正是个哑巴，那么，干脆再拿傻瓜当作借口，以此来逃避自己是个哑巴吧。是啊，在旁人眼中，一个傻瓜，总要比一个哑巴更可怜，那么，莫不如让更可怜的自己罩住一个可怜的自己吧，果然如此的话，在彻底地被轻贱中，她反倒活得更像一个人了。可惜，他只有十岁，无法再往深里想，但是，再往后，一旦她打着手势告诉他说自己的脑子傻，他便立即止住，也胡乱打着手势对她说：你一点都不傻，你不过是想让身边的人放过你，就像你身上那件油腻的毛衣，它不过是让你自己相信，你活该受罪，实际上，你比谁都更爱干净，对不对？——每一回，只要他这么说，她便再也说不出话来，而他却没有停止，继续告诉她：和枫树一样，和芦苇荡一样，她配得上任何赞美。

　　赞美，这个手势可真难打给她啊。可她竟然非要问清楚，他所说的、经常在身体里横冲直撞的赞美究竟是什么？既然如此，他便下定了决心，从现在开始，他来给她上一堂赞美课，这课堂也不在他处，就在眼前的芦苇荡里。他指引着她，在一眼看不到头的芦苇荡里穿行，再对她说，这些芦苇的根部，看起来平平常常，实际上却是一味中药。从前，和母亲住在一起的时候，他发烧了，嗓子痛了，母亲就会挖了芦根回去给他煮水喝。所以现在，他想母亲的时候，就会折一截芦根放在嘴巴里嚼，越嚼，母亲就离他越近；还有那些白色的芦花，你以为它们全都是白色的吗？不，它们其实什么颜色都有，淡青的，微微发红的……每一回，当他辨认清楚了每一种颜色，他便想，待他回到父母身边的时候，他又多了一桩可以让自己对他们炫耀起来的本事了；你再看，前面还有一口泉眼，去年彻底干了，今年又活了过来，好多人都没注意到它活了过来，不过这样最好，这样，这口活过来的泉眼就成了他一个人的秘密，如此，他就和他看过的小说主人公一样，也变成了怀揣着秘密却守口如瓶的人了。是的，他指引给她看的这一切，在他的心底里，全都当得起任何赞美。可是，她却越走越慢，终于忍不住，打手势告诉他，在她的四川老家，也有一片看不到头的芦苇荡。所以，她其实害怕眼前的这片芦苇荡，一走进来，她就想家，想她父母还没死的时候。说着说着，她竟然号啕大哭了起来，他想上前去劝她，但她却推开手，捂着脸，压低哭声，踉跄着跑出了芦苇荡。

第二堂赞美课到来得实在太晚了一些。上课之前，有好多天，他故意避开芦苇荡，在村子里四处游荡，既磨刀霍霍，又小心翼翼，终于选定了课堂，但是，他却怎么也见不到她了——她被她丈夫带到邻县的小煤窑里挖煤去了。听到这个消息，他当然失魂落魄，只要放了学，就去她家附近远远地张望一阵子，自然，他一直都没有看见她。大概过了两个月，有天晚上，村子里有人结婚，去镇上请来放映队放了一场电影。他去看电影的时候，又挨了一顿打，所以，电影还没完，他就忍不住伤心，离开了放电影的地方，一个人，在刚刚下过雨的路上深一脚浅一脚朝前走。突然，他看见了她，她回来了，却不再是他认得的那个她了：她以前就瘦，现在更比以前瘦了许多，最让他受不了的是，以前，她的脸，她的手，都是那么白，是再脏再油腻的衣服都遮不住的白，而现在，她是那么黑，不是被煤灰暂时盖住了白的黑，而是实实在在的黑，是连月光也照不白的黑。尽管如此，一见到她，他还是忍不住扑了过去，扑上去了，又说不出话来，她却打着手势告诉他，她明天就要再回邻县的小煤窑，现在，她想让他抓紧时间，再给他上一堂赞美课。见他还愣怔着，她便又对他打手势：虽然她仍然不知道他所说的赞美到底是什么，但是，她也想跟他一样，哪怕远在小煤窑里，身上、心里，都有他所说的赞美。

好吧，那么，就让他们赶紧开始这一堂赞美课吧。说起来，这一堂课的课堂，根本不是什么隐秘的所在，它仅仅只是一本书，对，就是那本《安徒生童话》。满村子的一草一木都可以做证，为了找到一座合适的课堂，他的脚底都磨出了水泡，但是最终，他决定放弃那些隐秘的所在，转而给她好好讲完《安徒生童话》里的每一个故事。只因为，正是这本书，自他寄养之初就一直被他压在枕头底下。它是他的兄弟，让他知道在这世上，在更加广阔的地方，也有挨打、眼泪和四处流浪，却也有相逢、欢乐和迟早都要出现的偿报，比如他和她的亲近，于他便是偿报，便是《安徒生童话》里的故事搬到了他们活命的村子里。也因此，还有什么比这本书更适合当作课堂，还有什么比让她跟他一样读完这本书，无须再借助旁人，仅凭自己就能让自己的心脏被赞美包围，更令他放心呢？

好吧，赶紧开始吧，他拽着她，两个人一起朝前跑，一直跑到了她曾经跌进去的那条小河边，这才坐下，然后，他便开始了——此后多年，他一直记得，并将终生记得，他给她讲的第一个故事，是《丑小鸭》。这一晚的月光，比往日里都要亮，亮得像白天，她看他的手势便毫不吃力，再加上，为了这堂课，他几乎茶饭不思，所有可能艰难的手势，他都已经仔细地排练过了，所以，他有十足的把握将那只最后变成天鹅的丑小鸭带到她的眼前来。事实上，她也和他想象的一样，无论他打出什么手势，她全都能看得明白，当他讲到丑小鸭在沼泽地里看见那两只调皮的公雁被猎人开枪打死时，她的身体禁不住颤抖了一下，他刚止住手势，她却催促他赶紧往下讲。然而，天上下起了雨，这场雨啊，早不来，晚不来，偏偏这时候来，而且，一下起来就再也收不住，一想到她明天早晨就要离开，他便不甘心，非要把故事讲完不可。他骗她，故事很短，他马上就能讲完，紧接着，也不管她同意不同意，冻得瑟瑟发抖的他继续往下讲，只有上天和他自己知道，他是多么想尽快地告诉她，那只丑小鸭，最后不仅变成了一只天鹅，而且，因为吃过的苦，它终生都有一颗赞美和不肯骄傲的心。只是，雨下得更大了，他没办法不停下来，看着她，讲也不是，不讲也不是，最终，还是她站起身来，拽着他，一起跑回了村子里。

第三堂赞美课，是在半个月后。前几天，他在挨打的时候逃进了一片竹林，哪知道，竹林里到处都是蜂窝，在误撞了蜂窝之后，哪怕他使出了吃奶的力气，野蜂们也没有放过他，他跑到哪里，野蜂们便追到哪里，最后，他的全身上下被蜇了几十处。等他跑回寄养的人家，眼前一黑，一头栽倒在地，好半天都没有力气从地上爬起来。一连好几天，他躺在床上，几乎奄奄一息，疼痛无休无止，有好多次，他都疑心自己已经不在这个世界上，所有的声音都忽远忽近：寄养人家说话的声音，赤脚医生前来出诊的声音，一切都在，一切又都不在，他还听见寄养人家的小孩子跑到了他的床前，但是很快就吓得赶紧跑了出去，也难怪，虽说他看不见自己，却也能猜出来，现在的他，大概和一个满身肿胀的鬼魂差不多。正是在这样的忽远忽近之中，他听见了她的死讯，对，就是她,远在邻县小煤窑里的她。前几天,在小煤窑里,她的丈夫喝多了酒,又追着她打,她开始逃,她的丈夫却一直追到了山冈上,刚一追上,就飞起一脚,将她从山冈上踹了下去,等到有人在山冈底下找到她时,她早已断了气。

而他竟然没有哭,一来是,他的眼睛还在肿胀中,就算泪水再多,也涌不出他的眼眶;二来是,当世界以骇人的模样告诉他,我们的生活到底可以坏到何种地步时,他反倒在闪电般稍纵即逝的震惊与怨愤中长大了。原来,当赞美开始,又或在赞美的尽头,等待着我们的,未见得只有欢乐、相逢和偿报,同样还有死亡、永无相逢和再也说不出话的沉默。但是,他已经做出了一个决定:越是如此,越是要赞美。对,在沉默中,他对自己一遍又一遍地说:要活下去,要赞美,只因为,在你的活下去中,还有她的活下去,在你的赞美之中,还有她从未得到过的赞美。从此以后,他又对自己说,无论什么时候,什么境地,都不要忘了继续上赞美课,无非是,从今以后,他既是讲课的人,也是听课的人。还等什么呢?第三堂赞美课,就从现在开始吧。也许,她还并未走远,而他的双手也刚刚可以动弹,她还能像在明晃晃的月光下一样看得毫不吃力,还等什么呢?开始吧。于是,他缓慢地、轻轻地挪动着左手和右手,让它们破镜重圆,让它们凑在了一起,然后,他开始讲课,这一课,仍然从《丑小鸭》讲起,从上一回中断的地方讲起:"天快要暗的时候,四周才静下来。可是这只可怜的小鸭还不敢站起来。他等了好几个钟头,才敢向四周望一眼,于是他急忙跑出这块沼泽地,拼命地跑,向田野上跑,向牧场上跑……"

(原载《雨花》2021年第3期)

好水都有故事

◎ 蒋　韵

散裂中子源。

猛一听，完全不知所云。明明也是汉字，母语，可就是不懂。不明白这字里行间的意思。也从来没想过，这样排列组合的汉字，和我会有什么交集。

我曾多次说起过我的教育背景、知识背景。小学五年级，遭遇了众所周知的1966年。学校停课，一停就是三年。三年后"复课闹革命"，稀里糊涂被裹挟进了中学。说来，那是我们城市最好的中学，曾是华北地区的重点学校，之前和之后，要想进这所学校实属不易。而我，我们这一群，却轻而易举，不费吹灰之力不用考试不看分数，只看家庭住址，就近入学，居然，就做了名校的学生，算是十分地幸运。只是后来，乱世之后，学校几次修校史，我们这一段历史，我们这一群人，活生生一群热血少年，被彻底地抹杀了。历次校庆，90年庆、100年庆，我们之中，没有任何人收到过一份正式的邀请——母校不认我们。在她的历史上，我们是无字的、被埋葬的一页，是她不想记忆的一段难堪过往。

也难怪，虽说是"复课"，其实，真没上过几堂课。学工、学农、学军，挖战备防空洞，拉砖拉沙烧石灰，日子过得黄钟大吕轰轰烈烈。当然，也不能说什么都没学过，至少，数学学了"一元一次方程"；化学，那时改叫"农业基础知识"，没来得及开课；物理，也有个名字，叫"工业基础知识"，简称"工基"，讲了个杠杆原理，刚开始讲电学，讲"串联并联"，突然地，宣布我们这届学生提前"结业"。据说是给积压在后面的小学毕业生腾校园。于是，我结束了一年零三个月的中学生涯，怀揣着一张白纸印刷的、极其草率粗陋的"中学结业证"，走进了人间和世界。

此生，没有进过一次实验教室，从不知道它长啥样，更没有上过一节实验课。不认识化学元素周期表，不知道什么是数学的二进制还有什么叫根号。这世界太多太多的奥秘，自然的奥秘，对我，犹如永恒的黑夜和虚无。不在于我是否懂与不懂，而是，这些奥秘，伟大的奥秘，这一切，它们对我而言压根儿是不存在的，就如同，我的世界里只有白昼而没有黑夜。这巨大的、致命的残缺就是我的命运。很多年前，记得有一次和一个朋友聊天，他说起了在显微镜下看到的细胞排列组合，他感叹说："真是美丽绝伦啊！"我忽然悲从中来。我从来，从来也不能体会和感知到这样的美啊。

所以，那天，走进中国科学院高能物理研究所"散裂中子源科学中心"，在我，是心存深深敬畏和惶恐的。那个世界，过于神秘、神奇、神圣，在我的认知里就是神一样的存在。我相信，在那个世界里发生的一切，都是神迹。我混迹于人群中，自惭形秽，站在沙盘模型前，小心翼翼听讲解。中子、原子、质子、离子……我不懂。也没准备懂。我来这科学的"圣殿"，不是解惑，而是为了膜拜：这是我对一切神圣与神迹的起码尊重。

但是我渐渐听到了一些熟悉的字眼，人间烟火里的字眼：癌、肿瘤、病痛、放疗……这是我世界里的事物，揪扯着、摧残着、折磨着万千生灵的事物。我深知常规放、化疗的痛苦，它们在拯救生命的同时却又对它们毫不手软地伤害和剥夺。我亲见过被它们救治，却又被它们伤害的那种无奈感和深深痛楚。而此刻，那看不见摸不着的"中子""离子"们，那些虚幻的物质，竟变身为一个叫作"加速器硼中子俘获（A—BNCT）"装置，经由它，救治不再是一种巨大的痛苦，它可以精准地杀死那些作恶的该死的东西，那些癌细胞，而不伤及善良和无辜。

真有奇迹啊，原来。

还真看到了实验室中它实体的样貌。第一次，我被一个无生命的器械所感动：它如此神通广大，却又如此克制——只行善而不作恶。多么难得，多么珍贵。这世上，有谁见过法力无边却懂得克制的、谦卑的神或者人？造福和造孽，不就常常是同一事物的正反两面？想起几年前，在亲人病床前挨过的那些个日日夜夜，那些煎熬的每一分每一秒，那一日长于百年的痛苦企盼，我本想用极致的语言来形容这个"悬壶济世"的新生事物，比如：至善至美……但，在它面前，人最好不要造次，所以，我只说，我庆幸这样的遇见。这样的遇见，也许不是意外，是我——是如我一样的人们，红尘中万千生灵万众一心祈祷的结果。

最关心的，自然是它哪一天问世，它的出生年月。听说，快了。它就要在这里，在这块创造了它的土地上安家了。真好。

这里叫作东莞。地处珠江口东岸。中国改革开放的名片之一。

这里有一片好水叫松山湖。

好水都有故事。

学芸说，东莞因莞草而得名，"江畔莞草"。再查，还盛产土沉香，名曰"莞香"，——一个芳香之地。东莞的"香市"在明代就已名动天下。其中心，寮步镇牙香街，就在如今松山湖这一带。曾经，无数的莞香在这里交易，南来的客商，雇了挑夫，靠着肉身的肩膀，一千担、一万担，将香木挑到香港，再从香港运往东南亚乃至世界各地。有种说法，说"香港"的名字就是由此而来，由向世界输送"莞香"而来。我真愿意相信这个美丽的说法，多么艳情啊，整个海湾都心荡神驰。莞香的极品"女儿香"，就更是一段楚楚动人的故事。传说，那些加工洗香的少女们，喜欢把最好的土沉香，偷偷藏在她们纯洁芬芳的胸口，用来和客商换取胭脂水粉。昔日小女儿的娇憨之态，莺声燕语，呼之欲出。她们香气袭人，回眸一笑，袅袅遁入历史，成就了"莞香"最迷人柔美的传奇。而新的传奇，中国高科技崛起的传奇，中国科技人创造的传奇，则是雄奇的，壮阔而伟大，足以让世界震惊……这是松山湖的故事之一。

好水都有故事。

（原载《十月》2021年第9期）

百姓的江天

◎汤世杰

一

岁月不居，时节如流。起意再回故乡，做一次稍长的短住或稍短的长住以慰乡思，恰在秋末时候。

这样的时候，适合秋风旋舞、秋叶飘零，适合独自踱步，去向有或没有目的地的远方，适合陌路偶遇一枚路人，携手天涯，却各自痛饮满杯萧萧别情……想那秋风旋舞的短暂间隙，分分秒秒，尽是些生死交接的刹那，空中满布籽实成熟的灿烂与醇香，也无不充盈着并无悲怆的枯萎与衰败。奋斗了一春一夏的生命，都在准备着俯冲或飘飞、藏匿与远行，谁不想用它独特的思念与怀想，哪怕只一片枯叶、一茎衰草，在这样的时候，留下点断句残章呢？

那之前的盛夏，牵挂着关切了一冬一春的故乡，我已先自回乡住了些时日，三伏天的闷湿潮热，歪打正着地让那趟全然随意的短行，成了一次近乎计划周密的预"热"。与预想不同的是，日子依然家常，市井的活络、过早的小吃、人家的饭菜，照样"归来留取，御香襟袖"（李祁《青玉案》），让人暂可释怀。可那毕竟不是冬天。在云霞斑斓日日闹腾，连冬天也不消停的云南一待半世，想到秋冬时节的故乡，江天必是有些萧瑟凝重了。奇怪，偏偏对那萧瑟，突然有些陌生的怀念——已然许久都没过过那样全须全尾的长冬。靠水吃水，其实哪会只一个吃字了得！记得幼时每近年节，小城江天便杵声四起，浪花飞溅，仿佛整整一年的洗洗涮涮，终于都挨到了此刻——可以旧衣烂衫补丁摞补丁，却怎么都不能让未经拂尽岁尘的衣物日用，邋邋遢遢地闯进新年；顺着江边一溜看去，除了起起落落的衣杵，就是年轻媳妇半大姑娘冻得通红、比衣杵更经摔打的胳臂。因江水远退顿显阔大的沙洲河滩上，虽来来往往都是行人，眼眉行止间，倒都透着苦于生计的奔波劳碌，尽管"当时年少春衫薄"，难深谙人世，但那股子辽阔的荒寂清冷的寥落，想起来，怎么都有令人伤怀的疼痛——一个人，如若你的心不幸已感受不到那些隐约却剧烈的疼痛，那么更不幸的则是你注定也无法感受到日后那些短暂而细微的快乐了。疏漏世事——纵然有时也会显出它的太过致密——无情地篦去我们内心真想留住的东西，而真实的泪水终将拨开浮世沉重却堂皇的虚浮，从对着阳光而显得通红的菲薄眼睑间，冲决而出。陌生的怀念，终是怀念。而一个人尚有怀念，总是幸事。怀念即沉淀，可让浑浊的记忆露出本然。于是做足了准备，秋末回乡，要去过一过那依稀如梦的故乡的冬天。

二

头一天，我就去了江边。

无数次梦回江边，每一次，总以为会像传说中久别乡梓壮游归来的游子，先大口大口地饮几瓢江风，然后仰天撒一串彻云长啸，便随意找个地方，撩开蓬满征尘行色的缁衣，袒呈肉身，落座江边，再呆呆地，把对岸青山、眼前流水定定地看他个够，直看到山崖遁形，亦江流无声。待真坐在江边了，才知道码头边人寻常日子粗粝壮实，一切预设的程式无论怎样周详，都经不住它的打磨。结果那天我什么也没做，摒弃了一应仪式感，如同我身边久居故里的乡亲，随便找了个能让腿脚舒展的地方，垫着一屁股秋阳，就稀松寻常地坐了下来——细想才明白，其实当年的远行，并无壮烈宏阔的理由，半是谋生的无奈，半是年轻人对远方的一点无名渴望——尽管那时，远无如今的"诗和远方"一说。而寻常人的日子，不是国之重器，从来都无法事先设计，设计得越是精致周密，崩坏得便越是彻底。反倒是随意而行，意外见到一片好风光，方有格外的惊喜。

庆幸终算没人一眼看破我是个远道归人，甚或走马观花的游客。以一个阔别故乡半世的游子身份，混迹于乡亲之中，正如鱼翔于水。如今的江边，无论何时都人流如织，三五成群，散落闲坐，夏日乘凉，秋阳暖背，除了跳舞练歌习字健身长跑的，大多什么也不做，就那么纯纯地面江而坐，呆呆地望着那道流水，以及江上不时就有的，大大小小或沿江而下，或溯流而上的行船——仿佛他们来到江边唯此为大的使命（如果真有的话），就是目送那些行船去去来来。其实那些行船，至少从表面上看，都与他们暂不相干；实在要说，也只是过后有稍大些的波浪，打远处呈扇形地涌开，泼剌剌地涌到眼前，甚或脚下。其时还是秋末，夏天几乎要漫过江岸护坡的江水，还没退得太远，行船带来的浪花便在石梯坎上撞得哗哗啦啦纷纷扬扬，而后便化作多少还有些浑浊的水沫，悄然退去。

眼下的江水，倒早已清如溪涧了。

说起来，这时我眼前的江边，早非我幼时常见的模样，当然更非千年前欧阳修做夷陵县令时所谓的"州居无郭郛，通衢不能容车马，市无百货之列，而鲍鱼之肆不可入。虽邦君之过市，必常下乘掩鼻以疾趋"——二十世纪五六十年代的小城，临江一线的马路旁，除了几座敝旧的外国领事馆和洋行、货栈的断垣残壁，皆一色的矮屋破楼，板壁透风，檩柱歪斜，踩上去会嘎吱嘎吱一阵乱响；虽码头林立，却多峭窄失修，青石板梯坎年久月深光溜湿滑，残损破败，弄不好就会一脚踏空。冬日的河滩宽阔得如只堪凭吊的古战场，这里那里，或有停靠的木船那晾晒的帆篷、修缮的桨楫。真让人避无可避的，是四处屹立着的垃圾渣山，空气里时不时会飘来阵阵腐臭。而不远处搭起的人字形木架上，则晾晒着切好的萝卜青菜，听说都是用来腌制酱菜的……尽管如此，那样充满了人间烟火气的河滩，仍是记忆中的佳好去处，何况河边的吊脚楼下，河滩上的沙堆、水塘，早就是孩子们逃学撒野舒放童心的天堂。

回望间，时间已翻过千年，如今小城的沿江大道和滨江公园，收拾得干干净净，其间遍植的花草树木，尽皆依着季节的循环往复，叶绿叶黄，花开花落。因了数十年间，毕竟也隔三岔五地回来过，视那一切为理所当然的寻常——在我客居多年的那座高原城市，不也有同样的变化？只是我的关切所在，虽也说不清究竟为何，但至少并不在屋宇的密集、楼舍的高低、街道的宽窄，而在内心那些更隐蔽更难察觉的层面——究竟是些什么，我也是说不清的。

三

也就是那天，正坐在江边，老友电话从高原打来，说完事情，末了又说，这样吧，过两天我们聚聚。我说聚不了啦，我在内地。哦，他说，弄半天你在内地？我说是啊，在老家，在江边。显然，"在江边"一语，我并无理由要告诉他，潜意识里却觉着必须告诉他，那几个字于他虽无意义，于我却有意义。他听了当即觉出了特别，说哦，这么晚了你还在江边？在江边干什么？我说也没干什么，就坐在江边。他说，坐在江边是什么意思？坐在江边干什么？（难道我必须干点什么，才能坐在江边吗？）我说我就坐在那里，什么也没干。他说，你既什么也不干，为什么要坐在江边？他的一句平常问话，倒把我给噎住了。我一时无话可说，竟答不出他的那个"为什么"。于我，坐在江边再自然不过，我从没想过那到底是为什么——回乡时间无论长短，我都会到江边看看、坐坐。朋友等了一会儿又说（大约因我没及时回答），对了，我很想听你讲讲，坐在一条大江边是什么感觉？他接着说，我从没坐在一条大江边的经验。我想难怪了，对一个从无江边生活经验的人，你该怎么解释你要坐在江边呢？朋友追问道，那是什么感觉？我说对不起，我还真是一两句话说不清楚那感觉。我没说出口的话，是张口就说得滴水不漏的话，难说是发自肺腑。朋友开玩笑地说，好吧好吧，我原谅你（我需要原谅吗？），你慢慢说，也可以慢慢想，以后再说。我说好吧。

　　从那时起，我便一直在想，我从上次夏天回老家开始想起，甚至从更早开始想起。我该怎么跟他讲呢？一个从无江边生活经验的人，你怎么跟他讲你要坐在江边？要跟他讲大江的历史，讲三峡的开天辟地，讲屈原的秭归，讲昭君的香溪吗？讲郦道元的《水经注》或袁山松的《宜都记》吗？讲《三国》讲夷陵之战讲关公败走麦城讲张飞"当阳桥前一声吼，吼断了桥梁水倒流"的戏文吗？或者讲这条大江就像一道诗廊，从屈原、宋玉往下数，可一直数到李白、杜甫、白居易、李商隐、范成大，数到欧阳修、苏轼、陆游，连大书法家颜真卿也在这里当过峡州府别驾？再或者，我该去讲峡江柑橘的甜美，讲江边栾树的魁梧、桂花的幽香、银杏的灿烂、红枫的灼热，讲如今风靡于世的猕猴桃原种就产自这里，是二十世纪初新西兰一个女教师伊莎贝尔·弗雷泽把野生猕猴桃种子带回新西兰，几经转赠、驯化与改良，方取得了商业化种植成功？想想拉倒吧——那些虽都确凿无误，却太过遥远空泛（不是史实本身空泛，而是我会讲得空泛）。

那我该讲些什么呢？

直到有一天，在江边目睹了一次大江日落，我突然想起"大漠孤烟直，长河落日圆"的古老诗句而有所悟、有所思了。

四

我面前的那段长江，既不是群山峻岭间东奔西突的金沙江，也不是茫茫无际江海连天阔的扬子江，而是刚刚冲出瞿塘峡、巫峡、西陵峡狂泻而下的长江。"江至此而夷，山至此而陵。"小城对岸，一溜青山逶迤而去，中有被外国冒险家称作"长江金字塔"的磨基山。可惜我对打小熟悉的那段长江，也有过方向的误判——读惯了"大江东去"的豪迈诗句，我一直以为小城地处江北，我也住在江北，多年后才明白，其实城和人都可说是在江东——长江冲出了西陵峡南津关，立马朝东南方拐了个弯，差不多成了南北流向。正是那个小弯，让我的家乡父老真成了"江东父老"。而我幼时常说的江对岸青山逶迤的江南，并不是真正的江南，而是江的西南。

——说到这儿，我想我该说说我见过的那次江天日落了。

"支持这个世界的，是一些非常简单的观念。"（约瑟夫·康拉德）我们所能见到并参与其中的，也尽皆世界的日常。但故乡必有故乡的独特，不独特的从来都是我们的眼睛。一座小城，有别于大都市的，不是摩天大楼、车水马龙，而是日常生活的简捷便利，烟火人间的随处可逢，自然山水的伸手可及。

那幕日落原也寻常，却因有了大江的那个"曲折"，让我对比留意过的多处日落，有一种别致独特的感悟。地中海、波罗的海上的日落辉煌浩瀚，尼罗河、多瑙河上的日落华丽迷人，倒或因有水无山或有山无水，而少了些遮挡、少了些层次、少了些深邃，而一览无余，韵味清浅。山水、山水，须得有山有水，且洽配得当。西陵峡口，峡尽天开的这片江天日落，独特就在其间，既有浓墨堆垒般的凝重山影，也有洒金宣纸般的跳荡水波，山水相映，明暗错叠，动静互辅，那种浓暗酽黑的山色中层叠杂糅的霞色，那霞光将云头尽染时深浅有致的黝黑，让"斑斓"一语真正落到了实处，怎么看都让人直呼神奇。落日缓缓落向对岸那一溜青山背后时，落霞则从青山背后通红地衍射出来，温柔而又顽强。一江流水，既因那一溜青山浓郁沉重的倒影而显深沉，又任落霞的辉光映照而熠熠生辉。眼前，缓缓坠落的日头虽明明还挂在对岸青山垭口，但在我心里，夕阳已义无反顾地殉命于一江流水——它把一化作了千千万万，在每朵浪花每道波纹里得以重生。你似乎能听见整条大江的啸叫呐喊，瞬即热血偾张，想与大江一起远赴沧海。当人们通常把颂辞赞歌献给一幕日出时——那当然无可非议——一次那样的江天日落，让我意外地识得了落霞的无限英武。浩浩江天，任流霞映照得万紫千红。江水在熠熠闪耀。天宇在熊熊燃烧。满天原本纯白得近乎稚拙无邪的如莲云朵，也在转眼间幻化成了姿态嶙峋的丹霞峰岭，深沉、凝重。

江天就在那一刹那，渐渐从深红变成了绛紫，在我的注视中，那是个短暂得近乎漫长的过程，然后又从绛紫缓缓沉入森黑。霞色变幻万端的江天，引发的不是狂热呼唤，而是屏声静气的安谧。万物退避于远。市声消弭于耳。喧嚣消遁于僻。天人相对，无语而心通。当夜晚如期而至，世界转到了另一边，自己的心跳成为此在的唯一节奏，这世上，还有什么比宁静更经得住倾听？太阳已落到远山背后。你看见的只有江天、流霞，一个阔大到无边无际的、由霞色营造出来的玄妙空间。在暮色愈收愈紧的合围中，最后那片羽毛般的落霞像一个希望、一句誓言，久久挂在对岸那个山垭口上，闪耀。它的最后消失，与其说是沉入了肉眼莫见的某片宇宙荒野，我宁愿相信，那是落霞将自己分发给了每一个注目过它的灵魂——当我偶尔回眸周边同样如痴如醉的人们时，他们眼里正闪耀着奇异的眩光，那就是落霞，耀眼而又温柔，静谧却富含力量。我想他们看我亦如是。

"日暮江天静，无人唱楚辞。"（苏轼）一次大江落日提供给人的，恰好就是一次由大自然导演的活剧，一次美的灿然寂灭、物的意外清空、欲的瞬时断舍离。人心至少在那个短暂时刻，从名利旋涡，从烟火人间，从满满当当充斥着物与欲的世界，让眼耳鼻舌身意受想行识一起进入一个只有光影色彩，最后连光影色彩也消失殆尽的世界，彻底地由"色"入"空"，从"有"至"无"，完成了一次蝉蜕浊秽般的瞬时嬗变。再怎么舒适安逸的日子也是累人的，何况日子总有烦人之处。长长的人生需要无数个那样的短短清空，否则，灵魂将会被各种明目张胆或乔装打扮的物与欲，撑得满满当当，再也没有一刻宁静、几许空灵，再也容不下一点美妙、几许良善……

五

　　正是在这个意义上，我面对的那片江天，仿佛一位年迈的温情尊者，一位满腹经纶的师长，惠人于无声。小城是变大了，变漂亮了，但我知道，我的一些亲人、同学与朋友，住房还敝旧拥挤，日子仍不无拮据，人生还远未敞亮。但他们稍有闲空，就会到江边看看。江边是小城人的公共露台，可以在任何时候，带着各各不同的命运和心思，到这里坐一坐、站一站，望流水去远，与青山共情，或什么也不做，只是发发呆。这是小城唯一不用空调的地方，纯天然。因了各种忙碌、疲惫、烦心、琐碎、委屈、挫折、困顿与不堪，他们并非随时都可以来，一直熬着、等着、盼着，直到某一天才能来到江边，让空阔江天成为他们最好的陪伴，无须言语。"江天只属渔翁管，那得闲愁上钓纶。"（宋·陈杰）江天从不问他们因何而来，也不打听他们的隐私，或厉声训斥，或唠叨没完，更不会限定时长，倒总是变着法子，以最大的耐心、最美的霞色款待他们，仿佛在说，来吧，没关系的，人生路上，谁不会做错选择，遭遇挫折，蒙受委屈，有时还一肚子伤心事，莫名其妙地掉眼泪，甚至觉着自己似乎突然面临崩溃，那又算什么呢？那并不影响我们到江边来，看看晚霞。

　　小城人并不知道，"江天"一语看上去世俗，骨子里倒极古典，任历史长河久久浸润过，经骚客诗人细细打磨过，意象丰润，包浆沉厚。古人是什么时候开始以"江天"入诗的？我说不好，依我看，如果"大漠孤烟""长河落日"是唐诗纵横驰骋的疆场，"江天"除了在杜甫的《滟滪》里，有"江天漠漠鸟双去，风雨时时龙一吟"一联，在张若虚《春江花月夜》里露过一下头，所谓"江天一色无纤尘，皎皎空中孤月轮"，最终则是在宋词里长大的，那或与有宋一代偏于南方有关。南方江河纵横，旖旎多姿，魅人的波光水影，无疑成了"江天"一语飘飘欲飞的羽衣霓裳——晨诵，可读"江天霜晓。对万顷雪浪，云涛弥渺。远岫参差，烟树微茫，阅尽往来人老"（李纲）；暮吟，则有"江天日暮，何时重与细论文。绿杨阴里，听阳关、门掩黄昏"（辛弃疾）。至于"断鸿隐隐归飞，江天杳杳"（柳永）的潇散，"虚舟泛然不系，万里江天"（陆游）的洒脱,"江天雨霁,正露荷擎翠,风槐摇绿"(张元幹)的灵动,更比比皆是,频频出没在平平仄仄的宋词之中。

由是,一道流水,一片江天,提供于世的就绝不止于一条航道、无尽流水、不绝电源之类可量化的进益,更是一条连接古今未来的时光通道,满满尽皆疗效奇佳的心灵抚慰:背靠小城,凝眸江天,听江风徐来,看流霞变幻,他们顿时能从柴米油盐酱醋茶的俗世日子里走出来,进入一个短暂却深邃的寥廓世界,顿时视野廓大,性灵舒展,心智开张。我相信,那天,小城人不管在或不在江边观赏日落,即便并非人人都意识到了这一点,却都接受过江天那份无偿的馈赠。如此,一个住在大江边的人,怎会轻慢傍晚那样一场江天霞色的辉煌嬗变呢?我的弟妹、邻居、友人,每天都必要到江边走走、坐坐。事实上,那天跟我一起目睹那场江天日落的,还有千万坐或没坐在江边,看上去无所事事的人们。有一阵子,我听见身后脚步匆匆。他们在赶来。正在步道上踱步的,那时停下了脚步,朝江天痴痴凝望。不知从哪里突然跑出来那么多手持长枪短炮的摄影师,他们早就埋伏在渐浓的暮色里,屏声静气地等待着那个时刻……

六

我想,对了,我该跟那位友人讲的,正该是大江于无意中给我的那些最直接也最微妙的感受,那些浪花水纹、光影霞彩,那些风流云散、流布聚合,丰富得仿佛千丝万缕针针线线妙手织,非亲眼所见难用言语复述,转瞬即逝的光影变幻所带来的强大而又温馨,甚至可以叫人生发某种生理反应的视觉冲击。凝眸故乡江天时那些最寻常的时光,你哪会了然,一个人的内心深处那种隐秘却又无以言说的愉悦与疼痛啊!先前多少次回到故乡,如弥尔顿所说,人虽至,但"他并没有找到重返母亲故乡的路"。而面对江天,他找到了。此前他找到过大地上的路,却一直没找到灵魂的路。那一刻让人骤然想起母亲,想起那一刻的血涌如霞、剧痛如裂,她以可能失去全部的冒险,去收获一个生命。而一个生命,总有一些东西来路不明,结局也缥缈无影,一路化缘于时光山河,到头却都未见那袭袈裟,而生命如同流水,更非每一天都能暗合经书。那一刻却突然开悟，流霞轰然处，正是母亲的家乡，从此他不会轻薄日出，倒会加倍地看重晚霞。

　　那个小小少年，赤着脚，踏过河滩厚厚的沙土，踏上搭在从江边一直伸往江心的木跳板，颤颤巍巍地行走着；一根竹扁担，一对木水桶，在他肩头颤颤巍巍地跳动着。他一直走到再也无路可走的跳板尽头，方才蹲下身子，打起一挑最干净的水，连同晚霞。然后重新走过江滩，开始攀爬残缺的码头梯坎。前后上下，都是挑担子的下力人，挑水的、挑沙子的、扛货包的、捡垃圾的……那个他常常都能看到，庶几可说相识的挑水工，快五十岁了吧，肩头厚厚的垫肩已快磨穿，裤脚高卷至大腿，一双湿淋淋的草鞋上方，两条小腿青筋突起如同盘蛇，似乎马上就会爆裂……爬完石梯坎，再踩着几百米长的沙子路，将一担水淋淋漓漓地挑回家去。那是他每日先于作业必修的功课。脚是疼痛的。心是愉悦的。他本该小学毕业就去学徒的人生，因为老师的一次傍晚家访，让父母重拿主意，也因他答应包下家里所有的苦活累活，答应假期都去打零工挣学费而得以改变，可以继续读书……那天的江天日落，让他想起了那天的晚霞和无数个那样的黄昏。

　　——这些，可以讲给那个朋友吗？

　　那个流霞退尽的夜晚，当夜色以坚韧的柔软汹涌着，将一道道浪花扑向江岸，我在心里问道，那些千古冥顽的石头，没有了耳朵，到底还能听懂些什么呢？

　　还是那个少年，稍稍长大了些，晚自习后跟着同学一起，去江边码头"打起坡"。那本是驾轻就熟的活计，却因是夜晚，挑的又是装着硫酸的陶罐而险象环生——稍不留神，一脚踏空，丧命倒也干脆，怕的是撞破了陶罐硫酸飞溅烧坏了身子，日子怎么过？让父母养一辈子吗？所幸那些以命相搏的夜晚，都在小心翼翼中度过，少年每两三个夜晚的劳作，能挣回相当于父亲一个月工资的收入。清晨五点多，当他筋疲力尽地回到家里，母亲已等在那里，一碗鸡蛋炒饭，便能打发他连续几晚被吞噬的青春……

　　回想起那些，你的心在某一瞬间，似被轻轻拨动了一下，撞击了一下，然后那感觉瞬即传遍全身，或钝挫或锐利，或愉悦或椎心，酸甜苦辣，百味俱足。当人正分分秒秒认真地老去，在对往昔的回望中闪闪烁烁的，尽皆来路依稀的漫长，想起幼时每时每刻都在盼着快些长大，不免傻傻地笑了。知否？有多少人跟你一样，也许凝望的尽头，时光的身影早已依稀莫辨，过往的路途，既有林木葳蕤，也有花草凋零。你想起来了，甚至又看见了，而你的一声意义不明的轻叹，有时却会轰然回响到格外惊人。

七

于是我想起了后来，想起了一个个在江边面对过的晨昏，想起了从清晨到傍晚直至夜深，寥廓江天的霞色涌动、风云变幻。那是我在别处，在我去过的江河上从没见过的。从黄河、淮河到雅鲁藏布江到珠江，从恒河、尼罗河到多瑙河、涅瓦河，它们都没给过我那样的感觉。世间物事，生来皆各有气象。气象，道之别称也。江天春夏秋冬、朝暮晨昏的霞色之变，皆出于一条大江万千气象的本性与本然。模糊记忆中的许多看似寻常，不细细咀嚼回味便会遗忘，而与那次江天日落相似的时刻，就那样一一浮现在了眼前。

艺术的精髓，或就在并不艺术的凡尘。

庚子年某个夏日清晨，雨后初晴，江天薄雾袅袅。晨光则有着橙黄的明亮，穿透薄雾，洒于江天，如同道道光的廊柱，顶天立地，让人恍然置身在尼罗河边卢克索城那片巨大的神庙。人间的一切，几座跨江大桥、峡口西坝端头的瞭望塔，以及对岸的一溜高楼，都忽忽悠悠地浮于半空，四周仙气缭绕。也许那爿廊柱林立的建筑更像楚国的大庙，如《楚辞·招魂》所谓，"层台累榭，临高山些"。郦道元《水经注·河水五》则称："东门侧有层台，秀出云表。"我没见过，无法描述。三闾大夫屈原想必是见过的，他在那里待过，自打从那里走了出去，就再也没有回来。薄雾渐渐消散，云霁天开。从我坐的位置看过去，在光柱照射不到的光线略暗的地方，沿江几道连接趸船与江岸的浮桥，则酷似埃及亚历山大港伸进海水深处的栈道，水浪轻拍，浮桥半摇，烟水冉冉，整个儿地泛出一派迷人的海的湛蓝。那是我头一次在江边看到那样的蓝，心想一条大江，别说一年一季，就是一天，又要变换多少次颜色呢？人也一样。他或是她，在岗位上或很普通，但在家里，在孩子眼里，却是天，是神。反过来也一样。后来我立于江岸，对着已完全敞口的通透蓝天，心想你不妨让目光做支小号响彻行云，心最好去做个大贝斯吧，以浑厚的重低音陪伴那些土生土长的乡亲，缓缓跋涉于城市森林，不管是在深处还是角落、明处还是暗处，你都要跟他们在一起。有时，又悄然地摸索着潜回日子深处，学着用心的指尖，颤颤地去抚摸这片乡土的曾经那些疼痛的过往。

夏日酷热。白昼总那么光焰灼人，只有夜晚，才会有自己的清幽，月亮才以它的丰腴或骨感，记录下某些光的细节。那晚，沿江边走去，先是看见一对年轻夫妇，牵着他们的孩子，一直走到江边，教那孩子把双脚浸入江水。孩子惊叫着，他们却并不停手。真想走上前跟他们说，对了，就把这条大江送给孩子吧！这素朴又伟大的礼物啊，将来他所要遭遇的一切，该都在这流水里了。再往前走，夜渐深。见紧挨着江水的石阶上，弱弱的灯光一闪一闪，照见有人相依着临水而坐，浪花阵阵涌来，浇得他们一头一身，却依然依偎着，堪吟"夙夜江寥落，旅人执灯试流水，柔情满手心"。再走，见有人在江边焚纸祭奠，青烟如缕——这江边的人，生生死死都离不开流水……深夜立于高楼，看窗外灯火渐次熄灭，而大江对岸，如流的车灯仍如萤火，点亮了夜归人的行程——其实，无论何种人生，最后都会归于冥寂。一路坎坷也好平顺也罢，内心波澜无须赘述，唯有流水，最后能抚平曾经的横刀立马或百孔千疮。

记得夏日天长，时光有序行进，雨后阳光浓烈晃眼，曾迎着凉薄的晚风寻思，谁愿同道，一起去打开将来未来的秋天？结果大江边的秋天脚步匆匆，几乎说到就到。秋风渐渐凛冽，沿江步道旁的栾树、银杏和红枫，相继开始凋零。先是高大的栾树花枝枯萎，树叶凋落。红枫似乎在一夜间，就举起了预警的烽火。很快，银杏开始泛黄，江边那一大片据说是沿江最好的银杏林，渐渐从青黄夹杂，转成了嫩黄，没两天又转成了金黄。枝叶色泽斑驳，乱红飞洒江天。早年在外地，听闻故乡小城特意规定一些路段"不扫落叶"，这回倒亲见了，银杏林下厚有寸余的落叶，铺撒得满天满地，便成了人们流连的所在。红颜舞者、白发老伴、刚会走路的孩子，都会去那里一玩就是小半天。当银杏叶将要落尽，还没来得及清扫，蜡梅早已暗暗地开了——枯劲的枝条上，斑斑点点的，尽是些水润透明的如蜡花苞，暗香徐来。原本看上去有些萧索的江天，终也抵不住那一江清幽暗绿的流水，与斑斓秋叶阵阵暗香合谋，营造出一派秾酽的峡江秋色，以浓墨勾勒淡笔轻扫的一江烟波，任那寒山竞秀，万里送行舟。难怪当年欧阳修会留下如许诗句:"昔官西陵江峡间,野花红紫多斓斑。惟有寒梅旧所识,异乡每见心依然。"

冬日江天的清晨,江水在初阳的映照下,既隐隐闪亮,有大片大片的粼粼水波,又仿佛热气氤氲,有温泉般团团绕缠的缕缕水汽,随水流一起浩荡而下,那是另一派大江东去的景象!那种漫漶的温柔无声的浩荡,真迷死个人!我相信,在这条六千多公里长的大江上,这样的景观不会多见。与高原的云山雾海不同,它看似静谧如画,却既有无声的温柔,又潜隐着无敌的浩荡!想想它经越了多少蜿蜒曲折、盘旋跌宕,就会明白此时它显现出来的温柔,底气则是横扫六合的独步天下,如此才具足地印证出它的大气磅礴!

偶尔会有几只鹰,在江天盘旋。早就见附近有人在垂钓,有人在放风筝——说来都是以一根线,把人与江天连接在一起。放风筝和垂钓者,如今都用线轮,可以放很高很高的纸鸢,也可以放很长很长的钓饵,静待鱼的来访——这与我幼时自己糊扎的小风筝,用竹扫把做的钓竿,皆不可同日而语。那几只在半空盘旋的鹰,似乎觉着了困惑,飞得靠近些,终于看清了,翅膀一闪,不见了踪影,正应了柳永那句"断鸿隐隐归飞,江天杳杳"的诗句。

八

如画江天,无论何时,都既是一幅禅意水墨,又是一部无字天书,既是我至今还在参悟的禅语,也是我至今还在研读的典籍。不参透江天每日每夜每时每刻都在演绎的深深的禅意,又哪能在对人生淡淡的领悟中踏上修远之路,皈依清远?更休说在无尽的悲喜中涅槃殊胜。道可道,非常道。道却从来都不是玄秘之物,乃是世间万物本性的辉映与本然的衍射。茫茫江天,泱泱流水,正是日常之道!唯洒过泪水汗水,至爱情深,才会发现那些寻常中隐匿的至美。当你目睹了天地的博大与奇幻,并与那样的天地一起平匀地呼吸时,通向理智与智慧的道路便将开启。而我对大江的一往情深,并不仅仅因为它的源远流长,只为它一如亲人,目睹过我的幼稚与愚蠢,记录了我的轻慢与顽皮,也见证了我的长成。这样的时候,看似平淡无奇的江天,却是上苍能够给予你的最好的礼物,她理解你生命里发生的一切,让你生命中的一切诡异都尽得诠释,你一生辗转寻觅的，或许正好就是这份宁馨的叮咛。

……冰雪至今尚未抵达，风偶尔会以碎步穿行而过；江面上，只有几座大桥孤傲地矗立，当苍鹰偶尔掠过这片江天时，也会叫上一声两声。千年前，柳永尝问："故人何在？烟水茫茫。"若让我作答，无非是：山在，城在，江在，流水在，岁月在，你在，我在。我想问问那位朋友，你想要的，是怎样的世界呢？如可多说一句，我则想告诉他，如朱熹所说，"何处车尘不到，有个江天如许，争肯换浮名"。真的，我还是回来晚了点。

(原载《人民文学》2021年第8期)

泰伊思：看美丽星辰如何陨落

◎徐小斌

2018年2月5日晚9点，何塞·普拉西多·多明戈·恩比尔（Placido Domingo）本尊登上中国大剧院的舞台，扮演《泰伊思》男一号阿塔纳埃尔，唱了三个小时未见疲态，世界三大男高音之一这次唱的是中音，且从头到尾只穿一件灰色的修士袍子，但这并不妨碍他高调宣称，阿塔纳埃尔是他扮演的139个角色中最热爱的角色。

泰伊思的故事想必家喻户晓：修士阿塔纳埃尔梦见倾国倾城的一代名妓泰伊思，决定"拯救她于水火之中，为自己的灵魂向上帝赎罪"，于是只身前往锦绣繁华地温柔富贵乡，于妓馆的灯红酒绿之中力排众议、义正辞严地对泰伊思进行了一番道德启蒙教育。泰伊思回到卧房面对镜子，慨叹美貌易逝年华即将老去，加上修士整夜守在门口不断地唱着规劝她"改邪归正"的咏叹调，于是终于幡然醒悟弃旧图新，随修士踏上了苦修之路。

先是横穿沙漠时双脚磨破流血不止，在修士的诱导下终于跨过万难来到圣女们聚集的"福地"。当那一队我们似曾相识蒙面而行的白衣修女们将泰伊思抬走时，观众们已经感到凶多吉少。果然三个月之后，每日苦修以泪洗面赎罪的泰伊思便香消玉殒。

然而令人惊奇的是自度了泰伊思之后阿塔纳埃尔便夜不能寐茶饭不思患了严重的相思病。当泰伊思病危的消息传来，阿塔纳埃尔竟然不顾体面赶到泰伊思苦修处，向她袒露他已经深深地爱上了她，他坚信自己能唤回她的生命。最后的男女声二重唱部分实在震撼：修士在拼命地表达他的爱，他说他要抛弃过去的一切向爱投降，他要从死神那里夺回泰伊思的生命，他承认爱情的力量高于一切；泰伊思却在用high F的高音高唱着她已经彻底抛弃过去纸醉金迷的生活，感谢修士救赎了她的灵魂，她正看见天国里走来一队美丽的白衣天使，当最终的休止符出现时，指挥家帕特里克·富尼耶的指挥棒落下的那一刹那，中国大剧院三层爆满的观众响起惊天炸雷般的掌声和欢呼声，坐在我身边的老外一边鼓掌一边高呼着完全听不懂的语言，想必是拉美或者什么地方的语言，总之，大剧院响起的掌声是史无前例的，除早期捷克耶夫的《黑桃皇后》、瓦格纳的《尼伯龙根的指环》之外，还没有哪部歌剧如此感天泣地。

按照歌剧《泰伊思》介绍小册子上的说法是这样的：歌剧《泰伊思》根据"诺贝尔文学奖"得主、法国作家阿纳托尔·法朗士创作的同名小说改编而成。故事发生在公元四世纪拜占庭时期的埃及，年轻的修士阿塔纳埃尔虽成功拯救了亚历山大城颠倒众生的交际花泰伊思，他自己却被她的美丽所动摇，身困情网不能自拔。该剧表达了灵与肉的冲突，以及对信仰和人性的深刻思考。

而多明戈对《泰伊思》的解读是这样的："泰伊思是一个交际花，她不仅有妖娆的身材和曼妙的舞姿，而且对男性有极大的诱惑力，这是一个十分特别又非常难以演绎的角色。另外一位主角阿塔纳埃尔是修士，他不仅是一位虔诚的修士，将自己全身心地奉献给上帝，而且堪称是一位苦行僧，通过对自己生活的苛刻要求来表现对上帝的虔诚，所以这也是一个非常极端的角色。他一直处于被泰伊思吸引和对上帝的虔诚之间，内心的挣扎纠结几乎令他崩溃。"

"在第三幕中，我特别要说一下马斯奈优美的曲调，"多明戈如是说，"在看乐谱的时候，我能感受到他打磨和加工的过程，是那么呕心沥血。当阿塔纳埃尔带着泰伊思穿过沙漠，前往修道院时，他们走了很长时间的路，泰伊思的脚磨破了在流血，快要坚持不下去了。当他们寻找水源的时候，有一段非常优美的二重唱。如果这两个人生活在现代，他们一定是两相情愿的一对情侣。"

"当阿塔纳埃尔历尽艰辛，将泰伊思带到修道院后，他明白自己的使命已经完结了。这一路上没有鲜花、没有温柔，他对待泰伊思的只有残酷。但是，当真的抵达修道院后，他内心反而产生了不舍与留恋。这一刻，他明白自己已经爱上了泰伊思。当泰伊思跟着修女离开的时候，阿塔纳埃尔望着她的背影伤心欲绝，他觉得自己再也见不到泰伊思了。下一场，阿塔纳埃尔告诉众人，他拯救了泰伊思的灵魂，却丢失了自己的灵魂。他在不知不觉中，重新踏上了寻找泰伊思的道路。此时的泰伊思却已像圣女一样神圣、纯洁，她身染重病，即将离世。这位男主角却陷入了爱的疯狂之中。"

由这段长篇解读可以看出，多明戈对于修士阿塔纳埃尔这个角色非常之用心，这是他在歌剧生涯中的第139个角色，他毫不隐讳地说这是他最钟爱的角色。据说，这位年逾古稀的大师2018年1月27日凌晨抵达北京后，当天下午便来到国家大剧院观看另一组演员的排练。两天以后，多明戈接受了记者采访，称："我希望我的讲述，能够感染到大家，也希望观众在观看这部歌剧前做好情感上的准备。"

《泰伊思》曾是世界上最受欢迎的歌剧之一，但是从20世纪中叶开始，它进入了寒冬。直到最近几年，随着多明戈、弗莱明等歌唱家的演绎，这部经典歌剧才算真正解冻、枯木逢春，众多大歌剧院纷纷再度将其搬上舞台。

2008年，美国大都会歌剧院上演《泰伊思》，当时尚未转型的多明戈只能忍痛割爱。直到2014年，已成功转型男中音的多明戈在洛杉矶歌剧院终于如愿出演了《泰伊思》中的阿塔纳埃尔，此后他在萨尔兹堡艺术节、巴塞罗那里西奥大剧院等曾多次加盟《泰伊思》。

而国家大剧院摆出的是超豪华阵容：乌戈·德·安纳担纲本剧的导演、舞美设计和服装设计。在《泰伊思》中，导演充分发掘作品的象征内涵与哲学意味，以木质、金属等不同质感的舞台，融会东方元素与古典元素的服饰，表现了拜占庭时代的华美世界、修士的世界、亚历山大城的情欲世界，泰伊思解脱升华的精神世界……由法语歌剧指挥翘楚、马斯奈艺术节常驻指挥帕特里克·富尼耶执棒。而《泰伊思》中最具挑战性的女高音，则由活跃在斯卡拉歌剧院、大都会歌剧院、英国皇家歌剧院等世界顶级歌剧院舞台的女高音歌唱家埃尔莫奈拉·亚赫出演。事实证明，这个选择极为正确：这是一位非凡的、不可替代的女高音，她在整部剧中的分量完全压倒了多明戈，以至来人都是为多明戈而来，最后的掌声却几乎都是献给她的。

在音乐方面，伟大的马斯奈不仅创作了脍炙人口的《沉思曲》，让众多旋律优美的咏叹调与重唱传为经典，而且，这位深谙女性心理的法国作曲家还通过有着强烈对比的音乐，表现出名妓泰伊思与圣女泰伊思的迥异心境，并将阿塔纳埃尔起初的坚定虔诚、欲念燃起时的不安，以及深陷对泰伊思爱恋后的苦痛与挣扎，表现得既有强烈的戏剧性，又有人性深处那种无可名状的隐秘。

《沉思曲》音乐一起，全场观众几乎瞬间中了迷药，都沉浸在无边的梦幻之中，接着，是暴风骤雨般的掌声和欢呼声……

一切似乎都很完美。

然而习惯逆向思维的我却在想,假如不是这位修士非逼着泰伊思苦修,一代名妓的归宿或会好得多,最可笑的是修士本身的彻悟:他终生信奉的教义被真爱颠覆了,他在苦修之地用藤条鞭打自己,但肉体的痛楚无法减轻爱情与欲望之痛,火一般燃烧的情欲让他无法自持,他想到的是泰伊思曾经说过的:"爱情才是最重要的,你一辈子都白活了!"

而可怜的泰伊思,在抛弃了原有的生活之后,很快便陷入了灭顶之灾,更可怕的是,她深信了修士"死后可上天堂"的承诺,美丽在残酷的苦修中被彻底淹没,娇弱的身躯化为尘埃,泰伊思小姐其实可以受累想一想,死后究竟能不能上天堂,天堂究竟是不是存在才是首要问题啊!

而且,本已选择风尘之路的泰伊思小姐,一没违法,二没招谁惹谁,凭什么非要让她改换门庭往绝路上走呢?

这让我大不敬地想起释迦牟尼与难陀的故事,难陀是释迦的弟弟,家有美妻,感情很好,却遭到释迦牟尼"半路截胡",非逼着他出家,释迦反复游说不厌其烦,直到难陀皈依。这其实是个残酷的故事,是一个利用自己的权威操控别人命运的故事,细思极恐。

是啊,你伟大的佛祖厌倦婚姻悟透生老病死,你可以选择离家出走,坐在菩提树下七七四十九天终成正果,可是你的弟弟难陀夫妻和美热爱生活,人家不愿意抛妻弃子,哪怕是修成三十三级大梵天——每个人的选择都是自己的,为什么要强加于人呢?哪怕是为了什么"教义"?

如来本身之所以光分五色,正是为了照顾人之观想(宗喀巴语),人之观想千千万万,每个人都有自己选择的权利,按照控制论鼻祖维纳的话来说:任何企图操控、干涉、入侵别人命运的人,不是心怀叵测,便是唯我独尊、不谙界限。

想起多年前与北大洪子诚老师关于宗教问题的交谈,我们共同认为,任何宗教,只要你走入它的最深处,都会有黑暗、丑恶、违反人性的一面,譬如基督教的"约伯记",譬如佛教的"舍身饲虎""割肉贸鸽",又譬如伊斯兰教的"圣战"……因此洪老师说,与其信教,不如信奉"宗教精神",我深以为然。

走出国家大剧院,看着满天星辰,真是"星汉灿烂,若出其里"啊——每颗星都有它的既定轨迹,星子们纵横交错有规律地运行,偶尔碰撞,便会有星坠落，自古以来星的坠落便会引起人们无尽的联想，一代名妓泰伊思，也曾经是一颗美丽而妖娆的星星吧？她的坠落，是不是也会在宇宙深处发出一声不为人知的声响?！

（原载2021年《十月》2021年第3期）

江苏忆趣

◎梁鸿鹰

作为一个在北方出生和长大的人,对南方是有着极大向往的。除了上海,我心目中最典型的意味着富庶、文明、开放的那个南方,大概非江苏浙江广东莫属了。江苏我到底去过多少次?已经想不起来了,留下的点滴印象,虽不免碎片化,却是刻骨铭心的。

第一次到南京,就是我第一次来到南方。那是1988年,时值研究生学习阶段的第二年。在一个接近酷暑遁去的初秋时节,我与师弟决定按照学校要求,取道东南沿海完成访学任务。当时的研究生培养经费中有一块专门留给"访学",用于报销路费和住宿费,回来之后按照天数还有少量的"饭补"。这样,我们由天津出发,第一站为古都南京。

乘硬座席绿皮火车缓慢而行数个小时,我与师弟终于到了南京火车站,当时我26岁,师弟24岁,到底是年轻啊,身上满是力气和朝气,对世界充满征服的欲望,以为只要双脚肯走,路一定可以抵达希望之地,必会有美景、美食及美好的事物在前面微笑。这种期待让我们忘记了疲倦,拎着双肩包出了车站,按照地图的指引,换乘公交车,到达花团锦簇的南京师大校园。师弟是湖南常德人,似乎在各大城市主要大学的文理科系都有同学或老乡,早在出发之前,他就与他们通了信,交代了行程与打算,让对方按照"事先张扬"的意图,为我们的访学做好准备,因此,按图索骥地找到对方不困难。到校园时恰好处于晚饭时分,我俩与师弟理科系一位机灵的同学顺利相会,被直接带到巨大而喧嚣的学生食堂,一顿包括小炒、包子、米饭、西红柿蛋汤及啤酒的晚餐,把我们空着的肚子安抚得妥妥帖帖,更获得了一种被隆重招待的尊重感。在时间的无情流淌中,相见时的其他场面几乎被完全抛弃到忘河里了,只有这顿丰盛的晚饭让我想起师弟同学的可爱。饭后,师弟的同学兼同乡将我俩带到一座五层学生宿舍的三层,用分属不同朝向的两个拥挤的房间,将两个疲惫而兴奋的不速之客安顿下来。大家在球鞋、汗脚、剩饭与香烟混杂的气息中高谈阔论,说到国际局势、球赛、物价，天津与南京气候差异，最后结束在南方姑娘与北方姑娘的巨大差异这个话题上。大家都年轻，面有菜色，长长的头发不加打理，但大家头发即使再乱糟糟也满不在乎，且以此为荣。天色很快就暗下来了，渐渐地，宿舍开始安静，有的同学拿起书来看，有的去水房洗衣服，有的去操场夜跑，有的带着书包出门很晚才回来。每张床都有蚊帐，大家被圈在里面，一夜无话。我在蚊帐里还给老婆写了封信，谈到南京的新鲜感，说吃得好，一点都不辣，让她放心。之前我认为南方的食物必定很辣，在江苏南京这样典型的南方，对于从小就怕吃辣的我，吃饭可怎么办呢。

次日我俩去拜访南京师范大学中文系外国文学专业的教授，眼下，他的名字是实在想不起了。只记得在那陈设简陋的办公室里，大家谈得小心翼翼，老教授最初像是很羞涩，慢慢地雍容从容，侃侃而谈，但三人刚熟悉起来就想起来时间到了，该告别了。随后又见了我俩师兄的同学、在南京师大教书并研究叙事学的高小康。我们三人谈得比较散，涉及了中国文学、外国文学的一些问题和掌故典故等，他很有学识，在他那里我俩同样没有多停留，看出他桌上摊着打开的书，陷在一大堆书里，尽管已经不早，他似乎并不如同我们期待的那样请我们吃饭，或者根本就没有想起这件事。

我们当然也很想去南京大学找张月超，但缺少人引见。从南京师大出来后，我们后悔没让老教授牵线给介绍一下，转念又想，人家非亲非故的，干吗要去为你费心呢？于是，我们也就心安了。南京师大对门是南京大学，著名的张月超教授是见不到了，肚子叫得厉害，提醒我们要做的事情。我俩在南大的门口碰到一个需要排队的鸭血汤摊儿，摊主巧舌如簧，打帮我俩各吃了一碗，配以薄脆的烤饼，真可谓唇齿留香，极大弥补了我们在访学上的失意感。

访学的这一重要内容之外还有"访景"，在随后的两天时间里，我们游了中山陵、雨花台、总统府、秦淮河这些耳熟能详的地方。我在雨花台捡拾了不少雨花石，带在身上，从江苏到上海，到福建，到广东，回北京，也不知道要给谁。现在想起来，当时真的是精力充沛啊，什么都能带得动，也没个拉杆箱什么的。现在记得，我们疲惫不堪地游玩时，不断见到一些头戴小红帽，小蓝帽的旅游队伍，他们苍老、干瘦，嘴里叽里呱啦地喧哗，没有一个穿得齐整的，他们身上一些怪怪的味道，简直让你难以躲避。

南京之后的下一站是苏州，我们住在更加美丽和令人流连忘返的苏州大学，这个美好校园里有很便宜实惠的招待所，更为方便美好的食堂，我们自购饭票的便利，刺激了我们多住几天的兴趣。旅途是何其短暂啊，苏州必逛的那几个著名景点——拙政园、留园、狮子林、寒山寺什么的，我们都前往"打卡"了。瘦、透、漏的大石头景观，窄得像是对面无法走过大汉的小桥，绿色的小溪前面，我们该是很照了一些相片，不过，现在都扔在了哪里？所到之处，我们无不被苏绣、丝绸等包围。在苏州大学校园里，我们拜访了钱仲联先生的博士生魏中林。他是我大学时代的师兄和教过近代文学选修课的教师，之前没有任何交往，但自报家门后被他慷慨地宴请了一次。他邀我俩在一个园林风格的餐厅里美餐，吃了一桌子的菜，还喝了一些啤酒，听他讲从内蒙古到苏州之后的生活变化和对南方的认识。透过那厚厚的镜片，我能够清晰地看到学兄眼中的豪情，他对钱先生，对内蒙古大学的鲁歌先生怀有很可贵的真挚感情，他对学问的钟情，对师生之谊的珍视，让我感到惭愧。他们那一茬子的大学生比我们长不了几岁，但世界观成熟，热爱生活，痴情学问，为人真诚、慷慨，却是我们需要学习的。他毕业后去了广州，行政管理与学问，都有良好建树，我却再没有联系过他，至今引为憾事。这么疏于联系，也不明白背后的原因到底是什么，我实在理解不了自己。离开苏州我们还去了无锡，游过太湖，但没留下什么印象，不想硬回忆了。

自从1990年到北京工作之后，我又多次去江苏，江苏成为我工作旅行最多的地方之一（之二可能就是浙江了，这是闲话）。但我再也没有去过总统府、雨花台、拙政园、狮子林之类的纯景点。我想，就像多次来北京工作旅行的人，很少去长城、十三陵和颐和园一样吧。1990年我工作后由上海出差来到江苏，第一站是苏州。苏州停留期间，我们一行主要是拜访作家陆文夫先生。在《苏州》杂志的老旧办公室里，我们目光越过书堆之障碍，方能看到陆先生，他那时因《美食家》而名满全国，但除了抽烟很厉害，作家特征并不明显，人瘦瘦的，不善言谈，微微忧郁的样子，穿着原本颜色已经模糊的中山装，没有丝毫美食家风范。

1991年5月参加全国戏曲现代戏汇演观摩，我第一次来到扬州。这次旅行路途长远，同伴众多，内容丰富，我们好像是南京下来后，取道镇江才到了扬州的。我随大家去看瘦西湖，参观扬州八怪的纪念馆，记得最牢靠的，就是花

2.23元买了一本清人李斗的《扬州画舫录》，一路上不停地读，试图找到书中所描写的对应物，激发我对这座城市的探寻热情。我记得这本书的卷九是"小秦淮录"，所载趣事颇多。其中一个故事讲，康熙年间，西岸有女子自缢而死，然阴魂不散，经常显现原形诱惑过客。话说有个姓沈的老头年届花甲，被其所惑，渡河过来找这个女鬼，女鬼"以手挽之入"，寻到绳子劝他自缢。正在老头昏昏然的危急时刻，忽从屏风后出现一女子，将老头推倒在地，命令妇人自缢。女鬼乞求免于一死而未获允，良久后，才把脖子伸进绳套里自缢而死。及至次日早上，老头醒过来，寻找挂绳子的那个地方，发现一个像银钱那样大的蜘蛛"悬于丝下，颈折死矣"。自此之后，此类怪事不复再现。这个故事夹在街巷描写之间，像一闲笔荡开，不知作者何意。当然，这次工作行旅给我深刻印象的还是扬州人编、扬州人演的扬剧《皮九辣子》。该剧据人们说每上演必观者如云，一点都不虚言。也毫不夸张，它是汇演期间最大的亮点。故事讲的是，农民皮九性格洒泼，因在解放前冒充伪警察而在"文化大革命"中被打成"反革命"，被判入狱十年。获释后他耍泼皮、敲竹杠，四处上访要求落实政策，皮九因此被人们称为"上访专业户"，而新上任的女乡长知难而上，主动接近和转化他，先是成全了皮九与顾二嫂的婚事，又安排他发挥所长，动员其成为给乡办企业讨债的"要债专业户"，果然，皮九所向披靡，无往不胜，讨来了债，还嘲笑了"坏人"。作品有着浓郁的生活气息，人物性格很鲜明，创作者从平民关怀的角度观察生活，抨击时弊锋芒毕露却又很含蓄，呼唤基层领导能够真正落实党的政策，切实抚慰平民的伤痕。扮演主角的皮九人长得憨憨的，朴实幽默，他肩背塑料包，手拎王八去"贿赂"李局长的场面我至今记忆犹新。这个剧被誉为《夺印》之后最优秀的农村现实题材戏曲作品之一。其成功首先在剧本，剧作者刘鹏春因创作该剧而一炮走红，剧本入选改革开放40周年优秀剧本选。人们都说扬州人很泼辣，经常能够看到街头有人吵架，吵得很激烈，却并不动手，我待了几天，倒没有碰到一次吵架和大打出手的，我去年到过上海两次，倒是每次都在街头看到有人吵架，进而厮打在一起。

2006年5月我再次到江苏，是为了参加全国农村题材文学创作研讨会。会议地点在我向往已久的著名的华西村。记得从南京机场出来，坐上江苏作协接机小轿车的副座上，和别的参会者一起赶往华西村的时候，我才吃惊地发现，开车司机是位壮实的女同志，人是很白皙的，长发盘在脑后，被肉色丝袜包裹着的大脚安放在褐色塑料凉鞋里，气定神闲，态度和蔼。我得承认，这是我此生第一次乘坐女性驾驶的车辆（公共汽车除外），她从容地把持着方向盘，不时熟练地换挡，不脱俗地问我来没来过南京之类的话，偶尔参与一下大家的交谈。她姓甚名谁，我没有问过，问过也不记得了，从她身上我看到了江苏女性的能干泼辣。自此我坚信，江苏女性原来并不像昆曲和越剧里演的那样，是纤细、柔弱、敏感的，她们与林黛玉之流没有任何共同之处，她们经过生活、工作和劳动的锻炼，对人和世间的事情满怀着热情。后来读到他描写的敢于一哄而起脱男人裤子的江苏妇女，我一点都不感惊奇。我为这次研讨会带去了中央领导的贺信，觉得文学界的人都很有意思，愿意成为他们当中的一员。这次会议后，华西村后来我又去过三次，每次都见到始终笑眯眯的吴仁宝。我们住在村子里最高大的建筑里，每天环绕着那些结实而巨大的英雄及伟人的塑像散步。吴仁宝每次的演讲由一位女士帮助翻译，讲得很精彩，也很投入，他讲到自己对劳动的看法，发展经济的理念，他对村子里的老人很好，只要你家里有老人，就有奖励，有70岁、80岁、90岁以上的奖励不同，活得越长，奖励越多。"村帮村，户帮户，核心建好党支部，最终实现全国富！"这个满脸笑容的老人，带领村里人苦干实干，让村子换了新貌，他的人格魅力使人难以忘怀。好像就是在这次会议期间，我头次吃到河豚。据说宋代大诗人梅尧臣在范仲淹宴席上，曾忍不住为河豚即兴作诗："春州生荻芽，春岸飞杨花。河豚当是时，贵不数鱼虾……"桌边坐的几个已经熟起来的人，看我第一次吃河豚，就脸带不怀好意的表情，边开玩笑，边讲河豚的制作。至此，每次吃河豚，几乎都有人提醒有毒。我也似乎从没在江苏人设局之外的饭桌上吃过河豚。

最近一次去江苏，是去年赴南京参加凤凰集团的年会，秋末时节的南京繁华非常，夜逛街景，我迷了路，在所住酒店周边的地铁过道里，得到过一位煎饼摊女老板的热情指引。离开南京的那个晚宴吃得匆忙，怕我吃不饱，凤凰集团餐厅一位脸色红润的高个子服务员把自己买好要带回家的著名凤凰大包子让给了我，就因为这几个美好的大包子，我认为江苏和南京同样是属于我们北方的。

（原载《文学家心中的水韵江苏》，凤凰文艺出版社2021年9月版）

彭山访故人记

◎李一鸣

九月里，到彭山。

一说要到四川的眉山、彭山，首先就想到那里的三个人：彭祖、李密、苏东坡。

一个地方的文化存在，常常是与生于斯、长于斯、死于斯、葬于斯的一些文化人连在一起的。凡是读过书的中国人，谁没听说过彭、李、苏呢？

彭祖的传说天下皆知。记得小时候，我曾依偎在外祖母怀里，听她讲古："很早很早以前，四川大山里有个姓彭的老头儿活了八百多岁，不知道人家是吃啥喝啥才活那么长的？"如今，言犹在耳，外祖母却已离世三十多年了，当年的娃娃也已白发满头。

李密的《陈情表》则进入了教科书，被一代一代学子读着、学着、考着，甚至背着。据我夫人和儿子说，他们读中学时，都能背诵《陈情表》全文。就在我行前那天晚上，他们还断断续续背诵了其中的段落，"臣以险衅，夙遭闵凶。生孩六月，慈父见背。行年四岁，舅夺母志……"声情并茂，抑扬顿挫，作者情深意切的表达，经了身边亲人的诵读，尤为撼人心魄。

在中国人的精神文化生活中，苏东坡成就了一个独特的艺术世界。不仅他的才华和故事被广泛传颂，而且在中国文人心中，他已经成了一个文化图腾，被"神"一样地崇拜着、追随着、诠释着。学贯中西的大学者、大作家林语堂在他那部名著《苏东坡传》中，把这位人间不可无一难能有二的天才人物，认定为一个秉性难改的乐天派，悲天悯人的道德家，黎民百姓的好朋友，散文作家，新派的画家，伟大的书法家，酿酒的实验者，工程师，假道学的反对者，瑜伽术的修炼者，佛教徒，士大夫，皇帝的秘书，饮酒成癖者，心肠慈悲的法官，政治上的坚持己见者，月下的漫步者，诗人，生性诙谐爱开玩笑的人。林氏语言洋洋洒洒，放逸风雅，骈散相间，庄谐杂出，绘出这位现代名家眼中的苏东坡形象。而我的故乡山东一位女作家在其散文《来生便嫁苏东坡》中，从另一个维度表达了一位当代女性对苏东坡的认知和情感。她笃信人是有来生的，热切祈愿来生心随愿迁，活得山水生色，日月增辉，再嫁一个又敬又爱时刻与他生死相依的男人："古往今来，三千年的沧海桑田里，真正用文字打动我心弦的唯有宋代的苏东坡一人而已。捧读着苏东坡的诗文集，我总是不由得感慨：这才是一个值得我用一生之光阴倾心相守的男子汉！""我要认真地，虔诚地，刻苦地……修炼今生，也许上帝受了感动，会可怜我的一片苦心，让我转世投胎为一个才貌双全的美人，满足我那千年等一回的愿望——嫁给苏东坡。"大胆率真，又惊世骇俗！所以说，每个人心中都有一个苏东坡，他已经化作一种基因，进入了我们的血液，影响着我们的生活。

而今，我来了，来到他们的故乡，一次期待多年的朝拜。

正是秋天盛大的季节。天升得很高、蓝得出奇，透明的阳光下，远山的天际线闪着光亮，墨绿的银杏叶在山风里翻飞，茂密的方竹林里一条条竹子挺着修长的腰肢优雅款摆，山腰间，白云披着蓬松的斗篷悠闲地散步……沿着长寿梯，跨过九百九十九步台阶，踏过九十九个平台，拐过九道弯，远远便看到了彭祖墓。墓的背后高高矗立的是彭祖山主峰，左右群山簇拥，那墓碑就仿若坐在一把巍巍山体形成的巨大太师椅上。同行者说，如果从山顶俯瞰，则会发现彭祖山与寿泉山相互环抱，构成一幅天然的立体太极图，凸起的山脉与凹陷的山沟组成阴阳两条相互追逐的鱼，而彭祖墓恰恰就落在阳鱼的眼睛上。据说这墓地是彭祖的弟子、风水学始祖青衣乌公所选，果然是传说中的风水宝地。

彭祖果有其人。先秦时期，他在人们心目中还是一位仙人；到了西汉，刘向的《列仙传》也把他列入仙界；而宋《太平广记》录其自述："吾遗腹而生，三岁而失母，遇犬戎之乱，流离西域，百有余年。加以少枯，丧四十九妻，失五十四子，数遭忧患，和气折伤。荣卫焦枯，恐不度世。所闻浅薄，不足宣传。"在这里，彭祖又从仙界回到了人间。明曹学佺的《蜀中广记》中记载，彭祖"自尧历夏，殷时封于天彭。周衰始浮游四方，晚复入蜀，抵武阳家焉"。武阳即现在的眉山市彭山区。东晋的《华阳国志》和南北朝郦道元的《水经注》、范晔的《后汉书·郡国志》等方志中，也都提到过这座彭祖墓。至于彭祖的年龄，流传最广的是八百岁，而按上古时期每六十天为一年计算，则彭祖活了一百三十多岁。联想到1949年前，我国人均预期寿命还不到三十五岁，这彭祖确乎是够长寿的了。

彭祖原是善于养生的人，《庄子》《楚辞》《史记》对此多有记载，现代人津津乐道、急于弄通的，是他的养生秘诀，所谓气功术、膳食术和房室术。在离彭祖墓不远的养生殿里，参观的人络绎不绝，许多人面对彭祖养生十三法图解，驻足揣摩，流连忘返。而我却猛地掉转头，快步走了出去。是的，固然人的本性是祈愿长寿，死是人生的终极点，怕死是人的正常心理，注重养生也是人之常情。然而如彭祖，在他的一生中，先后竟有四十九个妻子、五十四个孩子去世。生离，令人黯然神伤；死别，必定是撕心裂肺。一个亲人去世，就使人痛不欲生，何况一百零三人！那就是一百零三次泣血大恸啊。其痛若何？其悲何如？充满痛苦的长寿意义何在？何况，为了个人长寿，那彭祖采取所谓采阴补阳延年益寿之法，大言不惭道："法之要者，在于多御少女而莫数泻精，使人身轻，百病消除也。"完全为了长寿的性爱，不知多少青春少女做了药引和药渣。此诚可恨哉！

距彭祖墓不远处的文化广场上，竖立着彭山籍文化名人展示牌，其中一组介绍的是李密和他的《陈情表》。这李密幼年丧父，母亲改嫁后，与祖母刘氏相依为命，依靠祖母一口饭一口水抚养成人。长大后，他曾经担任过蜀汉后主刘禅的尚书郎。三十九岁那年，司马昭灭了蜀汉，他成了亡国之臣，一心一意在家侍奉祖母，奉献孝心。四十一岁时，晋武帝召他出仕，先以郎中一职许愿，后又以洗马之职征召，他都以祖母年老多病、无人供养而力辞。《陈情表》就是李密为辞不就职写给晋武帝的表章。

可以想见李密书写此信之难。一方面，"祖母无臣，无以终余年"，不顾年迈的祖母出去就仕，情理不容，是谓不孝；另一方面，作为蜀汉旧臣，在李密眼里，汉主刘禅又是一个"可以齐桓"的人物，心中自然葆有念旧的情感，不愿厕身新朝，定是他内心的坚守。然而晋武帝却一个劲儿催逼他就职，"诏书切峻，责臣逋慢。郡县逼迫，催臣上道；州司临门，急于星火"。如何摆脱困境？李密围绕"孝"字力陈心迹，从"臣无祖母，无以至今日；祖母无臣，无以终余年"的情感出发，反复强调祖母的病："凤婴疾病，常在床蓐""刘病日笃""日薄西山，气息奄奄，人命危浅，朝不虑夕"，层层递进，极尽渲染，力图以孝感人、以情动人。不仅如此，他不回避自己曾是蜀汉旧臣，坦言"少仕伪朝，历职郎署"，明确自己"不矜名节""岂敢盘桓，有所希冀"，意在从政治上打消晋武帝的误会。继而表白了先尽孝、后尽忠，"先徇私情，后报国恩"的心底。"是臣尽节于陛下之日长，报刘之日短也"，暗示等把祖母养老送终之后，再向当朝尽忠的情志。孝，是人间最大的善、最美的义、最崇高的伦理。一篇《陈情表》，作为文学史上的抒情名篇，感动了无数人。正如宋代赵与时在《宾退录》中的评说："读诸葛亮《出师表》不落泪不忠，读李密《陈情表》不流泪不孝。"而我从中读到的，除了情真意切、感人肺腑的孝之外，更有狼狈，有忧惧，有不满，有希冀，有明示，有藏匿。透过那恳切的言辞，体味的是忐忑不安，委婉畅达的语言内里，是作者的进退失据。一个人为了保命，小心翼翼，委曲求全，把自己低到了尘埃里，诚可怜哉！

苏东坡与彭祖、李密就有着不同的人生轨迹和人生态度。眉山，东坡在这里度过了他的童年、少年时光。二十岁，他和弟弟随父亲赴京赶考，此后，又为父母去世两度丁忧故里，屈指算来在这里度过了二十四年光阴。这位眉山之子一生可谓跌宕起伏，丰富多彩，大概是造物主为了成就这位奇才，故而为他设置了不一样的人生。他兴趣广泛多元，在每一涉猎的领域都达到了顶尖水平，"才华横溢"一词似也难以形容这个天才。他堪为学霸，考进士，以几乎第一的成绩考取，一时誉满京华，名扬天下；二十四岁参加由皇帝亲自出题的制科考试，他被录入最高等第三等，成为宋朝唯一进入此等次的人。然而，最使我感怀的是他的信念、他的爱，他对苦难的态度。

他抱持士的风骨，始终坚守独立的思想，历经千磨万击，仍坚定不移。当其时也，围绕王安石变法，朝廷形成变法派和保守派两大政治阵营。东坡本为求新之人，变法之初，他支持变法，甚至还比较激进，俨然坚定的变法派。但当发现新法之害后，便毅然上书反对。等到保守派上台，他被召还朝，接连提升，但当保守派不加选择全面废除新法时，他又挺身而出，公开反对。面对强权势力和政治高压，他坚持独立不随的人生信条，即便既不容于新党，又不见谅于旧党，也不变主张，不更其道，不虚与委蛇，更不做墙头草。东坡曾言，"古之立大事者，不惟有超世之才，亦必有坚忍不拔之志"。我以为此论或可认作苏公自谓也。

东坡的爱情生活并不平坦。他十八岁时，奉父母之命，靠媒妁之言，娶了同是眉山的王弗姑娘，那年新娘子仅有十五岁。两人在京城、在凤翔到处打拼，苦日子、甜日子共同度过，不料十一年后王弗因病而逝，东坡将她埋骨在母亲坟旁。又是十年过去，在山东密州任职的东坡梦见爱妻王弗，便挥笔写下一首《江城子·乙卯正月二十日夜记梦》："十年生死两茫茫。不思量，自难忘。千里孤坟，无处话凄凉。纵使相逢应不识，尘满面，鬓如霜。夜来幽梦忽还乡。小轩窗，正梳妆。相顾无言，惟有泪千行。料得年年断肠处，明月夜，短松冈。"十一年的相伴，十年的相思，成就这首椎心泣血之作。北宋诗人陈师道称之"有声当彻天，有泪当彻泉"，可谓恳切之语、痛彻之评。

其实那时，东坡已娶王弗的堂妹王闰之六年了。不料十九年后，王闰之又一病不起。这个女人陪伴东坡宦海浮沉，穷达多变，知密州、驻徐州、谪黄州、调汝州、居常州、走登州、返杭州、转颍州、任扬州、达定州，一路艰辛，不曾怨尤。二度葬妇的东坡，心情如何，可想而知。王闰之死后百日，东坡请大画家李公麟绘制十幅罗汉像，在和尚诵经超度声里，献给了亡妇的灵魂。十年后，苏辙将暂厝于京西一座寺院的闰之的灵柩与东坡埋到了一起。生则同室，死则同穴，东坡的誓言，满满是决绝的爱、无尽的情。

东坡暮年，谪居惠州，身边侍儿陆续离去，唯有王朝云，这个由侍妾扶正的丫头，从十二岁到三十三岁，不离不弃，始终追随。谁料想造化弄人，这样一位善解人意的伴侣，却突染瘟疫，离开尘世喧嚣，遽尔凄清归去。惠州西湖孤山南、松林中，埋下了这个空谷幽兰、清香幽幽的人。东坡满怀万千情感，亲笔写下《墓志铭》："浮屠是瞻，伽蓝是依。如汝宿心，唯佛是归。"他还在墓上筑六如亭，亭柱之上，楹联两分："不合时宜，惟有朝云能识我；独弹古调，每逢暮雨倍思卿。"墓亭不语，斯情常在。

才子总是和佳人相称，风流常常与才子并称。拥有旷世之才的苏东坡，洒脱不羁的苏东坡，把他的爱倾注到每一位爱的人身上，爱得执着、爱得深沉、爱得热烈。这与希求通过性来养生之徒不亚于天壤之别。

东坡的仕途可谓坎坷，他的政治生涯历经三起三落，苦难似乎与他紧密胶着。第一起，他二十岁意气风发荣登进士，顺利踏上仕途。第一落，他三十二岁回朝，因路见新法之害，毅然上书反对，被迫自求外放，调任杭州通判，继知密州、徐州、湖州。其间以莫须有罪名酿就"乌台诗案"，被打进大牢一百零三天，差点丢了性命。出狱后贬迁黄州，任团练副使，并不得签书公文。第二起，他四十七岁时，新党倒台，司马光为相，他被召还朝，担任礼部郎中，半年内三次升迁，由起居舍人、中书舍人，而翰林学士知礼部贡举，可谓春风得意，可惜好景不长，迎来了仕途的第二落，面对全盘废除新法之举，他不会沉默，在打击面前，五十三岁的他被外放杭州。第三起，两年后，保守派将他召回朝廷，相继担任过吏部尚书、兵部尚书、礼部尚书，可谓位高权重。可他因对变法评价与保守派发生斗争，于是遭际第三落，被逐出京城，以致元祐八年，新党亲政，他又相继遭逢贬迁，贬到惠州，进而贬到荒荒边地的儋州，此时东坡已是六十一岁垂垂老矣！

面对贬迁遭遇，他既没有像李白长流夜郎时"平生不下泪，于此泣无穷"的悲痛，也没有如韩愈贬迁潮州时"知汝远来应有意，好收吾骨瘴江边"的绝望，他似乎散淡得多，潇洒得多。贬至黄州，他感慨于"长江绕郭知鱼美，好竹连山觉笋香"；贬至岭南，他慨叹"日啖荔枝三百颗，不辞长作岭南人"；即便贬到更边远的儋州，他似乎竟然有点兴奋了："他年谁作舆地志，海南万里真吾乡。"面对政敌一次次打击，他不回避，不附和，不认输。贬迁，被他当成了归隐；困苦中，他获得了逍遥和快活。这颗伟大的心灵，认清了人生本质，却依然热爱着生活。

如果让我重新选择一种活法，有的我不屑，有的我不愿，有的我不能，如之奈何？如之奈何？

（原载《四川文学》2021年第1期）

望北哨所

◎石钟山

　　这是她第一次来望北哨所。

　　望北这个名字,她已经很熟悉了,他分配到部队后的第一封来信,地址上就写着"望北"两个字。望北在她的心里如诗如画,再加上哨所,她莫名地会想到辛弃疾的某些诗句,有着大气、苍凉、凄美之感。他在信中也是如此描绘望北哨所的:高原,陡峭的山石,呼啸的山风,洋洋洒洒的落雪,虽然凄凉了一些,但却是那么有韵致。望北哨所,就像她喜欢的男人,粗犷、冷峻。

　　他们是同学,从初中一直到高中。高中毕业,他考上了军校,她则考上一所本省大学。他们就是从那会儿开始通信的,她欣赏他把青春献给了部队。她从小就对军人职业充满敬仰,青春、热血和英雄这些令她心动的字眼儿,一直和军人密切相关。也许正是因为他是全班唯一考上军校的同学,呼啦一下,他走进了她的心里。他在信中说:军人就是牺牲、奉献、戍边保家……他描绘了未来的艰苦,也明里暗里地告诉她,未来生活可能会有辛苦和艰难。但她心中的诗意一直澎湃着,对未来充满了憧憬和期待。他们恋爱了,先是在信里,后来在暑假寒假,他们得以见面,开始一起憧憬未来。

　　他军校毕业后,她知道了在藏北有一个叫望北的哨所。在他读军校时,她每周都能收到他两三封信,偶尔还可以打电话。她知道他有一部手机,在课余时间可以使用。那会儿,他们虽然离得很远,彼此却觉得相距很近,在电话里都能听到对方的呼吸。呼吸是情绪,也是氛围。那会儿,他们海阔天空,谈理想,聊生活,甚至说天气,说身边的一草一木。仿佛他们就走在同一校园,只是在不同的小径上而已。

　　自从他军校毕业,去了叫望北的哨所,一切都变得不一样了。有手机,却没有信号,他们的联系方式只能通过信件。有时到了冬天,哨所和山下邮路不通,到了春天,她会一口气收到他写给她的几十封信。她知道,他也是如此。读信的顺序只能依据邮戳的时间,有时邮戳上的时间也是同一时间,她只能随机拆开一封信来读。这样读信,时常让她有种时光倒流之感:前一封信他还在描述哨所上看到的夕阳、界碑、边境线,下一封信又是满山大雪,混沌一片了。几十封信,让她在不同的世界里穿梭着,恍若两个世界。

他也会出现在她的梦里,便越加魔幻了:他走在崎岖的巡逻线上,刚才还阳光明媚,转过一个山头就暴雪漫天了。一个战士因缺氧晕倒在巡逻路上。哨所的后山上,他们新建的蔬菜大棚正长出油绿绿的蔬菜……她在梦中醒来,心就像荡秋千,高低视线,看到的是不同的风景。她知道,自己不是做梦,只是还原他信里描述的不同场景而已。因为断断续续的联系,他们的爱情便如梦如幻,有时她觉得离他很近,有时又很远。

她最近一次见到他,是他探亲休假。他变黑了瘦了,话语也变得惜字如金。他解释说,哨所人不多,消息又闭塞,信息少,大脑的某根神经就沉睡了,话语自然就少了。在他休假这段日子里,他们见面时话很少。分开时,就用短信交流,就像他们又回到了两地,信息成了他们的留言板。似乎在这时,他才又恢复到了以前的样子:风趣、幽默、刚毅……

假期快要结束时,他似乎才适应了这个嘈杂的世界,粗黑的皮肤也开始变细变白,与人交流的话语也流畅自然了起来。两人计划了他们的人生大事,春节一过,就是两个人的"本命年"了。他们要在这年的夏天完成他们的终身大事。她对望北充满了神秘的渴望,甚至整个西藏都对她充满诱惑。她还学会了当年流行的一首歌:坐着火车去拉萨,去看那神奇的布达拉,去看那最美的格桑花呀,盛开在雪山下……他们计划好了,就在秋天,藏北最美丽的季节,格桑花开遍在雪山脚下,她去望北哨所找他。然后他休假,带她去看神秘的布达拉,开启他们的新婚之旅。多么惬意和丰富的旅行呀!

她终于来了,先是飞到了日喀则,又坐上了兵站的长途运输车,目的地是望北哨所。公路在悬崖峭壁间盘绕,她果然看到了山间草地上盛开的格桑花,一片又一片,像怒放的生命之火。她的心便也随之燃烧起来。车队在盘山公路上越驶越高,她感到头疼恶心,视线也模糊起来。司机是个老兵,拿出氧气袋让她吸,告诉她,望北哨所的海拔比此地还要高出一千多米。她吸着氧,思绪似乎清晰了一些。在内地城市里,她无论如何也想象不出在五千多米的海拔高度,生活会是个什么样子。当车行驶到海拔四千多米时,她感觉整个人似乎死过了一回。

雪山一直在她眼前不远不近的地方。老兵告诉她，到了雪山之巅就到了望北哨所。可雪山似乎成了恒定的目标，车开了好久，似乎离雪山还是那个距离。两天之后，车队终于行驶到雪山脚下。似乎山上刚下过雪，车队又行驶了一段路，终于被大雪隔断了。眼前没了路，到处都是皑皑白雪。老兵在车里失望地告诉她，望北哨所去不成了。大雪封锁了他们的去路。雪消融之时，才是他们上山的时候。山下还是格桑花盛开的季节，望北哨所已经提前进入了冬天。

她绝望地站在车下，顺着老兵的指引，看到了山顶一排石头房子，在视线里遥远而又模糊。"那就是望北哨所"，老兵的话也仿佛变得遥远模糊起来。她看见石头房子外聚集了一排士兵，他们一起向山下招手。她知道，他一定会在人群中。之前他们已经说好了，她在秋天会上山来看他，然后开启他们的新婚之旅。可是在众人中，她分不清哪个是他。她拼命地挥手，不知他看见她了吗？她想起了她的腰带，这是"本命年"买的腰带，红绸布制作的，是上次他探亲回家时，她买的。两条红腰带，每人一条。春节一过，她给他写信还提醒过他：把红腰带系上。红色代表着喜庆、成功、忠勇和正义，他们要带着祝福迈过民间传说的"本命年"这道坎。她从腰间解下那条红色的绸带，冲着山上挥舞着，在大雪皑皑的一片白色中，那条红绸带是那么醒目鲜艳。突然，她看到山上人群中也飘起了一条红绸带。挥舞红绸带的人，一定就是他了。两人隔着雪地，一个山上，一个山下，就那么挥舞着。

那一次，她"无功而返"，尽管哨所近在咫尺。她回去后，给他写了很多信，却没收到一封回信。她知道，大雪仍然封山，他们的信都在邮路上。

她再次得到他的消息时，雪已经融化了，一封电报却先期而至。他在巡逻路上……

她再次来到哨所时，只看到了他的墓地。哨所山后，生长着一棵松树，唯一的一棵松树。他就葬在那棵树下。她来了，他却失约了。不，他在履行自己的约定，永远在望北哨所等她……离开了望北哨所，她把那条红绸带系在了那棵唯一的松树上。下山走了好久，她回望望北哨所时，一切都模糊了，唯有那条红绸带仍在风中飘舞，似乎是他在为她送行。泪水模糊了她的视线，唯有那一点红，越来越醒目。

（原载《解放军报》2021年5月7日）

西峡画我

◎舒晋瑜

经南阳,终点是西峡。

来之前,连名字都没听说过。如一张白纸,西峡画什么,我就是什么。西峡以她大气温暖的胸怀接纳我,以她俊俏奇崛的美景欢迎我,以她坦荡朴实的热情感染我。

一切巧夺天工,在西峡看来却不过如此:大山脉形如卧牛,便称伏牛山;北部的老界岭,是西峡、栾川、嵩县三县界山,远看主峰颇像雄鸡,索性命名鸡角尖(犄角尖)。好似天生丽质的少女,便不觉美貌需要格外珍惜,随意起个名,反倒引起人们探个究竟的兴趣,且要加上自己的诸多想象,于是,老界岭的奇峰怪石就有了生命,趣意盎然生动灵性了,此刻似在交叠苍苍的山影中回味"白云回望合,青霭入看无"的境界。

越往上走,山风越硬,吹得人总想背过身去;背过身也有风景,每一处皆可入画。植被有的深绿,有的尚披着秋末的褐黄。阳光照不到的地方,缭绕着一层薄雾。苍绿的多是松柏,如针的叶片密密匝匝,在风中相依,装点着初冬略显清瘦的山容。偶或会有杉树、银杏或枫树,黄得突兀,红得滋润,尽显风采。

老界岭是伏牛山主峰,横东西隔南北,是一条自然分界岭。长江黄河从这里分流,"天上一滴水,半入长江半入河"的说法由此而来。南北气候从这里分界,正可谓"一脚踏两市,鸡鸣三县听"。最能体验"分水岭"的神奇的,是山顶的一棵松树,一侧温暖如春,一侧寒冷刺骨,竟凭并不强壮的树干隔开了风的凛冽和一季的气候。

想象它此处经年,该承载了多少历史的记忆,多少日月的沧桑,记下多少山水的故事。当然,有故事的不只这些。

下山后用餐,遇见景区所在地太平镇党委书记訾书怀。我很想问问他,2020年的疫情对老界岭旅游的影响有多大。还没等问,他不紧不慢开口了:我今年五十多岁了，人家说我像四十多。都问我怎么保养，我说吃的用的全都是绿色食品，呼吸的是无污染空气，拿着70万年薪，日子过得这么滋润，当然显得年轻！

我吃了一惊：真有这么高的收入？他顿了顿，算了一笔账：老界岭森林覆盖率97.8%，负氧离子含量每立方厘米36000个；老界岭的空气，在郑州大超市卖28元一罐，老界岭250ml的一瓶山泉水卖2.8元。按这个标准，太平镇人呼吸的空气、饮用的水累积下来一月就6万元，一年可不就70多万元年薪吗！

西峡原来还有幽默。他笃定的表情，打消了我的疑虑，无论太平镇的当下还是未来，装在他心里的全是光明。

也不是所有的乐观都与生俱来。

四年前，阳城镇茧场村的贾书豪从工地的五楼坠落下来时，一度被病痛折磨得痛不欲生。腰部以下失去知觉对年轻的贾书豪来说已是致命的伤害，雪上加霜的是父亲得了高血压、母亲因患脑血栓偏瘫，贾书豪两个孩子更是无人照顾。顶梁柱倒了，家便没了家的样子。2017年4月，驻村书记郑鑫入户走访农户时认识了贾书豪，两个年龄相仿的"九〇后"青年很快就成了无话不谈的朋友。同是在农村长大的郑鑫在基层的扶贫工作中最能理解到贫困户的不容易。他鼓励贾书豪先从思想上站起来，根据扶贫政策帮助贾家发展种植袋料香菇产业。贾书豪慢慢有了信心，竟通过积极锻炼扶着拐杖站了起来，还成了脱贫致富的典型。郑鑫分析说，政策和因地制宜的正确方法是一方面，贾书豪的自强不息也是他走出人生低谷的重要因素。

有故事的西峡处处带来惊喜。

我竟不知，这里还有恐龙遗迹园，巨大的恐龙蛋化石博物馆，恐龙馆将原始和现代紧密结合，留给人们无尽的想象空间；也不知，自己打小爱喝蜂蜜，背后原来有那么多的辛苦。

在二郎坪湾潭蜂蜜园，我看到了蜜蜂，在透明的蜂箱里挤挤挨挨。当地的朋友介绍说，采蜜是先从寻蜜源开始，"侦察蜂"率先出征，一旦发现开花的蜜源，就用管状的喙把花蜜吸进蜜囊飞回巢中，把带回的花蜜分给伙伴熟悉花蜜和味道，同时用独特的"舞蹈语言"告诉同伴蜜源的方向和距离。得到信息的工蜂飞去蜜源地，忙碌的工作开始了。

勤劳的小蜜蜂——多么熟悉的形容，亲眼所见时，感动之余却有一些忧伤。蜜蜂劳动一生，所酿也不过3克蜂蜜。而我们日常食用至少每次一勺。一勺多少克？需要多少蜜蜂劳动一生？从来没有想过。我还忍心去喝它的蜂蜜吗？

法布尔曾亲自试验蜜蜂是否有辨认方向的能力。他跑到距蜂巢三里的远处，放飞了二十只做了白色记号的蜜蜂，没想到，不到一小时就有两只带着满身的花粉飞回。第二天，又有十五只有白色记号的蜜蜂飞回蜂巢。"也许是因为它们怀念着巢中的小宝贝和丰富的蜂蜜。凭借这种强烈的本能，它们回来了。"法布尔感慨这不是超常的记忆力，而是一种不可解释的本能，而这种本能正是我们人类所缺少的。

西峡的猕猴桃也是有故事的。"一个朱鸿云，半部奇异史"，说的是西峡"猕猴桃之父"朱鸿云。他来到西峡，跑遍伏牛山，走遍291个村庄，先后挑选出216个优良单株、51个优良株系，选育出18个优良株系，在全县建立一万五千亩的猕猴桃生产基地。

这些数字化作猕猴桃的汁液从饱满的果肉间淌进我们的口中，散发着清香的甜；这些数字，化作猕猴桃的绿，一层层地点染着农家小院恬淡的静。

这里是猕猴桃世界。墙上挂的是猕猴桃从荒山野岭走进苗圃走进千家万户甚至走出国门的过程，地上摆的是培育猕猴桃所用的农具，磨光的把柄上似乎还带着劳动者的体温。我想象朱鸿云从江南扎根西峡，从采集到选育，像照顾初生婴孩般地守在大田里，不分昼夜试验研究，竟使得猕猴桃当年播种、当年嫁接、当年出圃。现在最受欢迎的第三代优良品种红阳的母株，就是朱鸿云最早选育出来的。

暮霭弥漫着丁河猕猴桃小镇。轻风拂过树梢，田园里错落着的植物，泛出平静滋润的绿。那些低矮的灌木，无拘无束地探出栅栏，每一片叶子都那么舒展自在。路面是石板铺就的，石板之间的泥土里争相冒出的小草，在初冬的瑟风中不觉孤零，柔弱中透出一股倔强的神气。桥很短，默默不语栖息着，似乎做好了陪衬的准备，小镇却因此有了诗和画。人声远去，周边突然无一丝声响。我好像回到儿时生活过的地方，围起的栅栏，田间薄薄的雾气，远处几片银色的云彩贴在天空，心立刻就宁静了。

路过白庙，我信步走进一家小院。院里收拾得干净整齐，地面都是水泥铺就，客厅和厨房的灯光照暖了黄昏。敲开门，说明来意，主妇一边从锅里往外盛菜，一边热情地说：来屋里坐！

客厅里站起来一个十四五岁的少女，扎着马尾，笑容明朗，落落大方地和我打招呼。我问这院落是村里统一规划的吗？花了多少钱？有负担吗？主妇坦率地说，没有没有！孩子爸爸就是农民，但是种植猕猴桃，收入不低。是啊，猕猴桃人工种植面积近11万亩，年产值超过10亿元的西峡，这喜庆的表情，是从心里溢出来的。

最有故事的是仲景宛西制药。张仲景生活的东汉末年，战乱加上疫病，竟是十室九空，张仲景的家族中死于伤寒者亦十之有七。不幸却成就了《伤寒杂病论》。张仲景曾为长沙太守，既为良相，又是良医。他在每月的初一和十五大开衙门，坐在堂上为百姓诊治。后人研究他的医理，敬仰他的医术和医德，称他为"医圣"。

我站在高大的张仲景塑像前仰望。他怎会预料，一千八百多年后的今天，因他而起的中医药文化成为南阳人民宝贵的文化财富。伏牛山有"茂林修竹地、桐漆茱萸乡"的美誉，宛西制药就因地制宜，投资3000多万元建立20万亩的山茱萸生产基地，与农民签订了30年的收购合同，每年至少给每户农民带来五六千元的增收。同样的模式用之香菇产业，成立了张仲景大厨房股份有限公司，竟使西峡香菇附加值提高10倍左右，10万菇农获利颇丰。今天，仲景工业、仲景农业、仲景商业、仲景食品、仲景医疗、仲景养生六大产业以医圣冠名系列纷呈，一家中医药企业矢志不渝倾力打造大健康产业的梦想成为现实。西峡人用勤劳、乐观和实干创造至爱、至善、至美；西峡的故事因此有了历史的传承，从东汉的张仲景到今天的宛西制药。

离开时，我被西峡画满了风景，心里装满了西峡的故事。因为放不下，我关注了老界岭的微信公众号。

老界岭已经迎来第四场雪了，打开页面，我看到了传说中的仙境，裹着银装的老界岭在淡蓝色天空的映衬下美得动人心魄。我想，定有新的故事在这里悄然生发……

（原载《人民文学》2021年第2期）

世人皆以东坡为仙

◎潘向黎

记得是上世纪八十年代，父亲的书房里曾经悬过一幅字，是他一生的老师、曾经的系主任朱东润先生的手书。那是苏轼的《赠孙莘老七绝》之一：

嗟予与子久离群，耳冷心灰百不闻。
若对青山谈世事，当须举白便浮君。

朱先生写好这幅字后，就放进一个牛皮纸大信封，送到了当时我家住的复旦大学第四宿舍门房。那幅字写得好，父亲觉得——"那气势说高山苍松，说虬龙出海，都既无不可又不够贴切。"（潘旭澜《若对青山谈世事——怀念朱东润先生》）朱先生的字上没有写年月，但父亲的文章中说是1987年，因为父亲记忆力极佳，所以不会错。也许是想起了苏轼当时的痛苦处境，也许是因录苏诗而不自觉地融入了苏体风格，这幅字与朱先生平时的温润蕴藉不同，显得笔墨开张、骨力刚劲，有苍凉而傲岸的味道。父亲当时对我说：这是苏东坡在文字狱"乌台诗案"之后，侥幸保住性命，被贬杭州，写给同样因反对王安石"新法"而倒霉的好友孙觉（字莘老）的。前两句如同白话，不用解释，后两句诗说：咱们对着青山饮酒，如果谁谈起世事，就罚一大杯。因世事不可说，说亦不尽。我对父亲说："朱先生选了这首诗写给你，是特别看得起你啊。"父亲沉默了一会儿，回答："苏轼和孙觉是难友，朱先生和我'文化大革命'时也是。"

我是看着朱先生的这幅字，把这首诗背下来的。正如我儿时背的第一首东坡词，"明月几时有"，也是通过父亲的手抄页背下来的——是的，手抄页，不是手抄本，因为当时并没有"本"，就是直接写在质地粗糙的文稿纸的背面。

苏东坡，有人说他是大文豪，有人说他是大诗人，有人说他是大词家，有人说他是书法家，有人说他是诤臣，有人说他是一个好地方官，有人说他是居士，有人说他是美食家，有人说他是茶人，有人说他乐天旷达，有人说他刚毅坚韧，更有人说他以上诸项皆是……而在我看来，苏东坡是我从小就知道，并从父辈的态度中感觉到他非比寻常的人；后来，我明白了他的独一无二：苏东坡，是每个中国人都想与之做朋友的人，是尘世间最接近神仙的人。

我生闽南，闽南人说晚辈不谙世事、懵懂糊涂，会说："你怎么像天上的人！"虽然是批评、讥讽甚至责骂，但我由此从小知道，人，有地上的人，还有天上的人。苏轼，正是一个"天上的人"。我有证据：他自己说了，"我欲乘风归去"。一般的凡人与天的关系，最多是妄想着"上去"，所以叫"上天"，而他是"归去"，天上，是他的来处，是他应该在的地方。

苏轼。苏东坡。坡公。坡仙。

这人其实是说不得的，一说就是错。顾随在1943年写的《东坡词说》文末，认为苏词"俱不许如此说"，自己"须先向他东坡居士忏悔，然后再向天下学人谢罪"。苦水先生何许人？他尚且如此说，闲杂人等怎敢再说一个字？

一直坚信：对苏轼，绝口不说才是正理。热爱东坡的人，一提他的名字，彼此交换一个眼神，相视会心一笑，才是上佳对策。

这位"天上的人"，热爱他的人那么多，研究他的人也多，而且研究得那么透，"前人之述备矣"。但人是人，我是我，一万个人眼中有一万个苏东坡，再思洒脱如东坡者，也许会说："东坡有什么说不得处？"便也不妨一说。

东坡和水，缘分特别深。

也许是因为他出生在四川眉山，"我家江水初发源"（苏轼《游金山寺》）；也许是作为南方人，自幼感受到"天壤之间，水居其多"（苏轼《何公桥》）；也许是因为他和水特别有缘，"我公所至有西湖"（秦观《东坡守杭》），"东坡到处有西湖"（丘逢甲《西湖吊朝云墓》）；也许是因为流水的美，与他的明快心性和艺术气质特别契合；也许真的应了那句话——"仁者乐山，智者乐水"，东坡不但是一个仁者，更是一位智者。

东坡爱水。谈自己的文章时用水比喻——"吾文如万斛泉源，不择地皆可出"，他谈好文章的标准，也用水比喻——"如行云流水，初无定质，但常行于所当行，常止于不得不止，文理自然，姿态横生"。后人用"苏海"来评价他的诗文，很恰当，也正对了东坡的脾性。读东坡文章，其迈往凌云处、酣畅淋漓处、妙趣横生处、闲远萧散处，总要各人自己去体会，但最要体会的是那种像水一样的灵动、开阔和自由。

东坡多写水。他一写水，笔端就分外精神。前《赤壁赋》中"清风徐来，水波不兴""白露横江，水光接天"等句不说，只看他的诗词，到处都有波光和水声。

且看他写湖："江南春尽水如天，肠断西湖春水船""凤凰山下雨初晴，水风清，晚霞明""微风萧萧吹菰蒲，开门看雨月满湖""水清石出鱼可数""水光潋滟晴方好，山色空蒙雨亦奇""菰蒲无边水茫茫，荷花夜开风露香""水枕能令山俯仰，风船解与月徘徊"……

且看他写江河："惟有一江明月碧琉璃""夜阑风静縠纹平""江涵秋影雁初飞""半濠春水一城花""霜降水痕收，浅碧鳞鳞露远洲""一千顷，都镜净，倒碧峰""岷峨雪浪，锦江春色""霜余已失长淮阔，空听潺潺清颍咽""隋堤三月水溶溶""竹外桃花三两枝，春江水暖鸭先知"……

且看他写浪与潮："乱石穿空，惊涛拍岸，卷起千堆雪""有情风、万里卷潮来，无情送潮归""雪浪摇空千顷白""夜半潮来，月下孤舟起"……

且看他写雨："黑云翻墨未遮山，白雨跳珠乱入船。卷地风来忽吹散，望湖楼下水如天""天外黑风吹海立，浙东飞雨过江来""墨云拖雨过西楼""欹枕江南烟雨""疏雨过，风林舞破，烟盖云幢""潇潇暮雨子规啼""雨洗东坡月色清""急雨岂无意，催诗走群龙""雨已倾盆落""烟雨暗千家"……

且看他写溪："照野弥弥浅浪""山下兰芽短浸溪""北山倾，小溪横""连溪绿暗晚藏乌"……

看他写激流："有如兔走鹰隼落，骏马下注前丈坡。断弦离柱箭脱手，飞电过隙珠翻荷。四山眩转风掠耳，但见流沫生千涡。"

看他写泉："雪堂西畔暗泉鸣""独携天上小团月，来试人间第二泉""劝尔一杯菩萨泉""但向空山石壁下，爱此有声无用之清流""桥对寺门松径小，槛当泉眼石波清""倦客尘埃何处洗，真君堂下寒泉水"……

水最大者为海，看他写海："东方云海空复空，群仙出没空明中""登高望中原，但见积水空""云散月明谁点缀，天容海色本澄清"……

水最微者莫过露，看他写露："曲港跳鱼，圆荷泻露""草头秋露流珠滑""月明看露上"……

东坡的诗从题材到风格都丰富，名作很多，只选几首来说，虽近乎以瓣识朵、由珠窥海，但其中有我理解东坡诗词的入口，聊记于此。

和子由渑池怀旧

人生到处知何似？应似飞鸿踏雪泥。
泥上偶然留指爪，鸿飞那复计东西。
老僧已死成新塔，坏壁无由见旧题。
往日崎岖还记否，路长人困蹇驴嘶。

人生行止不定，去留充满偶然，留下的痕迹也必将在时间中消失，确实令人感到空幻而惆怅。但只要心里依然清晰保留着旧痕，则旧事依旧在记忆中鲜活；共同经历过"往日"的人，只要彼此都"还记"那段往昔，则一切都成了可以分享的人生体验。

前人多说此诗"富有理趣"（周裕锴语），其实更可以从中领悟东坡的多情和善解（悟）。对"路长人困""往日崎岖"尚且如此恋恋不忘，则人生何事、何时、何种境地不可记取，不可回味？什么经历没有价值，没有意义？所以他在另一首诗里写道："我生百事常随缘""人生所遇无不可"（苏轼《和蒋夔寄茶》）。重情而不执于情，于无趣处发现乐趣、领悟理趣——理趣有时候对诗意是一种威胁，但在东坡这里不成问题，他的感觉（感性）依然兴冲冲的，理趣只增加了对人生体悟的深度。

东坡对人生的热爱和对日常生活的强烈兴趣，超尘脱俗的胸怀，加上擒纵杀活的文字本领，所以其诗常明净爽利而清澈，有一种透明的美感。写景者，如传诵极广的《饮湖上初晴后雨》《惠崇〈春江晓景〉》，如《舟中夜起》亦是，又如《六月二十七日望湖楼醉书》亦复是。状物者，如《东栏梨花》《海棠》皆是。

万不可死心眼，只认定坡老单单就是写湖、写雨、写梨花、写海棠，定要看出此老心胸广、气象大，和大自然是够交情的真朋友。君不见同时代人带给他多少磨难与伤痛？幸而有大自然对他始终公平，始终善待。

以下两首诗最要对照参读:

出颍口初见淮山,是日至寿州

我行日夜向江海,枫叶芦花秋兴长。
长淮忽迷天远近,青山久与船低昂。
寿州已见白石塔,短棹未转黄茅冈。
波平风软望不到,故人久立烟苍茫。

全然写景,而心情自见。顾随对这首诗评价不高,但这诗其实好,尤其适合念出来,一念,那种笔法流转之美,那种云烟迷蒙心事苍茫之感,就都出来了。

六月二十日夜渡海

参横斗转欲三更,苦雨终风也解晴。
云散月明谁点缀?天容海色本澄清。
空余鲁叟乘桴意,粗识轩辕奏乐声。
九死南荒吾不恨,兹游奇绝冠平生。

经历了人生的几番大起大落、无数煎熬和解脱,前诗那种身不由己、颠沛流离时的惆怅和迷惘,已经不见了,到了人生的最后阶段,苏轼进入了"天地之境"。

正如朱刚《苏轼十讲》所言,"一次一次悲喜交叠的遭逢,仿佛是对灵魂的洗礼,终于呈现一尘不染的本来面目。生命到达澄澈之境时涌自心底的欢喜,弥漫在朗月繁星之下,无边大海之上"。

"何似在人间","在人间"谈何容易!人间给了东坡太多的黑暗、恐惧、痛苦、无奈和辛酸。看到这位谪仙留在人间,到了人生的最后,没有悔恨,没有悲凉,了无遗憾,全无挂碍,而是这样得大解脱,得大圆满,得大光明,得大自在,真是令人欣慰、震撼和感动的。

从"我行日夜向江海"到"天容海色本澄清",生命的意义实现了,人生的境界如此圆满。

苏轼一生留下四千八百多篇文章、两千七百余首诗、三百多首词，他的诗那么多，自然不可能每首都好。东坡写诗常常一触即发，而且写得快，他自己也说要快——"作诗火急追亡逋，清景一失后难摹"。不但不是每一首都好，就是那些相当有名的，有时艺术上也不高明，比如《寓居定慧院之东，杂花满山，有海棠一株，土人不知贵也》，据说是他平生得意的一首，每每写以赠人，我觉得东坡"每每写以赠人"是真，但怀疑选这诗的原因未必是"平生得意"，而出于手录诗词的"技术"考量：因为这首够长，七言28句，有196字，赠人如果写小字，选字数这么多的作品正适合。因为全诗太不经意，感情浮泛，间有俗笔（比如以"朱唇得酒晕生脸，翠袖卷纱红映肉"写海棠，既不幽独，又不清淑，意境全无，快不成诗了），明显酝酿不足加锤炼不够。他才大，真任性，且一任到底。前人说苏轼"凡事俱不肯著力"，他创作状态一贯自信而轻松，结果好的就真好——出色且自在，不好的就有点草率。

他是天才，什么都"不肯著力"，而"做诗应把第一次来的字让过去"（顾随语），在杜甫凝神"把第一次来的字让过去"的时间里，东坡早就一挥而就，然后喝酒去了。我辈终不能夺下坡公酒杯，让他再去推敲润色。况且许多时候，在他那样困苦绝望的处境中，"我写故我在"，靠着写诗、填词，也许还有给朋友写信，这位诗人才能活下来。还有什么，比让人活下来更重要的吗？没有。诗不是每首都好，打什么紧！泥沙俱下又有何妨，那江河不是还在奔流吗？

终于要说东坡词。东坡所作词比诗少多了，但其词一般被认为是"此老平生第一绝诣"（陈廷焯语）。在我看来，东坡诗、词，主要是重要性不同。读诗若不读东坡诗，虽有损失，但可以读唐诗来大致弥补；但读词若不读东坡词，哪怕读遍了晚唐、北宋、南宋的词……那损失还是无法弥补。

过去一提到东坡，就贴一个"豪放派"的标签，这个已经有不少方家力证其非，有的说"豪放"二字今古理解不同，有的说其实东坡能婉约亦能"协律"，有的则说当时根本不存在豪放派……但还是顾随说得最痛快：分什么豪

放、婉约？根本是多事。(《苏辛词说》)

事实是：才华、豪气、雅量、情思俱备的苏东坡，是词的解放者，他提升了词在文坛和社会上的地位，第一次让词和诗一样自由地抒情言志，第一次在词中完整地表现了一个士大夫的全人格，第一次在词中表现了"浅斟低唱"和"盈盈粉泪"之外的社会生活和人生感悟。

东坡词，若论名气响，一阕"大江东去"，一阕"明月几时有"，是并列冠军。正如顾随所说，《念奴娇·赤壁怀古》"震铄耳目"，最震撼，而《水调歌头》则"沦浃髓骨"，最感人。

对这两阕，朱刚的解读更进一层，值得注意：前者之"多情应笑我，早生华发"，"虽是一片无奈，但这无奈的多情之中，仍有未尝泯灭的志气在。因为只有志气不凡的人，才会对过去了的不凡的历史如此多情"；而后者"人有悲欢离合，月有阴晴圆缺，此事古难全"，可以解读为："人世生活的本来状态就是不如意、不完美的，从来如此，也会永远如此。不但不该厌弃，正当细细品尝这人生原本的滋味。所以，'但愿人长久，千里共婵娟。'"(《苏轼十讲》)

两首《江城子》，一首"十年生死两茫茫"，一首"老夫聊发少年狂"，一沉挚悲凉，一雄豪奔放，都很著名，可不去说它。《蝶恋花》之"天涯何处无芳草""多情却被无情恼"万口脍炙，也不去说它。

坡公无人能及处，在于特别善结又善解。凡文艺作品，其实往往都与"结"有关，也未必到"情结"的地步，但必有"心结""思结""情绪结"，有所结，才发为作品。如今常说"感悟"，其实"感"与"悟"是两回事，作家诗人，因为感性发达更易深于情，所以感常常就是结，而经一番思量才"悟"，这是"解"。感得深，就是进得去。悟得透，就是出得来。这一番作为，并不容易，有的人进不去，有的人又出不来。一般人要么不善结，要么不善解，高手常常也是一阵子结一阵子解，有时候结不深，有时候解不透。而东坡善结又善解，甚至一边结，一边解。他真是七进七出，如入无人之境。

这不是天生的。天生解得开、透得出的人，哪里会有？

刚流放到黄州时，东坡的心情是非常悲凉的——

世事一场大梦，人生几度新凉？夜来风叶已鸣廊。看取眉头鬓

上。　　酒贱常愁客少，月明多被云妨。中秋谁与共孤光。把盏凄然北望。(《西江月》)

又是寂落和孤冷的——

　　缺月挂疏桐，漏断人初静。谁见幽人独往来，缥缈孤鸿影。　　惊起却回头，有恨无人省。拣尽寒枝不肯栖，寂寞沙洲冷。(《卜算子·黄州定惠院寓居作》)

若有所待地"北望"，能不能"北归"却由人不由己；"拣尽寒枝不肯栖"，是有持守，但"寂寞沙洲"如何是长久安身之地？现实和精神的出路在哪里？这两首词，都是"结"，没有"解"。
　　若尽是如此，便是柳宗元，而不是苏东坡了。

望江南·超然台作
　　春未老，风细柳斜斜。试上超然台上望，半壕春水一城花。烟雨暗千家。　　寒食后，酒醒却咨嗟。休对故人思故国，且将新火试新茶。诗酒趁年华。

看东坡如何结，又如何解，后半阕可以看得清楚。尤其"休对"，分明是一边结一边解了。

浣溪沙·游蕲水清泉寺，寺临兰溪，溪水西流
　　山下兰芽短浸溪，松间沙路净无泥，萧萧暮雨子规啼。　　谁道人生无再少？门前流水尚能西！休将白发唱黄鸡。

"暮雨""白发"是暗结，以"流水尚能西""休将"明解。

临江仙·夜归临皋

夜饮东坡醒复醉，归来仿佛三更。家童鼻息已雷鸣。敲门都不应，倚杖听江声。　　长恨此身非我有，何时忘却营营。夜阑风静縠纹平。小舟从此逝，江海寄余生。

酒后夜归，进不了家门，这是现实中的小意外小困境，本不足以入词，但是东坡的愿望，不是尽快进门倒头而卧，或者越墙而入用手杖对家童教训几下子，而是超越现实得失计较和无尽尘世纷扰的心愿。于是低处的结从高处豁然得解。

这一路最好的代表，恐怕是这一阕——

定风波

三月七日，沙湖道中遇雨。雨具先去，同行皆狼狈，余独不觉，已而遂晴，故作此词。

莫听穿林打叶声，何妨吟啸且徐行。竹杖芒鞋轻胜马，谁怕？一蓑烟雨任平生。　　料峭春风吹酒醒，微冷，山头斜照却相迎。回首向来萧瑟处，归去，也无风雨也无晴。

以"莫听""何妨"解起，解在结先，随结随解，一路解来，最后已经不需解了，因为已经无结，到达超然物外之境。有人觉得这是通达，其实不是，通达是包容是气度，仍有是非，东坡已经放下是非；通达是不论境遇好坏均努力想开，而东坡完全超越了境遇。没有风雨和晴天之分，境遇也无所谓荣辱穷通，一切都是人生的一部分，无所谓风雨，无所谓晴，人便在境遇之上了。这样"解"，真透彻。

此外，《虞美人·有美堂赠述古》（"湖山新是东南美"）、《南乡子·重九涵辉楼呈徐君猷》（"霜降水痕收"）、《西江月》（"照野弥弥浅浪"）、《鹧鸪天》（"林断山明竹隐墙"）等，也皆是这一路。

东坡当然有深情，但他不沉湎，沉湎就容易钻牛角尖，东坡一生样样都会，唯独不会钻牛角尖，他有雅量有逸气，故不论是分别还是相逢，即事抒情，总归于圆融朗润的高致。

八声甘州·寄参寥子

有情风、万里卷潮来，无情送潮归。问钱塘江上，西兴浦口，几度斜晖。不用思量今古，俯仰昔人非。谁似东坡老，白首忘机。　　记取西湖西畔，正暮山好处，空翠烟霏。算诗人相得，如我与君稀。约他年、东还海道，愿谢公、雅志莫相违。西州路，不应回首，为我沾衣。

清郑文焯在《手批东坡乐府》赞叹："突兀雪山，卷地而来，真似钱塘江上看潮时，添得此老胸中数万甲兵，是何等气象雄且杰！妙在无一字豪宕，无一语险怪，又出以闲逸感喟之情，所谓骨重神寒，不食人间烟火气者。词境至此，观止矣！"

以下两阕也是风格清雄、意境阔大，兼豪放飞扬和浑融蕴藉——

水调歌头·黄州快哉亭赠张偓佺

落日绣帘卷，亭下水连空。知君为我新作，窗户湿青红。长记平山堂上，欹枕江南烟雨，杳杳没孤鸿。认得醉翁语，山色有无中。　　一千顷，都镜净，倒碧峰。忽然浪起，掀舞一叶白头翁。堪笑兰台公子，未解庄生天籁，刚道有雌雄。一点浩然气，千里快哉风。

沁园春

孤馆灯青，野店鸡号，旅枕梦残。渐月华收练，晨霜耿耿，云山摛锦，朝露漙漙。世路无穷，劳生有限，似此区区长鲜欢。微吟罢，凭征鞍无语，往事千端。　　当时共客长安。似二陆初来俱少年。有笔头千字，胸中万卷，致君尧舜，此事何难。用舍由时，行藏在我，袖手何妨闲处看。身长健，但优游卒岁，且斗尊前。

人总以苏辛并论，归之于豪放一路，又多以东坡"大江东去""老夫聊发少年狂"为证据，其实不然。就连顾随，虽指出苏辛"不得看作一路"，但也是拿"大江东去"来对照，说其中的"乱石穿空，惊涛拍岸，卷起千堆雪"三句，"其健，其实，可齐稼轩"。其实以上三阕，其纵横之气，顿挫兼飞扬，刚健复柔婉，神完气足而自有远韵，苏轼都是辛弃疾的老师。当然，弟子未必不如师，大可并驾，甚至后来居上，但总要认他是老师，不可弄颠倒了。

行香子

清夜无尘，月色如银。酒斟时、须满十分。浮名浮利，虚苦劳神。叹隙中驹，石中火，梦中身。　　虽抱文章，开口谁亲。且陶陶、乐尽天真。几时归去，作个闲人。对一张琴，一壶酒，一溪云。

这一阕许多选本不选，可能因为太单纯了。其实这种天真的气息，澄净的氛围，虽然缺少一些弦外之音，但这是苏东坡本性里的单纯和透明，非常洁净可爱。相比之下，那阕著名的《水龙吟·次韵章质夫杨花词》（"似花还似非花"）倒真意思不大，所谓"和韵而似原唱"（王国维语），也不过说把一个章质夫彻底比下去了，这于东坡而言还值得大惊小怪？词本身意境狭小而感情空泛，顾随也说"直俗矣"，并不见东坡本色手段。

然则东坡之本色手段，尽在上面所说的种种——在清旷超脱，在飘逸自如，在圆融朗润，在顿挫兼飞扬、刚健复柔婉吗？又不止于此。还在一股仙气——有情有思兼其心自远，能将眼前事写出天外韵。东坡每每因今昔变迁、人生短暂而思及时间和空间、真实和梦幻、过去和未来、此在和永恒，时时感受到人生行旅的深沉况味，更难得这铺天盖地的恍惚迷离，东坡竟还他一个铺天盖地：一世界的空灵，澄澈，光华流转，一尘不染。

永遇乐·彭城夜宿燕子楼，梦盼盼，因作此词

明月如霜，好风如水，清景无限。曲港跳鱼，圆荷泻露，寂寞无人见。纮如三鼓，铿然一叶，黯黯梦云惊断。夜茫茫，重寻无处，觉来小园行遍。　　天涯倦客，山中归路，望断故园心眼。燕子楼空，佳人何在，空

锁楼中燕。古今如梦，何曾梦觉，但有旧欢新怨。异时对，黄楼夜景，为余浩叹。

洞仙歌

　　冰肌玉骨，自清凉无汗。水殿风来暗香满。绣帘开，一点明月窥人，人未寝，欹枕钗横鬓乱。　　起来携素手，庭户无声，时见疏星渡河汉。试问夜如何？夜已三更，金波淡，玉绳低转。但屈指西风几时来，又不道流年暗中偷换。

　　这两阕，得一个"活"字，更占一个"仙"字。这股仙气，东坡实实有，辛弃疾实实学不来，也不必学。稼轩还自做稼轩去，东坡有一个便好。

　　东坡与米芾曾在扬州相遇，有一番令人忍俊不禁的对答。米芾对东坡说：世人都以米芾为"颠"，想听听您的看法。东坡笑着回答：吾从众。

　　如此便是苏学士明白教示了。若东坡问我时，我便答：世人皆以东坡为仙，吾亦从众。

2021年6月30日—7月16日　写于但饮茶居

（原载《钟山》2021年第5期）

宠臣的逆袭

◎ 卜　键

乾隆五十一年（1785），由春及夏，都察院陕西道监察御史曹锡宝一直在准备一份奏章，参劾内阁协办大学士、吏部尚书和珅的管家刘全，主题词为："服用奢侈，器具完美，苟非侵冒主财，克扣欺隐，或借主人名目招摇撞骗，焉能如此？"意思是一个家奴居然拥有豪门大院、鲜衣怒马，如果不是窃取了主子的财产，或者以主子的名义招摇撞骗，怎能如此奢侈？因未见该折流传，不清楚曹锡宝上折的准确日期，而由六月十五日弘历在热河的批谕，减去从京师到避暑山庄的递送时间，推测应在此前三五天。

此时的和珅为弘历身边最为倚信的大员，除了前述要职，还兼着步军统领（即九门提督）、正白旗满洲都统、四库等馆总裁，兼管户部三库、崇文门税关，并因甘肃平定变乱赐一等男爵，虽不宜形容为如日中天，却堪称一颗贼亮的政坛之星。正所谓一人得道，鸡犬升天，连他家中的仆人也跟着抖擞起来，引得路人侧目。此类事情在庙堂坊间传播最快，朝中大臣岂有不知？科道等专司监察之员岂有不知？但没有谁愿去招惹这个红得发紫的家伙，倒也不全是怕他，而是忌讳惹得皇上不高兴。

可生活中偶尔也会有些意外，这不，御史曹锡宝就犹犹豫豫地出手了。

一、不按常理出牌的曹锡宝

大清入关后沿承明朝体制，设六科给事中和十五道御史，称为"科道官"，负责中央部院和各省官员的监察纠核，可以"风闻奏事"，意思是听到不法情事，未经核实即可举报。科道官级别不高，职权颇重，通常为进士出身、年轻明练之士，也有的直接由散馆庶吉士中选用。至于本文的主角曹锡宝，既是进士，又经过庶常馆深造，只是已经六十七岁，远远算不上年轻了。为什么要让一位皤头老者做御史？说来亦出于皇上的恩典——锡宝也曾是乾隆帝较为看重的人。

曹锡宝，字鸿书，一字剑亭，乾隆初年以举人考取内阁中书，任军机章京多年，当升侍读学士，却再三婉辞。时傅恒总领枢阁，对锡宝很欣赏，心知他想拼一个甲科出身，乃作罢。锡宝在乾隆二十二年果然考中进士，且在送呈御览的前十卷之内，二甲第五名，选为庶吉士。孰料他运气不佳，先是丁母忧，接着自己患病，痊愈后再入庶常馆学习，毕业已在十年之后。曹锡宝从刑部主事做起，担任过河南乡试副考官、山西学政，迁郎中，再迁山东粮道，已是三品大员。岂知又因管辖内发生属员间斗殴，致漕运千总张继渠死亡，被指责未能及时审理，酿成血案，革去职务。乾隆帝专为曹锡宝发了一道口谕，说去年春天路经山东时召见，已感到他不适合外任，命回京任职，并采纳大学士阿桂的建议，令其入四库馆效力。书成后打算升之为国子监司业，可并无空缺，又是皇上发话，特授曹锡宝为陕西道监察御史。梳理其仕宦经历，会发现乾隆帝不光知道他，且对他印象较好。

此时大清的腐败程度，已不亚于明朝中晚期。而前明有海瑞、杨继盛、沈炼等人冒死上疏，或弹劾权奸，或指斥皇帝之失，清朝则几乎没有。科道官职在纠察百官，每年会做一些业绩统计，直奏不敢，不奏不行，便去说一些不痛不痒的事情，聊以塞责。乾隆帝很不喜欢，点名斥责过几次，也不见好转——谁都知道，皇上训斥归训斥，你若敢玩真的，那可就是自寻倒霉了。

可也有不按常理出牌的，他就是曹锡宝。这位高龄御史有两点举措堪称出人意料：一是公然选择以和珅为参奏目标；二是竟然选择事先将底稿给吴省钦观看。

二、老乡+同学成了告密者

人类历史上一种摧毁性极大、伤害至深的悲剧，即告密者往往是关系亲密之人。对于曹锡宝来说，吴省钦正是如此，完全没有想到会被此公捅一刀子。

曹锡宝对吴省钦的信任，首先因为他俩是小同乡，原来都属于上海县，雍正四年由上海划出长人乡与下沙盐场建南汇县，吴省钦始属后者。二人在家乡均有文名，而曹氏成名更早，算是前辈。第二个原因是，两人科名虽隔了三届，却因曹锡宝的丁忧养病，病愈后重回庶常馆读书，与吴省钦成了同班同学。散馆时，后起之秀吴省钦考在前列，留翰林院任编修，三出考差，四任学政，混得风生水起，此时已是顺天府尹；而老曹的势头本来甚好，可到外省转了一圈，宦途受挫，蒙皇上格外开恩，才得到一个五品的御史之职。

吴省钦与弟弟吴省兰曾任咸安宫学教习，那是一所专为八旗勋贵子弟开办的官学，设在紫禁城内西南隅，认真读书的学生不多，因此他对聪颖刻苦的和珅、和琳兄弟颇为欣赏，结下师生之谊。和珅得宠大用后，也很注意予以回报，乾隆四十三年戊戌科会试，吴省兰没能通过，竟直接由特旨参加殿试，得中进士，应有和珅在暗中运作和推助。吴氏兄弟自然心存感激，也有心贴上这棵大树，至于世间传说二人反拜和珅为老师，应属编故事了。古代的老师门生之说既宽又严：宽，是说不论私塾、县学、府学、书院，凡是教过自己的皆称老师，而岁考、科考、乡试、会试、殿试，凡考过自己的也称老师；除此之外，则不存在师生关系，界限凛然。吴氏兄弟虽格调不高，品行有亏，然毕竟懂得规矩，似乎找不到反称和珅为师的确证。

上折之前，曹锡宝自也反复斟酌掂量，心里还是不太有底，便将草稿先给吴省钦观看，行文措辞也留有较大余地。他对吴氏与和珅的密切关系会一无所知吗？推想不会，曹锡宝一是性格有些迂，想不到这位同乡好友会告密；二是要证明自己并无恶意，也希望脑袋瓜子灵活的吴省钦出出主意。不清楚吴氏当时的表现，可能会提一点修改意见，以为延缓之计；可能会设法套老曹的话，让他说出提供材料者，以及背后的指使人……而见诸记载的，是吴省钦立刻星夜驰赴热河，向和珅报告此事。

避暑山庄距京师二百余里，山隘溪涧，沿途重重关卡，但难不住一个告密心切的人，顺天府尹的职务也会为他带来便利。不晓得是在黄昏、黎明抑或夜半，总之吴省钦赶到了，也见到了日理万机的和大人。春风得意的和珅哪里想到还会有此等事，应会惊出一身冷汗。而说到刘全，也有一段故事：当年和珅之父突然死于福建任所，家境渐形贫寒，仆从星散，只有刘全不离不弃，想方设法保障两兄弟读书，是以和珅发达后也让他跟着发了财。见刘全被人盯上了，和珅让这位大管家赶紧"毁其室，衣服、车马有逾制，皆匿无踪"。一句话，除了已有宅第无法改换，室内的家具陈设、衣饰车马，拆的拆，藏的藏，换的换，很快就料理得妥妥帖帖。这一信息又是吴省钦传回的吗？不敢肯定，而以常理测度，吴省钦一定会积极献计献策，帮着全盘谋划，不光是做一个送信的。

这之后，曹锡宝的奏折到了。

对于政坛上出现的贪腐，乾隆帝一直采取高压态势，不管是皇亲国戚、内外重臣，也不管立过多大功、印象多么好，一旦查有实据，均予惩处。拆阅此折，弘历不免吃惊，立刻将和珅唤来问询，岂知和珅早有准备，从容回奏：刘全的确系其家世仆，因家人众多，本宅住不下，令搬至兴化寺街居住，一直派在崇文门税关管理日常事务；又说刘全向来安分朴实，没听说敢在外面招摇滋事，也可能因自己公务繁忙，出外较多，无人管教，渐渐有些惹是生非，请求派员严查重处。他的回应极为得体，既予以否定，又不把话说满，同时也自请有关部门严格审查。乾隆帝听了略觉放心，谕令留守京师的王大臣会同都察院堂官传唤曹锡宝，让他就所参之事逐条提出证据，如有贪赃不法立刻从严审办。谕旨同时指出：刘全长期在崇文门代替主子办理税务，报酬较为优厚，有些积蓄亦属正常；假若其倚仗主子之势，招摇撞骗，或擅自增加税额，贪污自肥，那就必须严惩。皇上也表达了对曹锡宝此举的一些不解之处：他和亲友在过关时是否被勒索过？是否因得不到免税而挟嫌报复？曹锡宝与和珅的家人是否熟识？又从何人何处得知此中详情？要求一一问询明白。

和珅自三等侍卫中被乾隆帝发现提拔，至此已历十余个年头，平日观察揣摩，对皇上的脾性喜好了然于心，早已设计好应对之策。他请求立即加以严查，又报告刘全"因有家务，已于十三日起身前来热河，现在未到"，待其到后会详加追问。还有什么可怀疑的呢？如果是心中有鬼，应会设法拖延时间，会飞派下人通风报信，甚至让刘全潜逃，而和珅则显得一派坦然笃定，被查的管家还整了个"不在现场"。乾隆帝将此通知在京留守的王大臣，说这样查办起来更容易，也不致闻风掩饰，命"签派番役，严行访察"，特别强调"不可因和珅稍存回护"。

三、扯出一桩旧案

凡属宠臣，大都精于算计，也是吃不得亏的。和珅在严密防守，消解皇上疑心的同时，立即开始反击。

对于家奴刘全被揭参，和珅当然知道针对的是自己，乾隆帝也是这么认为的，复觉曹锡宝不像是一个心机深曲的人，希望能查找出幕后推手。经过一个晚上，不知和珅又在御前说了些什么，皇上在第二天再发谕旨，其中表示了对都察院左都御史纪昀的怀疑，并直接点了他的名：

>……或竟系纪昀因上年海升殴死伊妻吴雅氏一案，和珅前往验出真伤，心怀仇恨，嗾令曹锡宝参奏，以为报复之计乎？此乃朕揣度之意，若不出此，则曹锡宝之奏何由而来？着留京王大臣详悉访查询问。务得实在情节。

御史参奏和珅的家仆，掌管都察院的纪昀首先成为怀疑对象。以上的这段话，扯出了一个旧案，质疑纪昀对和珅怀恨在心，教唆曹锡宝出面进行报复。

文中所提到的"海升杀妻案"，发生在乾隆五十年（1784）春天：原陕甘总督明山之子、礼部员外郎海升因口角殴打妻子吴雅氏，见其身死，遂将之用绳索勒着脖子挂在床柜边，制造自缢假象。妻弟贵宁告到步军统领衙门，经和珅奏明后，特派左都御史纪昀会同刑部侍郎景禄、杜玉林，带领御史和刑部司员前往开棺检验，奏报实系自缢身亡。贵宁不服，再次到步军统领衙门控告，并说海升系大学士阿桂的亲戚，都察院和刑部官员有意回护。和珅再次转奏，提议派顺天府尹曹文埴、工部右侍郎伊龄阿带人前往复检，验得吴雅氏颈上并无缢痕，而胸口有脚踢的致命伤。乾隆帝命阿桂、和珅领衔，召集原检、复检之员再次检验，接下来审讯海升，始供出实情。此一案件，起初的办案人员的确是碍于阿桂与海升的姻亲关系，意图含混了事；而当人质疑吴雅氏吊死在床头柜腿上，阿桂也说过"床档船舱，皆可自缢"的话。此案最终真相大白，兼掌步军统领衙门（有办理满人案件的职能）的和珅起了很大作用，也将阿桂及刑部、都察院一干大员搞得个灰头土脸。阿桂自请"罚公俸十年,并革职留任",乾隆帝因其并非知情和授意,减为五年;刑部尚书喀宁阿、胡季堂,左侍郎穆精阿、姜晟,都被降为四品顶戴,革职留任,并扣发养廉银和公费;右侍郎景禄、杜玉林俱被革职,发往伊犁效力赎罪;至于具体办案的司员,罪责更大,皆被革职流放。而特派复查的户部右侍郎兼顺天府尹曹文埴、工部右侍郎伊龄阿以能秉公率员验尸破案,得旨奖谕,很快得到晋升。

至于时任左都御史的纪昀,前些年栽过一个大跟头,流放乌鲁木齐三年,赦回后流落京师,幸得四库馆开办,成为总纂之一,重邀圣眷,执掌都察院。海升案反转,被皇上骂得最惨的就是纪昀,说他"本系无用腐儒",但到处分时,却又网开一面,朱批:"纪昀本系无用腐儒……于刑名事件素非谙悉,且目系短视……未能详悉阅看……其平日校理各书尚属认真,故从宽改为革职留任。"骂归骂,皇上还是蛮喜欢老纪的,就连其近视眼,也成了减轻处罚的理由。

对于皇上身边的宠臣和珅,纪昀是绝对不敢招惹的,可他心底的那份瞧不上眼,似也瞒不过精明的和大人。是以老曹的事一发生,纪昀就被怀疑为幕后推手,而提出老纪为海升案报复,反击的矛头则不止指向其一人。弘历将此揽过来,说是自己私下揣度,以掩盖和珅的提示和拨弄,实际上更大可能是和珅琢磨出来的,或是他与吴省钦讨论排查的结果。纪昀也在京师的查办小组中,因谕旨中牵涉到自个,吓得赶紧表态,说上一年办理吴雅氏一案,未能检出真伤,经和珅等派人复检得实,仰蒙皇上格外开恩未予严惩,至今常常感激和惭愧,哪里还敢心怀不满,唆使御史参奏!他还说御史封奏各种事件,向来不告知堂官,自己实在无从知晓。前日皇上将曹锡宝的奏折发交阅看,才知其内容,实无令曹锡宝参奏之事。呵呵,这才是真实的纪晓岚,才是真实的都察院堂官,在属下参奏宠臣时,并未出面力挺,或帮着化解,而是忙不迭地撇清自己,生怕沾了包。

四、"原告转成被告"

曹锡宝为什么要参奏和珅的家仆?

此事发酵以后，这是和珅琢磨查究的重点，也是各方一直在追问、老曹百口莫辩的一个核心问题。

一个监察御史去参劾一个没有任何官方职务的家仆，乍一看颇为荒唐，可谁都会联想到实乃指向其主。和珅垮台后，朝野将曹锡宝誉为反权臣的无畏斗士，实际情况则要复杂得多。在都察院的几年，老曹肯定听了不少关于和珅及其家仆的议论，也悄悄去兴化寺街查验了刘全之宅的高大门楼，而他的参奏是要弹劾权奸吗？似乎不是，越是细读你会越觉得不是。曹锡宝此举应属于善意提醒，不希望深得皇上倚信的和珅日后栽跟头。对于和珅的秉性做派，曹锡宝不喜欢，但其知道皇上待自己的好，感恩戴德，爱屋及乌，也希望和珅能有所收敛。他要做一个"吹哨人"，这也是其与吴省钦商量的主要原因，心理和行为轨迹都较为清晰，还是太书生气了。

乾隆帝当然不愿意和珅出事，听了他的解释后心里踏实，谕称既不会因一条虚言治和珅的罪，更不是要为之开脱，要求留京王大臣追查真相，但"不可误会朕旨，将曹锡宝加以辞色，有意吹求，使原告转成被告"；同时说刘全已到热河，经和珅当面讯问，供称从不敢招摇滋事与交接官员，也素未闻知曹御史名姓，也反问他是何时进了我家宅院，目睹所居房屋宽敞、器具完美的？呵呵，一场逆袭火力全开，此处却是借用家奴之口，以诉说委屈的模样，直击老曹的软肋。

不要搞逼供，不要"使原告转成被告"，是皇上的谆谆告诫，可到了此时，曹锡宝真的已成被告。他在京师被一班王大臣集体或轮番谈话，得不到休息，被迫一遍遍回答近似的问题，供称：

> 我与和珅家人刘秃子向来从不认识，即伊在崇文门管理税务，我亦并不知道。伊于额税之外，有无擅自加增及别项情弊亦未有人说过。我因闻刘秃子住屋服用甚是完美，于路过兴化寺街时留心察看，见其房屋甚是高大。我想刘秃子不过家奴，焉有多资造此华屋，恐有借主人名目招摇撞勒之事；又伏读谕旨以大臣中受家人之累者不少，仰体皇上保全臣下、先示训诫之意，惟恐和珅出外扈从日多，不能稽查管束，将来转因家人受累，是以即行具奏。（《军机处录副奏折：怡亲王永琅等，奏为遵旨询问御史曹

锡宝参奏和珅家人撞骗钱财事》）

这番话是诚实的，也与他后来在皇上面前所讲相一致。

王大臣组成的京师追查小组，以怡亲王永琅为首，其他还有质郡王永瑢、定亲王绵恩、大学士嵇璜等，也奉旨追问是否与纪昀相关。曹锡宝回称与和珅素无嫌怨，并非有心借端参劾；而御史奏事从不报告都察院长官，纪昀也不知道此事。遵照严旨，众大臣反复追问曹氏的消息来源，曹锡宝坚不吐露，只是说："我实因目睹刘秃子住屋华美，若非侵冒主财或招摇撞勒，安能如此富厚？"这是被逼问急了的一种反诘，应也令那些揣着明白装糊涂的王大臣的成员们觉得汗颜，遂如实记下，奏报上去。

五、出奇料理

对于曹锡宝的质问，和珅已料事在先，在皇上那里做了足够的铺垫。他说刘全近年来一直代管崇文门税关，照例应该有一份较丰厚的收入，是以能够自盖宅院；又说在京大员如阿桂、福隆安等人的管家也都有大宅子，不光刘全一人如此。这番话是防守，也是反击。

乾隆帝自诩英明洞察，动不动就说"视朕为何等主"，其实很容易被忽悠，此时已完全相信了和珅的话，一篇谕旨如鹦鹉学舌，曰：

> 至全儿代伊主办理崇文门税务有年，稍有积蓄，盖造房屋数十间居住，亦属事理之常。从前及见在内外大臣家人中，似此者恐亦不少，若无似殷士俊等之有真赃实据，概以车服房舍之故查拿治罪，则在京大臣之仆，安得人人而禁之？且必人人侧足而立，亦断无此政体。（《清高宗实录》卷一二五七，乾隆五十一年六月戊子）

文中提到的殷士俊，为闽浙总督富勒浑的家仆，也因招摇被举报，抄检发现在老家苏州有住宅三所、银子两万多两，严加拷讯，供出贪赃实情。乾隆帝以此为例，强调要重证据，要区别正常收入与巧取豪夺，不要搞得人人自危。

其实和珅才要令大员们人人自危，要在自家仆人遮盖掩藏妥帖之后，突袭那些个看热闹的、毫无准备的朝廷大员，突袭他们的管家，尤其是阿桂的家仆。在他的运作下，很快又有上谕，说"天下各处关榷，不免皆有羡余，况全儿代伊主办理税务多年，稍有积蓄，盖造房屋数十间，亦属人情之常。现在内外旗员大臣中，如阿桂、福隆安、福康安、德保、丰绅济伦、金简、李质颖、伊龄阿、承安等，或久居显要，或洊历封疆，或曾任盐榷，或家本充饶，其管事家人住屋如全儿者，谅亦不少"，命领侍卫内大臣绵恩派一员司官，带着曹锡宝先至刘全家，查看住屋有多少，再至阿桂等大臣的管家住处一一察看。这真是一种出奇料理：和珅的管家被参奏，竟要扩展到一批大臣的家仆被查；还特地说明，如果阿桂等各家总管的住房有比刘全多的，就质问曹锡宝为何不参劾他们。乾隆帝当然不愿做和珅的传声筒，但要说没有受到其影响，没有被其诡辩带入一个思维定式，谁信呢？

留京王大臣遵照施行，派人带着曹锡宝挨家去看，并要他亲自记录统计，亲口讲出：

> 我同派出官员先至刘全儿家看视，复至各大臣家人住宅周历，查看刘全儿住房计五十一间，系其自置；又伊子印儿住房一所计三十七间，询明系伊主赏给之屋。此外各家家人现住房屋亦俱系二三十间，惟福隆安家人乐九住房四十七间、伊龄阿家人王四住房四十五间、李质颖家人张老住房六十五间，俱系自置，其房屋高大亦与刘全儿住宅相仿。……今亲往查看，始见其房屋与齐民相等，且与各大臣家人住宅亦不相悬殊；即其器具服用，亦并无过于靡丽之处。我未察虚实，遽行具奏，实属冒昧。（《录副奏折：永琅等，奏为询明御史曹锡宝参奏不实请交部议处事》）

曹锡宝虽然俯首认错，可他所提供的那份大臣家人住宅数量清单，明眼人也能看出并不正常。和珅的家境本属清贫，升用仅十年多一点，自己就将三十七间的大宅院赏与管家之子，其管家还自建了更大的院子，能算正常吗？他非要拉上阿桂等人，而阿桂出身满族世家，乃父阿克敦担任过协办大学士、刑部尚书，自己也是出将入相，管家之宅不过二三十间。阿桂时年七十，为内阁首辅和首席军机大臣，素来不以正眼瞧和珅，反被当成逆袭的首要目标，若非居官清正，难免着了道儿。

乾隆帝口口声声说只要有真实证据，就会将和珅治罪，可谁都明白其对此人的宠信，举朝默然，无一人为曹锡宝出头。曹锡宝被传唤到避暑山庄，皇上亲自询问，和颜悦色，要他实话实说，拿出些真材实料。哈，就算是个书呆子，老曹也不敢造次了，老实承认只是看到一些表象，说自己"原要和珅先事约束，杜渐防微，庶将来不致受家人之累"。又问那么多大员的管家宅院都很大，为何只参刘全？曹锡宝连声承认自己冒昧。皇上对这样的说法很不满意，指责他"一味搪塞"。我倒觉得曹锡宝的话发自肺腑，是真诚的。乾隆帝的非凡想象力又开始混搭，说今年为乡试之年，曹锡宝不过是想以此折引起注意，得到一个出考差的机会，真是太卑鄙了！吏部提议对曹锡宝"应照参奏不实，降二级调用"，皇上加恩从宽，改为革职留任。

这是和珅的一次不大不小的政坛危机，若非吴省钦先期密告，很难说会是一个什么结果；而和珅在极短时间内遮盖掩饰，在皇上那儿应对得体，化危为机，敲山震虎，竟然取得了一次完胜。

宠臣是帝制时代的衍生物。不管怎样英明聪察的帝王，都可能有一二宠臣，譬如宽仁平易的汉文帝，身侧也有邓通、赵同等人。《战国策·楚策一》有"嬖女不敝席，宠臣不避轩"，极言君主的宠信与美色一样容易消失，而弘历无论做皇帝还是太上皇，对和珅始终恩宠不移。忽忽又是十余年过去，或曰仅仅十余年过去，上皇驾崩，子皇帝颙琰亲政，和珅的好日子也就到了头。"五十年来梦幻身，而今撒手谢红尘"，是他的绝命诗，不知吟诵时会否想到老曹？但嘉庆帝想到了，追赠已故多年的曹锡宝为副都御史，谕曰："彼时和珅声势熏灼，举朝无一人敢于纠劾，而锡宝独能抗辞执奏，不愧诤臣。"其中也提到刘全家抄出白银至二十余万，可证当年锡宝所劾不虚。至于那位穿山越岭去告密的吴省钦，因为人机巧，不管和珅怎样推举，乾隆帝（太上皇）都未予大用，官不过左都御史，此时则被嘉庆帝点名叱责，革职回籍。

（原载《随笔》2021年第4期）

云端上的乡音

◎徐　迅

一

1988年1月8日，我在皖西南一座普通平静的村庄找到《程氏族谱》。当我沉迷在程氏家族神秘的传说里，打开有关程长庚的资料时，我万万没有想到，我打开的是"徽班进京"这个中国戏曲史上一支著名班社的辉煌谱系——戏子不上家谱，程氏家族让程长庚在家谱上有了记载，显然是号称程朱理学名家的程氏家族一种莫大的"恩惠"。尽管家谱没有"徽班领袖""京剧鼻祖""伶圣""剧神"等称呼，吝啬得只有人的名号和生卒年月。

但有这些就足够了。

随着程长庚籍贯纷争的尘埃落定，仿佛一场大戏的舞台帷幕缓缓拉开，程长庚和以他为角儿的一段尘封已久的"四大徽班"进京历史，就像一池荷花全部浮出了水面。清水芙蓉，摇曳生香。这时，我突然发觉响彻云霄的京腔里竟有我的一缕浓浓的乡音。

按照现在的戏曲史定论，徽班进京是乾隆五十五年（1790）。那年是乾隆皇帝的八十寿辰。徽班就是专门为他进京贺寿的。清代杨懋建《梦华琐簿》对此的记载是说："乾隆五十五年庚戌，高宗八旬万寿，人都祝厘（祝福），时称'三庆徽'，是为徽班鼻祖，今乃省'徽'字样，称'三庆班'。"

实际的情形是，"三庆班"是浙江盐务奉闽浙总督伍拉纳之命，将徽商推荐的安庆徽班带入京城的。开始，他们只是在浙江盐务承包的地段内的"天街"临时戏台，参加"祝厘"演出，但在完成了祝寿演出后，三庆班在京城已小有影响，于是他们试着进行了一些商业性表演。当时带领徽班进京的是一位名叫高朗亭的艺术家。

高朗亭，又名高月，安庆人，原籍江苏宝应。入京时三十岁，以唱二黄腔著称于伶界。《日下看花》说他:"体干丰厚,颜色老苍,一上氍毹,宛然巾帼,无分毫矫强,不必征歌,一颦一笑,一起一坐,描摹雌软神情,几乎化境。"就是年纪稍长,也别有丰姿。众香主人在《众香园》形容他:"然偶尔登场,其丰颐皤腹,语言体态,酷肖半老家婆,真觉耳目一新,心脾顿豁。"戏曲界后来都以"徽班老宿,脍炙梨园"评介他。

清王朝经历了很长时间的休养生息,到了乾隆时期已是社会稳定,经济繁荣。这为戏曲提供了丰厚肥沃的生存土壤。此时,京都的戏曲舞台琴笛悠扬、诸腔杂陈、百花争艳,所谓鱼龙混杂、泥沙俱下。当时在北京流行的剧种,规模较大的除占主流的昆曲之外,还有京腔、秦腔、徽调、汉调等等。但戏剧开始受制于朝廷。清代统治者把当时的戏曲分为两大类,一种叫"雅部",一种叫"花部"。李斗的《扬州画舫录》记载:"两淮盐务,例蓄'花''雅'两部,以备大戏。'雅部'即'昆山腔';'花部'为'京腔''秦腔''弋阳腔''梆子腔''罗罗腔''二簧调',统谓之'乱弹'。"戏曲舞台的色彩缤纷,也成就了"花""雅"两部纷争。清廷垄断了他们喜爱听的昆曲后,便认为"花部"粗俗下流、不登大雅之堂,对"花部"进行了一次次政治性的打压。

第一次打压是乾隆刚上位不久。弋阳子弟携腔入京,开始了弋阳腔演变而成的京腔与昆曲之间的争斗,出现了"六大名班,九门轮转。称极盛焉"(杨静亭《都门纪略》)。京腔压倒昆曲,很快占了上风。但宫廷内舞台对"昆弋大戏"一视同仁。京腔进入皇室戏台,却与昆曲一样成了御用声腔——仿佛一朵花靠近另一朵花,这次打压落得了一个"南昆北弋",花开并蒂莲,皆大欢喜。

秦腔进京就没有他们这样幸运了。秦腔名伶魏长生(1744—1802)生于四川,艺成于陕西。携秦腔进京,一台《滚楼》"大开蜀伶之风,歌楼一盛"(《花间笑语》),不仅使昆曲顿失颜色,也使京腔与之难以匹敌,以致造成京都"六大名班无人过问"(吴长元《燕兰小谱》)的局面。于是,"六大班伶人失业,争附入秦腔觅食,以免冻饿而已"(戴璐《藤阴杂记》),结果惹怒清廷,说秦腔是"亵词秽语""无非科诨诲淫之状"。乾隆四十四年(1779),他们遭受了花雅之争后的第二次无情打压。

乾隆五十年(1785),朝廷正式颁布了禁止秦腔演出的谕令:

乾隆五十年议准，嗣后城外戏班，除昆弋两腔仍听其演唱外，其秦腔戏班，交步军统领五城出示禁止。现在本班戏子，概令改归昆弋两腔，如不愿者，听其另谋生理。倘于怙恶不尊者，交该衙门查拿惩治，递解回籍。（《钦定大清会典事例》）

圣旨一下，魏长生只得于乾隆五十四年（1789）离开京城，仓皇南下。

然而，就在"花部"遭到第二次打压的四年后，却因为给乾隆皇帝祝寿，徽腔又登上了京都的戏曲舞台。这次登上京都的戏曲舞台不要紧，要紧的是紧接着，四庆徽班、五庆徽班都到了北京。京都的舞台一下子就出现了三庆、四庆、五庆争雄的场景。再接着，就迎来了以三庆班为先，春台班、四喜班与和春班并奏的"四大徽班"声名鹊起的戏曲大时代。

被迫离京的魏长生在嘉庆六年（1801）回到了北京。次年夏天，他表演秦腔《表大嫂背娃》一戏，终因劳累不堪，一下舞台便长眠不醒。年仅五十八岁。他死后，秦腔这一艺术曾以"南梆子"名目出现在京剧舞台——对一生挚爱戏曲的魏长生来说，这算是对他最大的慰藉了。

二

关于"徽班"二字，在明代万历四十五年（1617）方应祥《青来阁初集》一书里就有出现："优人演《古城》，异其色之鲜，问之徽班也。"不过，那时安徽还没有建省，所以专家们大多认为那时的"徽班"不过是由在杭州、扬州、苏州等经商的徽商家养的戏班。戏班的演员都是安庆石牌一带的艺人——真正的徽班就是在安庆石牌形成的戏班。

清康熙时，安徽已经建省。徽班的指向就更为明确。清代最早说到"徽班"的是一位名叫汪必昌的清廷老太医。他愤怒地写道：

乾隆廿六七年，安庆班之入徽也……予在内廷官值，窃窥南府、景山两处，教习高、昆二腔，讲曲文，究音调，辨字眼，言关目，忠孝节义之剧，尽善尽美，未闻乱谈。谁识徽处山僻，放浪形骸，竟容乱谈以伤风化！尤可恶者，昔年逐出徽境之班，到处不称安庆、石牌，而曰"徽班"。

汪必昌深居内廷，又是地道的徽州人，由他对徽班的诟诽，既为"徽班"的起源提供了有力证据，又为清廷对"花部"的打压做了最好的证明。"安庆色艺最优""梨园佳弟子，无石不成班"……与他同代的包世臣在他的《都剧赋》里却是大加褒扬，说——"徽班昳丽，始自石牌"。

但徽班进京从来就不是一路凯歌。在完成祝寿之后的第八年，即嘉庆三年（1798），"花部"又遭到了来自清廷的第三次打压。1796年初乾隆禅位给嘉庆，1799年去世，只做了两年太上皇。这次打压虽然有些虎头蛇尾，但一道谕旨却实实在在地刻在苏州城老郎庙庙碑上。

圣旨如下：

> 元明以来，流传剧本皆系昆弋两腔，已非古乐正音，但其节奏腔调犹有五音遗意。即扮演故事，亦有谈忠说孝，尚足以劝感劝惩。乃近日倡有乱弹、梆子、弦索、秦腔等戏，声音既属淫靡，其所扮演者，非狭邪媟亵，即怪诞悖乱之事，于风俗人心殊有关系。此等腔调虽起自秦皖，而各处辗转流传，竞相仿效。即苏州、扬州，向习昆腔，近有厌旧喜新，皆以乱弹等腔为新奇可喜，转将素习昆弋两腔抛弃，流风日下，不可不严行禁止。嗣后除昆弋两腔仍照旧准其演唱外，乱弹、梆子、弦索、秦腔等戏概不准再行唱演。所有京城地方，着交和珅严查饬禁，并着传谕江苏安徽巡抚、苏州织造、两淮盐政。一体严行查禁。如再有仍前唱演者，惟该巡抚、盐政、织造是问。钦此。

此一时，彼一时也。圣旨虽措辞仍然严厉，却没有人很好地执行。随着乾隆皇帝驾崩、和珅被嘉庆皇帝抄家查办，清廷似乎把这事丢到了一边。"离离原上草，一岁一枯荣。"经过几番风吹雨打，进京的徽班在时代的缝隙里悄悄完成了自己的华丽转变，就像一株牡丹绽放出更为艳丽的花朵——当时北京"戏庄演出必徽班，戏园之大者，如广德楼、广和楼、三庆园、庆乐园，亦必以徽班为主"（杨懋建《梦华琐簿》）。"三庆的轴子，四喜的曲子，和春的把子，春台的孩子"已成为北京剧坛上的一件美谈。

回溯"四大徽班"进京的历史，应该还要说到一个人——盐商江春，正是他创办了春台班。三庆班的入京也得到过他的资助。

江春（1720—1789），字颖长，安徽歙县人，据说他出生时有白鹤翱翔于庭，故号鹤亭。他是两淮盐商的总领，有钱有势，精明能干，深得乾隆皇帝赏识。乾隆六下江南落脚扬州，每次都是他为乾隆"扫除宿戒，懋着劳绩"。为了迎驾，他费尽心思，自己出资创办"雅部"德音和"花部"春台两个戏班。春台班就是他选拔扬州当地和苏州、安庆等唱二黄调等乱弹腔的演员组成的流动徽班。前面说的秦腔花旦名角魏长生南下扬州，也曾投身于春台班，使春台班有了京、秦"二腔合流"之说。春台班进京时间大约在嘉庆元年（1796），班社以年轻的少年演员为主，所以人称为"春台的孩子"。

三庆班于乾隆中期在安庆组成，当是正宗的徽班。当时，在安庆流行的徽戏声腔有枞阳腔（石牌腔）、吹腔、梆子腔、高拨子和二黄调。三庆班以安庆二黄融合京腔、秦腔同台演出，故名"三庆班"。三庆班的"轴子"，是指三庆班不断编排新戏，而且是新编连排的整本大戏。三庆班的几任班主都任过北京戏曲行会组织的"精忠庙"庙首，进京又早，因此三庆班便有"京都第一"之誉。

"公会筵开白昼间，嗷嘈丝竹动欢颜。新排一曲《桃花扇》，到处哄传四喜班。"这首传诵一时的《都门竹枝词》，写的是四喜班演《桃花扇》轰动京城的情景。四喜班在安徽组建后，曾流动到苏州、扬州演出，吸收了一批善唱昆曲的苏扬名伶，徽调昆曲兼唱。到北京后又以擅长昆曲的演唱闻名，后来由于二黄、秦腔等乱弹盛行，四喜班的名角们尽管坚守昆曲声腔不习乱弹，但终因大势所趋，最后在道光年间也"尽变昆曲"，改唱了西皮、二黄。

关于和春班的成班，《中国京剧史》说"是嘉庆八年（1803），由庄亲王出资，邀请安徽艺人组成的，时称'王府大班'"。但《鞠部拾遗》却认为它是在扬州组建而成。和春班进京演出的年代大约在嘉庆八年的春节左右。它以乱弹戏《收姐姬》而一"收"走红。和春班演戏以武戏见长，徽昆、徽秦兼演，在"花部"与"雅部"之争中也向皮黄合奏靠拢了。

四大徽班都在北京前门大栅栏一带胡同里居住，但他们都以各自塑造的艺术形象活跃于清中叶京城的戏剧舞台。到了道光二十五年（1845）竟形成了

"以老生号令天下"的格局。

就是那一年，三庆班出现了首席老生程长庚，春台班出现了老生名角余三胜，四喜班产生了老生张二奎，和春班出现了老生王洪贵……

乾隆后期以唱二黄腔为主的"四大徽班"，至此不仅在京城各自站稳了脚跟，还取昆腔、京腔和秦腔而代之，博采众长，各演尔能，在历经了徽、昆、京、秦、楚、汉、皮、黄兼演的阶段后，有意无意间，为中国京剧的形成完成了一次美丽的艺术蜕变。

所以说，徽班进京直接奠定了京剧艺术大厦的基石。没有徽班进京，就没有国粹京剧。斯言不虚。

三

1790年徽班进京，实际上离程长庚降临人世还有不短不长的二十一年时间。对于一个时代来说，这是无数生命漫长而有意味的生长年轮；但对于中国戏曲来说，却是京剧这一株艺术奇葩的孕育与等待、开花与结果，水到渠成的过程。

摆在我面前的两套家谱，一套是1833年修的《程氏族谱》，一套是1941年编的《（井股）程氏支谱》。打开族谱，我看见《程氏族谱》的序言就是程长庚儿子（兼祧子）章瑚所写，他说，族谱"开刷之日，问序于余，予愧不能执笔……"，他显得十分谦逊。

族谱载程长庚："祥湴子文檄，字长庚，嘉庆十六年（1811）辛未十月初七日午时生"，"卒于光绪五年（1879）已卯十二月十三日亥时，妻庄氏合葬于京都彰仪门外石道旁路北，父祥湴墓前另冢"。"嗣子二人，长子章圃……工老生，后改文场"，从子"章瑚，为长庚兼祧子"……有关程长庚的线索在家谱里时隐时现。步入仕途的章瑚以及清末民初做过多国外交官的十几位后代，族谱记录得详尽备至。对于长子章圃，即后来"三庆班"的司鼓及他的孙子、著名京剧小生程继仙，也有完整的身世与生平。

称"井股"的程家井，毗邻村庄环绕的有三口清水塘，四周是程氏家族祖祖辈辈世代休养生息、耕作不止的田园。族谱序言说，程氏先祖"……元时游寓安庆，乐皖山皖水清涟秀丽，兼多醇厚之风，于是作室于潜之古城山下即毛家垅，耕田食，凿井饮。而程家井之名起矣"。现在古井依然，程家井却已繁衍成二百多人口，四十多户人家。除一户姓吴外，全部姓程。这一群老实巴交的农民紧紧牢记祖训，除了田间垄上，他们几乎没有一个人走出比县城更远的地方。

在程家井，我听到了一个关于"夜朝官"的传说：古时程家井东厢富裕，西厢贫困。西厢人认为是坟山不好，于是，趁年夜用石磙抵住了东厢人家大门，在风水先生所勘定的鸭形宝地偷葬了一棺坟。第二天，风水先生大惊失色，说："你们应该白天葬呗！夜里葬，只能出夜朝官（即舞台上官）哩！"——"怕就是出了程长庚这个武旦生吧？"他们说完这个逸闻，顿了顿，突然冲我一笑。我没有回答。我想，这是无数名人身上容易附会的一个荒诞故事。但程长庚确实做了一辈子舞台上的官——后来，"清文宗赏其能歌，给五品顶戴"。这也算为风水先生的预言提供了一个"佐料"。

他们喊北京叫"京里"，知道祖上有位"唱戏不打脸（化妆）"的人。但面对我这个不速之客，他们却显得茫然不知所措。

成名后的程长庚曾说："余家世本清白，以贫故执此贱业。近幸略有积蓄，子孙有啖饭处，不可不还吾本来面目，以继书香也。"（徐珂《清稗类钞·优伶传》）他这样说，也这样做了。他后来把家产分成了两份，一份给从子章瑚，让他出了北京城，耕读于河北的正定府；一子居京，仍习业梨园。这与家谱记载他后代"一官一戏"的情况一致。

在那个社会的风俗里，艺人一度被认为是有伤风化，有辱先人，有的还被逐出祖宗的祠堂。就是清朝当时法律也规定，唱戏人的子弟，三辈子不得参加科举考试（《齐如山回忆录》），程长庚有如是举动，只不过表明他思想的矛盾与内心曾有过的煎熬。

由于缺少准确的资料，程长庚从小与戏曲的关系一直众说纷纭。刘豁公在《戏剧大观·俳优别传》里说，程长庚父亲本就是一位名角，但过世很早。长庚没跟父亲学到什么，却得到了父亲一位入室弟子的传艺。那弟子见程长庚为人忠厚，悉心相教，程长庚"性聪质敏，声术遂以大进，箕裘克绍，赖有薪传……"，说得绘声绘色。而徐慕云的《梨园影事》说他"幼随父北走燕蓟，坐科于保定某班"。《梨园系年小录》说得更煞有其事：说他在北京著名的昆曲科班"和盛成"学戏，与名丑杨明玉及潘阿巧、嵇永林还是师兄弟。还有，说他是卖笋卖到北京的，如"嘉、道间，长庚舆笋估都下，其舅氏为伶，心好之，登台演出……"（徐珂《清稗类钞·优伶传》）。日本人波多野乾一的《京剧二百年之历史》认为，程长庚幼年经常出入京都，"……嘉庆道光间，彼为卖乐器之小行商，其舅氏业剧，知程之善歌，一日劝其演戏，彼欣然允诺，粉墨登场，不意博得观众倒彩，失败而归。彼大挫之余，三年之间，不出户庭，日夜研究"，说他是卖乐器的小商贩。

以上种种，似乎证明程长庚从小也有着一座"戏曲世家"的艺术楼台——这与他说的"书香门第"或有不同。尽管他的老家"民每轻去其乡，佣贩自给"（《潜山义园记》），但称为"戏曲之乡"却是名副其实的。那里地处吴楚，"皖水上游，山川蕴蓄雄浑，民多俊秀，音中宫声，即农人亦多能高歌者，故有清一代名伶最伙"（程演生《皖优谱》），"风俗清美，天性忠义"。春秋皖国大型歌舞《夏龠九成》即编演于此。"金陵歌舞甲天下，怀宁歌者为之冠。"明朝著名戏曲人物阮大铖在天启、崇祯年间"名满江南"的"皖上阮氏之家伎"也是昆弋腔的留存。有一种叫作"老徽调"——潜山弹腔在他的家乡，至今遗响未绝，余脉绵绵。

史料载，他家乡在清代中叶就有弹腔班组存在。如官庄的牛兰湾余家，在乾隆元年（1736）组建了弹腔班，道光十年（1830）由余万全领班，忽而南京，忽而重庆，并到过北京演出，最盛时，演员有八十多人。光绪五年（1879）才停班。除此还有同乐堂、积善堂等弹腔班社。如今潜山许家畈的弹腔班，几乎是当地现存的弹腔样板。这个班最早受教于与程长庚同时代的汪焰奇门下，至今还保留着《二进宫》《郭子仪上寿》《徐庶荐诸葛》《渭水河》《杨四郎回朝》《程咬金上寿》《三奏三》《沙陀国》《辕门斩子》《王春娥教子》《祭塔》等剧目。有心人把当地弹腔与春台班乾隆三十九年的戏目对照，就有《文王访贤》《湘江会》等五十余种相同。绵延二百多年的潜山弹腔，无疑就是京剧的母体艺术。

因《程氏族谱》有"老林坦戏台基"记述，人们以此推测程长庚的父亲程祥泩曾师承父业，在家乡组建过一个弹腔班，名字就叫"四箴堂"。程祥泩于道光三年（1823）携程长庚及族中叔伯兄弟一行北上入京。这个结论不知是否正确,后来程长庚以"四箴堂"为堂号却是不假。戏曲行家们所说程长庚唱徽调、余三胜唱汉调、张二奎唱京腔,这在他们各自的故乡都能找到满意的答案。

这是一块被戏曲深深浸润的大皖之地。这块土地在二百多年前成就了京剧艺术,后来又贡献了另一颗戏曲的璀璨明珠——黄梅戏。

四

"时尚黄腔喊似雷,当年昆弋话无媒。而今特重余三胜,年少争传张二奎。"这是道光二十五年(1845)《都门杂咏》里的《竹枝词》。历史走到同治三年(1864),在《都门纪略》里却变成了另外的一首:"二奎今日已沦亡,三胜由来没准常。若向词场推巨擘,个中还让四箴堂。"两首《竹枝词》的变唱,说明程长庚在京城开始以首席老生主演皮黄戏时,还没有余三胜、张二奎出名。但时隔十九年后,事情显然发生了天翻地覆的变化。

关于京剧,一般认为是以史称"老生三鼎甲",即程长庚、余三胜和张二奎三位艺术家的出现为其形成标志。他们三人是京剧艺术成长期的三根"台柱子"。

在"老生三鼎甲"中,余三胜年纪最大,成名也最早。

余三胜(1802—1866)名开龙,字启云,湖北罗田人。有人根据京都《潜山义园记》的碑刻,说他也是安徽潜山人。少年时,他在安庆学戏,后入湖北汉戏班,是一位有名的汉调演员,进京后又入徽班,为春台班当家生角。余三胜善唱"花腔",曾以"时曲巨擘"之称名重京师。他舞台经验丰富,演戏讲究表情动作,能随时即兴发挥。有一次与程长庚、张二奎合演《战成都》,张二奎饰刘备,余三胜演马超。马超本没有多少戏份,同行担心他不好演,但演到剧中的刘璋问他为什么投降刘备,他却口若悬河。一连吐出十几句念白,直斥刘璋的昏聩,诉说刘备的仁义。念白抑扬顿挫,浑然无错,让人连连叫好。还有一次,他演《四郎探母》里的杨延辉,因演铁镜公主的搭档没来,他硬把一个四句唱词唱成七十四句,直到那位搭档来了才停口,赢得满堂的喝彩声。

也因为喜欢临时发挥加词,有些演员不习惯他。有一次唱堂会,俞毛包演的大轴戏是《金钱豹》,他唱《珠帘寨》。俞毛包知道他有这么一出,叮嘱他"到台上省点力气,早唱完早回家睡觉"。他非但不听,反而唱得更起劲。气得俞毛包在后台骂街，他在前台撒欢，直唱到东方露白。

而张二奎（1814—1864）却是以票友的身份成为一代名角的。张二奎原名张士元，原籍河北衡水。幼年随父辈经商到京，因喜好戏曲，二十几岁任职清廷就下海唱戏。经常就以票友身份被约请在徽班和春班演唱，取艺名张二奎。但当时清廷规定，凡在朝任职者不得唱戏，因触犯了清规，他被革去功名。无奈之下，索性搭上和春班演戏。初演即成名，自立"双奎班"，后入四喜班，成为四喜班的头牌老生与一代班头。

张二奎身材魁梧，面相雍容，气度不凡，一登场便有帝王之风。行家说他"嗓音洪亮，行腔不喜曲折，而字字坚实，颠簸不破"，被称为"干腔"。因生长在北京，人们就称他的声腔为京腔。他有不俗的武功身段、雍容端庄的扮相，一时名盖京华。有人曾编打油诗戏谑道："四喜来个张二奎，三庆长庚皱皱眉。和春段二不上座，急得三胜唱两回。"

但辞了清廷官职，他的母亲想不开，郁郁寡欢，含恨而逝。张二奎负疚不已，拿出积蓄为母亲办了一个很排场的葬礼。却又因此被告发"以优伶潜用官宦排场举动"，被判发配，愤然死于北京通州。一代戏曲状元像一颗流星归于杳渺，令人扼腕。

余三胜、张二奎相继谢世，"老生三鼎甲"只剩程长庚一人。如前所述，程长庚在北京出道，曾奇怪地"失踪"过三年——说他首演《文昭关》唱砸了后，一连三年，发愤研习音律。终于在某一富贵人家的堂会上演《文昭关》里的伍子胥，以慷慨激昂的唱腔，声震屋宇，于悲壮中透出一股奇侠之气，"冠剑雄豪"，以"叫天"名轰动全座。从此，他独步梨园，以"皮黄"熔徽调、昆腔于一炉，推动徽戏向京剧的嬗变。王梦生在《梨园佳话》里说："在京师戏界，言长庚，犹如文家有韩（愈）欧（阳修），诗家有李（白）杜（甫），人人视为标准……"对于以书香门第自居的程长庚来说，这个信息极其丰富的文化符号，包含着人们对他艺术成就的心服口服。

程长庚会唱的戏很多。

据说，他能表演的剧目有三百多种。如《文昭关》《群英会》《战樊城》《鱼藏剑》《举鼎观画》《让成都》《镇潭州》《捉放曹》《击鼓骂曹》，他能反串花脸，还为何桂山表演的《白良关》配演过"小黑"尉迟宝林（尉迟恭）……在道光末年经咸丰至同治年间,他在戏曲舞台上耀眼夺目,被推崇为艺术圭臬。咸丰皇帝奕詝,慈安、慈禧太后,都很喜爱皮黄,也很喜欢他。慈禧说:"优伶名角,要推长庚。"后来他以三庆班班主身份兼管四喜、春台两个戏班,荣任精忠庙庙首,执伶界之牛耳,被称"程大老板"……

再后来,《中国近世戏曲史》干脆就发出一阵惊呼:徽班"忽出一伟大艺人,即安徽人程长庚是也"。

五

清代有一幅十分经典的戏曲演员写生肖像画——《同光十三绝》。画像依次排开,有在《群英会》里饰演鲁肃的程长庚、《战北原》里饰演诸葛亮的卢胜奎、《四郎探母》里饰演杨延辉的杨月楼、《恶虎村》里饰演黄天霸的谭鑫培、《一捧雪》里饰演莫成的张胜奎、《群英会》里饰演周瑜的徐小香、《雁门关》里饰演萧太后的梅巧玲、《琴挑》里饰演陈妙常的朱莲芬、《桑园会》里饰演罗敷的时小福、《彩楼配》里饰演王宝钏的余紫云、《行路训子》里饰演康氏的郝兰田、《思志诚》里饰演闵天亮的杨鸣玉、《探亲家》里饰演乡下妈妈的刘赶三。众星捧月,余音绕梁。这也是中国戏曲史上一次豪华的"群英会"吧?

"一轮明月照窗前"是程长庚在《文昭关》里的唱词。在徽班进京、群星闪烁的戏曲年代,程长庚这位皮黄巨擘就如天上的那轮皎皎明月,不仅照在窗前,更照亮了十九世纪中国戏曲舞台,照亮了京都无数的不眠之夜。

但程长庚从不以剧坛大佬自居,作为三庆班班主、钦封的"五品顶戴",他节衣缩食,却视同行如兄如弟,演员家庭有困难,他慷慨解囊,毫不犹豫。拿现在的话说就是"德艺双馨"了。遇"遏密八音"的国丧,停止一切娱乐活动,演员生活无着,他总会倾其所有。例如,同治甲戌年(1874)冬,清同治皇帝载淳病死,北京各个戏园停演了两年零三个月。程长庚仗义疏财,施粥赈饥,接济同侪。后来演员们感谢他的救命之恩,为他立了一个"长生禄位牌",上书"优人大成至圣先师",视他如"孔圣"。

有一年冬天,雪拥京城,广和楼剧场只有一位观众。手下主张回戏,程长庚特意绕到台前与那位观众寒暄道:"今日如此风寒雪冷,他人均足不出户,你却独来，可见是个知音。"他要求戏班照常演出，并自演《文昭关》。次日，京都一片哗然，"程老板"为一人演唱拿手好戏成了梨园佳话。后广和楼每有演出，座无虚席。

程长庚执老生首席，但为声望不高的演员配戏，从不推却。有人怕影响他的盛名，加以劝阻。他说："……众人为我，我又怎能不把众人视为手足同胞呢？……"而对在演戏前，旦角演员站在台上供人观赏，或陪官僚富豪们玩乐的陋习，他却坚决反对。演出时，面对观众的狂叫喝彩声，他说："吾曲豪，无待喝彩，狂叫奚为？声繁，则音节无能入，四座寂，吾乃独叫天矣。"甚至对当朝的皇帝，他也一视同仁，说"上呼则奴止，勿罪也"，弄得皇帝也只好大笑许之。

国难当头，都察院要他演堂会，强行绑了他，他不唱。当知道他们点的戏是《击鼓骂曹》，便破例应允，饰演祢衡。他袒身击鼓，气概激昂，指着堂下就一通怒骂：

> 方今外患未平，内忧隐伏，你们一班奸党，尚在此饮酒作乐，好不愧也！有忠良，你们不能保护；有汉奸，你们不能弹劾。你们一班奸党，尚在此饮酒作乐，好不愧也！

坐在台下的官僚显贵们如坐针毡，悔恨交加。

吴焘在《梨园旧话》里以唐代诗人评点"老生三鼎甲"的声腔，说余三胜就像韦应物、孟浩然，声如闲云野鹤，"空山鼓瑟，沉思独往"；张二奎如沈佺期、宋之问，声能"应制各体，堂皇冠冕，风度端凝……一洗筝琶凡响矣"；而程长庚嗓音高亢激昂，具有沉雄之致，让人就有"天风海涛，金钟大镛"之感。程长庚的嗓音是脑后音，行家说他造鼻音法（鼻腔共鸣），是由丹田而出来的真声，又叫"膛音"。《异伶传》说他"语至尾声，虽平调必千回百折，愈吐愈高，响彻云霄而后已"，"声调绝高……登台一奏，响彻云霄"，"如长江大河，可以一泻千里，一啸能振屋瓦，一咽能感毛发"，声音有着极强的穿透力，开口便能气冲霄汉。

他扮演的关羽戏，当朝一位名叫周祖培的尚书竟听得"肃然起立"，莫名万状。

还有一个有名的故事也发生在堂会上。礼邸堂会邀他演《水淹七军》，正当满堂宾客觥筹交错之际，他扮演关羽上场，只见他"剔起卧蚕眉，神威赫赫"，忽而在台上一抖青龙刀，本就生有异志的礼邸吓得寒热大作，生了一场暴病。"自此以后，终身不敢看关公戏。"据看过程长庚戏的人回忆，他不仅演《水淹七军》里的关公，就是演《战长沙》《华容道》里的关公，也是"状貌极其威武，而又双目炯炯，尤令人不可逼视"，"升帐之际，双眉一竖，长髯微扬，圣武威状逼视红氍毹之上"。

这些都不是传说——只可惜那时没有录音，遂使《广陵散》绝。

对声音天生异常敏感的程长庚，因为声音，还影响了他对三庆班班主的选拔。晚年，谭鑫培、孙菊仙和汪桂芬三人被称为"后三鼎甲"，名噪京华。其中谭鑫培是他的最重，但他却担忧谭鑫培的"云遮月"之音。说谭鑫培"惟子声太甘，近于柔靡"，对此，他充满着无可奈何。以致缠绵病榻，还对谭鑫培语重心长地说："我死后，你必独步，然吾中国从此无雄风也！奈何奈何！"最终把三庆班班主的位子交给了杨月楼。而他所说谭鑫培的"亡国之音。三十年后，吾言验矣"，随着清王朝的覆灭便做了印证。

生命最后的几年，程长庚坚持登台表演。有人不以为然，劝慰他："君衣食丰足，何尚乐此不疲？"他叹道："……某一日辍演，全班必散，殊却可惜……三庆一散，此辈谋食艰难，某之未能决然舍去者，职此故耳。"他义无反顾——直至生命永远定格在红氍毹上。

一百多年后，这位戏曲伟人的塑像回到了故乡。

故乡隆重地接纳了他。伴随着熟悉的紧锣密鼓、急管繁弦……再次走进程家井，我发现我竟也用了二十二年光阴。其时，新建的程长庚纪念馆前，一抹晚霞正在西边静静地燃烧，霞光映照着程长庚轻舒折扇的铮铮铜像。我感到一种无边的安静。

突然，一声京调响遏行云，穿云裂石般破空而来。我觉得有一缕乡音滑落在暮色四合的大地之上，上升、上升……

在云端。

（原载《中国作家·文学版》2021年第8期）

敬 告

由于编选时间仓促、工作量大,未能及时与所选作者一一取得联系,请见谅。现仍有部分作者地址不详,为及时奉上稿酬和样书,请有关作者与责任编辑高丹联系,我们将尽快为您办理,谢谢您的理解和支持。

联系方式:

电话:024—23284306

E-mail:12274210@qq.com

微信号:15640369577

辽宁人民出版社

2022年1月